空に響くは竜の歌声

天穹に哭く黄金竜

MIKI IIDA
飯田実樹

ILLUSTRATION
HITAKI
ひたき

この物語はフィクションであり、
実際の人物・団体・事件等とは、いっさい関係ありません。

人物紹介
Character
アンドレアス
友好国、ダーロン王国の国王。
ルイワンに深く信頼を寄せる
グレゴリオ
東の大陸から侵略してきたベラ
グレナ国の残忍な王
ガンシャン
老シーフォン。かつては獰猛な
竜だったが改心。武骨な武人
清太（右）・藤治郎（左）
日本の二尾村で、龍聖を慕う子供達

ジンレイ
ルイワンと命を分け合う
金色の巨大な竜
スウジィン
老シーフォン。初代竜王と共に
建国を支えた重臣
ルイワン
二代目竜王。初代竜王ホンロン
ワンと初代リューセーの子で、初
めて「人」として育った世代。人間
の国と交流し、エルマーンを豊か
にしようと奔走する
守屋龍聖（もりやりゅうせい）
二代目リューセー。龍神様に捧げ
られる神子として育ち、日本から
召喚される。ルイワンの子を産む
[リューセーとは…]竜の聖人にして、竜王の伴侶。そして王に魂精を与え、子供を宿せる唯一の存在
[魂精とは…]リューセーだけが与えることのできる、竜王の命の糧。魂精が得られないと竜王は若退
化し、やがて死に至る

エルマーン王家家系図

Family tree

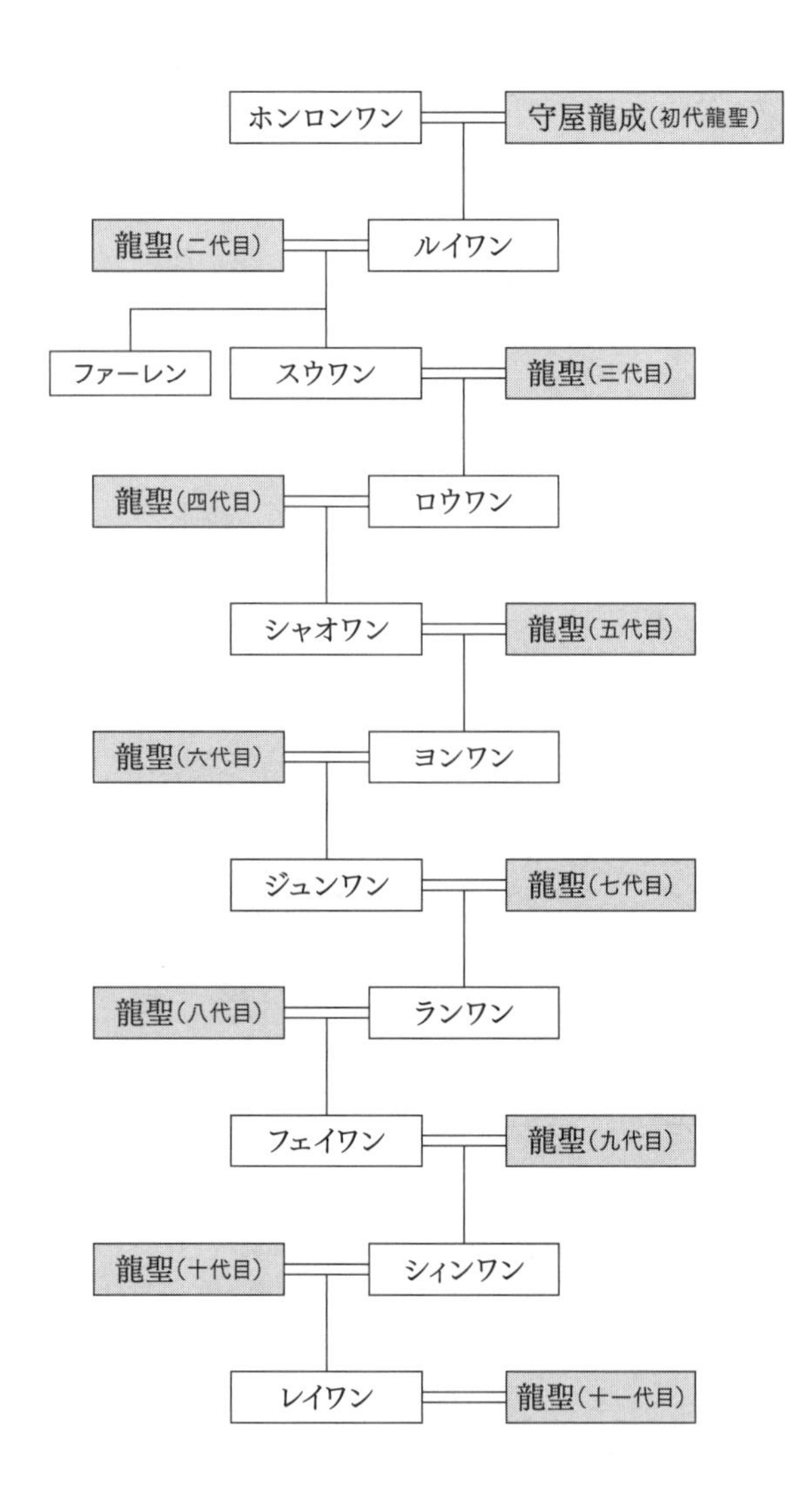

＊竜王の兄弟は本編に名前が登場した人物のみ記載しています

空に響くは竜の歌声　天穹に哭く黄金竜

第1章　龍神様の神子（みこ）

空には大きな満月が浮かんでいた。晴れ渡った夜空には星々も瞬いている。遠くで祭り囃子（ばやし）が聞こえていた。

縁側に座り月を眺めながら、祭り囃子に耳を傾ける青年の姿があった。脇には団子の盛られた皿とお茶が置いてある。青年はそれには手を付けず、ずっと長い間一人で座っていた。

月明かりに浮かぶ細面（ほそおもて）の白い顔は、とても清楚で美しい面立（おもだ）ちであった。総髪（そうはつ）の髷（まげ）を結っていなければ、おなごと見間違えてしまうだろう。どこか愁いを帯びた眼差（まなざ）しは、月を見ているようで、もっとどこか遠いところをみつめているようにも見える。

やがて庭の垣根に植えられた山茶花（さざんか）の枝がかさかさと音を立てて揺れる。月明かりではあまりよく見えないが、青年はその方をじっと目を凝（こ）らしてみつめた。

「藤治郎（とうじろう）と清太（せいた）かい？」

青年が声をかけると、物陰に身を潜めていた人物が、恐る恐るといった様子で、庭の中央に進み出た。少年が二人。日に焼けた浅黒い顔に、白い歯を浮かび上がらせながら笑っている。

「龍聖（りゅうせい）様、今日は村祭りだから、家の者はみんな出かけていていないんだ。だから龍聖様に会いに来たんだ」

照れくさそうに笑いながら少年が言うので、龍聖と呼ばれた青年は、優しく微笑（ほほえ）み返した。

「ならばお前達も祭りを楽しんでくれればいいのに」

「いいんだ。どうせおら達童（わらし）は、早く帰れって言われるんだから」

「それより、ほら、これを龍聖様に！」

清太がそう言って、持っていた張り子の狐の面を差し出した。龍聖は驚きながらも嬉しそうに笑って受け取る。

「私にくれるのですか？」

「うん、おら、今年は狐役になって、豊作の踊りを踊ったから……ほら、毎年豊作だったことを龍神様に感謝して、村の娘達と一緒に子供は狐の面を被って踊るんだよ」

「お、おらは来年なんだ！」

藤治郎が負けじと言ったので、龍聖は笑って頷いてみせた。

「それは楽しみだね……じゃあ、清太、その踊りを私に見せてくれないかい？」

「いいよ！」

清太は元気に返事をすると、龍聖に渡した狐の面を受け取って、改めて被ると遠くに聞こえる祭り囃子に合わせて踊りだした。その隣で、藤治郎も見様見真似の覚束ない動きで、競うように踊りを踊った。

龍聖は二人の踊りをとても嬉しそうに眺めていた。

「上手い上手い……二人ともとても上手ですよ。見せてくれてありがとう。さあ、団子を食べなさい」

龍聖が手を叩いて二人を褒めると、二人は少し息が上がった様子で、頬を上気させながら顔を見合わせて嬉しそうに笑う。龍聖に手招きされて、縁側へと歩み寄った。

「さあ、遠慮なく食べなさい」

団子を勧められて、二人は少しだけ躊躇したが、顔を見合わせると頷き合って、団子を手に取ると美味しそうに頬張った。その様子を、龍聖は嬉しそうにみつめている。

「二人とも本当にいい子だね……私のために来てくれて」

「……龍聖様は祭りに行ってはいけないのですか？」

藤治郎が尋ねると、龍聖は少し寂しそうな表情で微笑んだ。

「行ってはいけないというわけではないのです。ただ……私が行くと、みんな祭りどころではなくなってしまうから……せっかくの楽しい祭りを台なしにしてしまうでしょう？」

「そ、そんなことありません！　龍聖様がいらっしゃればきっとみんな喜びますよ」

清太がそう言うと、龍聖は敢えて何も答えずにただ微笑んでみせた。その龍聖の顔がとても美しくて、二人はぼんやりと見惚れてしまった。

「本当に……清太と藤治郎は優しいね……村のみんなも、貴方達のように普通に私と接してくれればいいのにと思います」

そう言った龍聖の心中を、二人はほんの少しばかりではあるが察していた。二人がこうして龍聖の下に来ることだって、親達に知られたら大目玉ものだった。

『龍聖様はお前達が気軽に会っていいような御方じゃないんだよ！』そう言って母に何度叱られたか分からない。

龍聖は、龍神様に捧げられる特別な方だった。

この二尾村は特別な村だ。それは龍神様の加護を受けている村だからだ。

その昔、二尾村の名主の家に、龍成というとても美しい若者がいた。彼は幼き頃に山の中で龍神様に会い、見染められ、大人になったら龍神様の下へと行く約束をした。

龍成が十八の年に、約束通り天から金色に輝く竜が現れ、光と共に龍成を連れ去ってしまった。その時に、龍成の父は龍神様と契約を交わした。今後、竜の証を体に付けた男子が生まれたら「リューセー」と名付けて育て、龍神に捧げるようにと……。約束を守り続ける限り、龍神様から加護を受けることが出来、守屋の家は繁栄するだろう。

龍成が去った後、二尾村は毎年豊作が続き、守屋の家は繁栄していった。そして三十年近く経ったある日、体に竜の証をつけた男子が生まれた。それがこの龍聖なのだ。

龍成の兄龍之助が、晩年迎えた若い後添えとの間に龍聖が生まれた。龍之助はかつて、その目で龍神様の姿を見て、その耳で言葉も聞いた。だから龍神様の存在を、ただの言い伝えなどとは思っていない。生まれた我が子の背中に、三本爪のような奇妙な形の痣を見つけた時、とても驚愕した。それは紛れもなく、龍神様が残した言葉『竜の証を付けた赤子』に間違いないと悟ったからだ。

『リューセーと名付けよ』という予言通り、龍聖と名付けられたその子は『特別な存在』として大切に育てられた。

村人達は、龍神様の予言通りに生まれた龍聖を、神子のごとく崇め奉った。毎日のように拝みに訪れる人々から龍聖の身を守るために、屋敷の奥に離れが建てられ、そこでひっそりと隠されるように育てられた。

学問や笛や琴の先生が屋敷に毎日のように呼ばれて、あらゆる教育を施される様子は、藩主の若様のようだと皆が驚いた。だが龍之助をはじめ守屋の人々は、龍神様に捧げるために龍聖を、どのように育てればいいのか試行錯誤していたのだ。

先代リューセーである龍成は、守屋の家系でも類を見ないほど、文武両道に長(た)けた優れた若者であった。龍神様に気に入られるには、それくらい優秀でなければならないのだろうとの意見も出た。そのため龍神様の予言通りに生まれた龍聖に、出来る限りの教育が施されたのだ。

龍之助はその後、龍聖が十の年に他界した。龍之助の嫡男(ちゃくなん)龍政(たつまさ)には、守屋家家長として年の離れた末の弟龍聖のことをくれぐれも頼むと、龍之助の遺言が遺(のこ)された。

龍政は龍聖をとても大切に扱ったが、それはやはり弟としてというよりも、龍神様に捧げる神子としての扱いであった。

龍聖は、親兄弟から普通の家族の愛情をかけられることなく、友達を作ることも叶(かな)わずに育った。話し相手は学問の師と、龍成寺(りゅうじょうじ)の住職である尼僧恵蓮尼(えれんに)くらいのものだ。とても寂しい思いをしていた。

そんな龍聖の下に、ある時から清太と藤治郎が時折会いに来てくれるようになった。清太は八つで龍成寺の恵蓮尼の孫だ。藤治郎は六つで龍政の次男、龍聖にとっては甥(おい)にあたる。好奇心旺盛(おうせい)な少年二人は、親から絶対に行ってはいけないと言われていた『龍聖』がいるという離れのことが気になって、探検とばかりに裏庭から忍び込んできたのを、龍聖本人に見つかってしまった。

龍聖は意外な珍客にとても喜び、清太と藤治郎は『龍聖』の美しさに魅了されてしまった。それで親に叱られながらも、こうして時々龍聖に会いに忍び込んでくるのだ。

二人には龍聖がとても美しく、同時にとても寂しげに見えていた。それはこの目で龍聖を見るまで、考えもしなかったことだ。

龍聖が見目麗しいということは、誰もが知っていることだったから、二人も想像が出来ていた。だが神子である龍聖が「寂しげ」に見えるなんて思いもよらなかった。村中の人々から崇められ慕われている龍聖。龍神様にも愛されている龍聖。その人がなぜ寂しいだなんて思うだろうか？

清太と藤治郎は、そのことにとても驚いた。そして二人とも「龍聖に笑ってほしい」と強く願った。自分達に出来ることならば何でもしたい。だから大人達の目を盗んでは、こうして龍聖に会いに来て、少しでも喜んでもらおうとしている。

「さあ、二人とも、そろそろ戻りなさい。見つかったらまた叱られますよ」

龍聖に促されて、二人は後ろ髪を引かれる思いで、離れから立ち去った。龍聖は二人が垣根の向こうに去っていくのを、じっと見守っていた。

その夜、祭りの音も消え、すっかり夜も更けた頃、守屋の屋敷から外に出てくる人影があった。龍聖と彼に従う下男の二人だ。下男が提灯を持ち、龍聖の足元を照らしながら、二人は山へと続く道を歩いた。

山の中腹には、龍成寺がある。深夜訪れる龍聖達を待っていたかのように、山門の外には篝火が灯されていた。二人は山門を潜り、境内を抜けて本堂へと向かう。玉砂利を踏む音を聞いて、本堂の戸が開き、明かりを手に持つ僧侶が廊下へと現れた。

龍聖はその明かりを目指した。近くまで来ると僧侶に一礼した。僧侶もそれに応えて礼をする。龍聖は草履を脱ぐと、階段を数段上がって、廊下に立つ僧侶に並んだ。下男は下に控えている。

龍聖と僧侶は無言のままで頷き合い、ゆっくりと歩き出した。

本堂の縁を回り、裏へと行くと、そこには白壁の蔵のような建物が建っていた。窓もないその建物には、堅固な扉が付いていて、扉の前には見張りの僧侶が二人立っていた。

龍聖の姿を見ると、見張りの僧侶は一礼をし、一人が懐（ふところ）から大きな鍵を取り出した。扉に付いている錠前に鍵を入れて外すと、二人掛かりで重厚な扉をゆっくりと開いた。

龍聖に付き添っていた僧侶が、手に持つ明かりを龍聖に渡すと、龍聖は黙って頷き建物の中へと入っていった。

それは毎晩のように行われていることだった。もはや儀式のようになっている。

建物の中は、一見何もない空間のようだった。広間の中央に丸い池のようなものがあるだけだ。それもそのはずで、この建物は、池を守るために建てられた蔵であった。

四方を分厚い壁で囲まれ、窓はなく、高い天井近くに人が入れぬほどの小さな換気用の穴がいくつか開いているだけだ。

その池は、龍神池（りゅうじんいけ）と呼ばれるものであった。かつて守屋龍成に会うために、龍神様が現れた穴が池になったと言い伝えられている。

龍聖の叔父（おじ）にあたる守屋龍成は、たくさんの人々が見守る中、龍神様に連れられて、この池の中に光と共に消えてしまったそうだ。

その後この池を巡って、よそ者との小競（こぜ）り合いなどが起きたため、龍成の妹である千恵（ちえ）が出家して尼（あま）となり、この地に寺を建立（こんりゅう）して池を守ることになった。それが「龍成寺」の成り立ちである。

龍聖は、自分の宿命、そしてこの寺や龍神池について知らされた時から、毎日龍神池に通い続けていた。最初の頃は日中に通っていたが、龍聖が屋敷から姿を現すと、村人達が仕事を放り出して龍聖の下へと集まり、神に祈るように土下座するので、龍聖はそれに耐えることが出来なくなり、こうして深夜皆が寝静まった頃に、こっそりと通うようになったのだ。

そのことは、寺の者達はもとより、住職である恵蓮尼も承知のことだった。

龍聖はいつものように池の畔に立つと、ゆっくりと屈み、手に持っていた明かりを足元に置いた。そのままその場に正座をすると、両手を合わせて池に向かって無心で拝んだ。

静寂の中、こうしているととても心が穏やかになるのを感じる。側に置いている小さな心もとない明かりでは、この真っ暗な蔵の中すべてを照らすことは出来ない。それでも少しも怖いとは思わなかった。

寺へ続く真っ暗な山道は、正直なところ怖いと思う。供が下男一人では、あまり頼りにならないし、木々の間から聞こえる獣の足音だけでも不安になる。そんな山中の寺だというのに、ここは少しも怖くない。

龍聖は一度もお会いしたことはないけれど、この池は本当に龍神様の下へと繋がっているような気がしてならなかった。手を合わせて無心に祈っている間、何か龍神様の気配を感じるような、そんな気持ちがするからだ。

龍聖はゆっくりと目を開けると、波紋ひとつない鏡のような池の水面をじっとみつめた。

もうすぐ龍神様の下へ行く。儀式はどのように行われるのか知らない。もしかして、この底の見えないような深い池に身を投げなければならないのだろうか？　そんなことを考えたが、少しも怖くはなかった。本当に不思議だが、少しも怖くなかった。

龍聖はゆっくりと立ち上がると、明かりを手に池を離れた。

扉の前まで戻ると、少しだけ開けられている隙間から「終わりました」と外にいる僧侶に声をかける。重い扉がゆっくりと開かれる。

龍聖は外に出ると、見張りの僧侶達に一礼をして、待っていた案内の僧侶と共に、その場を去っていった。


本堂の西の裏手にある僧房へと連れられて、奥の一室に通された。それもいつもの決まった流れだ。

龍聖はそこで、住職である恵蓮尼に会って話をする。

お茶と菓子が出されて、持ってきた僧侶が部屋を出ていくと、入れ違いに恵蓮尼が現れた。龍聖は深々と頭を下げて、恵蓮尼を迎え入れる。

恵蓮尼は、龍聖の向かいに座ると、慈愛に満ちた笑みを浮かべて龍聖をみつめた。

「今日は何かいいことがありましたか？」

恵蓮尼が第一声でそう言ったので、龍聖は驚いたように顔を上げた。

「なぜですか？」

龍聖が聞き返すと、恵蓮尼は微笑みながら頷いてみせる。

「顔に書いてあります」

恵蓮尼がそう答えたので、龍聖は思わず両手で自分の顔を触っていた。その様子に、恵蓮尼がクスクスと笑う。龍聖は少し赤くなって、恥ずかしそうに頬をかいた。

「清太と藤治郎が、祭りの様子を聞かせに来てくれたのです。踊りも踊ってみせてくれて……狐の面を私にくれました。それがとても嬉しくて……。あの二人のおかげで、本当に……この村での楽しい思い出を作ることが出来ました」

「清太は悪さばかりしているのでしょう？　家の手伝いもしないでと、あれの父親がいつも文句を言っています」

　恵蓮尼が苦笑しながら言ったので、龍聖は微笑みながら首を振った。

「清太はとても優しい子です。人の痛みの分かる子です。それに面倒見も良い……藤治郎の面倒をよく見ています。二人は本当に仲が良くて、兄弟のようです。そんな二人を見ていると羨ましい気持ちになります。兄弟とはこういうものなのだろうかと……」

　龍聖が少し寂しげな表情をしたので、恵蓮尼は憐れむように何も言わずにみつめた。

「あ、すみません……別に兄上が意地悪ということではないのです。兄上は優しくて、私のことをいつも思ってくださっています。本当にありがたいと思っています」

　慌てて言い繕う龍聖に、恵蓮尼が微笑みながら首を振った。

「龍聖、ここでは遠慮はいらないといつも言っているでしょう？　私の前では、何を言っても構わないのです。もちろん龍政殿がそなたを大切にしてくれていることは分かっていますよ。でもそういうことではなく……そなたが周りに気遣って、言えぬことも多いでしょう。ここで心に溜まっているものはすべて吐き出しなさい」

　龍聖は、目の前の慈愛に満ちた菩薩のような恵蓮尼の顔をみつめた。年老いて、顔にいくつもしわがあるが、とても美しい顔だと思った。

　龍神様が気に入って連れ去ってしまった龍成の双子の妹だという恵蓮尼。龍成は女のように美しい容姿だったと聞いている。きっと恵蓮尼とそっくりだったのだろう。ならば龍成も、菩薩のように慈愛に満ちた方だったのだろうか？　と、黙ってみつめながらそんなことを考えた。

「恵蓮尼様……遠慮ではないのです。私は本当に兄には感謝こそすれど、不満は何もないのです。清太達を見て、あのように兄とも仲良く遊んだりしたかったと思うことはありますが、そもそも私と兄では歳が随分離れていますし、兄はすでに守屋家の家長なのですから、そのようなことはもとより出来るはずもないこと……他の兄達も同じです。分かっているのです。ただ……もしも私が『リューセー』ではなかったら、どんな風だったのだろうか？　と考えることはあります。末の弟ですから、どこかに奉公か養子に出されていたかもしれないなとか、そう思うと、ずっと実家にいることが出来たのは良かったのかな？　とも……」

龍聖がつらつらと話をするのを、恵蓮尼は何度も頷いて聞いている。龍聖が龍成寺を初めて訪れたのは、八才の頃だった。それから十年。龍聖にとってはもう一人の母親のように、優しく見守り、色々な教えを授けてくれた。

「でも……出来れば……清太や藤治郎のように、私のことを神子としてではなく、ただの龍聖として皆が接してくれたらと……何不自由なく育てて頂きながら、贅沢な願いですが……」

龍聖はそう言って、寂しそうな表情をしながら小さく微笑んだ。

「龍神様が慈しんでくださいますよ」

「え？」

それまで黙って聞いていた恵蓮尼が一言優しく言ったので、龍聖は不思議そうに聞き返した。恵蓮尼は、龍聖の目を真っ直ぐにみつめ返し柔らかな表情で頷いた。

「貴方は龍神様に求められているのです。間もなく龍神様に迎えられて、誰よりも慈しんでいただけますよ」

「龍神様が……」

龍聖の頬がほんのり色づいた。その様子に恵蓮尼が微笑む。

「恵蓮尼様は龍神様をご覧になったのですよね？」

龍聖が瞳を輝かせながら尋ねてきたので、恵蓮尼が口元に手を添えながらクスクスと声に出して笑いだした。

「そなたは本当に龍神様の話をすると、生き生きとしたお顔になりますね。この話を聞くのはもう何度目ですか？」

恵蓮尼にからかうように言われて、龍聖は耳まで赤くなった。

「貴方の歳のせいもありますけれど、そうして瞳を輝かせながら龍神様の話をする様子は、兄を見ているようです」

「龍成様を……ですか？」

「ええ、やはり貴方は、龍神様が求められている『リューセー』なのですね。兄は幼い頃に龍神様に会ってから、取りつかれたように心酔してしまいました。でも貴方は一度も会ったことのない龍神様に、そのように惹かれている……。龍神様が兄を連れていった日のことは、今でも昨日のことのように覚えています。龍神様はそれはそれは優しいお顔で、兄を包み込むように抱きしめて、光と共に消え去りました。その姿は本当に美しいと思いました……兄はきっと龍神様の下で、とても大切にされ、慈しまれていることでしょう。だから貴方もきっと慈しんでいただけますよ」

恵蓮尼の話を聞いて、龍聖はうっとりとした表情になり、ほうっと溜息をひとつついた。

恵蓮尼から聞く龍神様の話は、何度聞いても飽くことがない。本堂に祀られている観音様の像が、龍神様の御顔によく似ていると聞き、龍神様の話をする時は、いつもその顔を思い浮かべていた。美しく気高い御顔。そうしていると龍神様の下へ行くのが怖いとは少しも感じなかった。

「龍神様の下へ召されれば、龍成様にお会いすることが出来るのでしょうか？」

龍聖が期待に満ちた表情でそう尋ねると、恵蓮尼は静かに目を閉じて、ゆっくりと首を振った。

「そなたが召されるということは、もう兄がいないということなのだと思います。龍神様は確かに『次のリューセーが生まれた時我に捧げよ』とおっしゃいました。『次の』とおっしゃったのです。つまりそなたは兄、龍成の代わりに龍神様へ捧げられるのですから……兄はもういないのでしょう」

「そうですか……」

龍聖は神妙な面持ちで目を伏せた。

「兄が龍神様の下へと行き、そなたが生まれるまでの間、この村は本当に豊かになり、作物にも恵まれ、守屋の家も栄えました。それは龍神様が満足されている証。そして龍神様は私達に『リューセーを大切にする』と約束なさいました。つまり兄は今までずっと龍神様の下で幸せに暮らしていたのだと……私はそう信じているのです。兄のため、守屋の家のため、二尾村のため、龍神様との約束を守り、未来永劫伝承しなければなりません。そのために私はこの寺を建てたのです。そなたを龍神様の下へ送り届けるのも私の務め。龍聖、龍神様の下で幸せにおなりなさい」

恵蓮尼にそう言われて、一瞬龍聖の表情が明るくなったが、すぐに陰りが出て俯いてしまった。

「でも……私のような者が龍神様を満足させることが出来るでしょうか？　龍成様は文武両道に優れ、

神童のようであったと皆が口を揃えて言います。そのような方の代わりが私に務まるでしょうか？」

「龍神様は兄が優秀だから気に入ったわけではないと思うのです。確かに兄はとても優秀な方でしたが、それ以上に人徳があり、誰にでも優しい、美しい心根の方でした。龍神様への一途な信仰心もありました。そういうところは、そなたもそっくりですよ。妹の私が言うのですから、誰の言葉よりも信じていいのです。そなたの澄んだ瞳は、本当に兄に瓜ふたつ……きっと龍神様もお気に召すことでしょう。自信を持ちなさい」

優しい恵蓮尼の言葉に、龍聖は少しばかり安堵して落ち着きを取り戻した。

「それよりもそなたは怖くはないのですか？　そなたはとても信心深く、龍神様のことも心から崇拝して、自分の立場も納得しているようではありますが……そうは言っても、間もなくその身を龍神様に捧げなければなりません。もう二度とここへは戻ってこられぬのですよ？　そなたに不安や迷いがあるようならば、なんでも話をお聞きしますと……いつもそのつもりでこうしてお会いしているのです」

「不安……ですか？」

龍聖が不思議そうに首を傾げるので、恵蓮尼は少しばかり驚いたような表情を見せた。

「本当にそなたは不思議な御子ですね……ではやはりいつも寂しそうにしているのは、家族と別れたくないとか、龍神様の下へ行くのが怖いとか、そういうことではなさそうですね……ようやく合点がいきました。そなたは本当に素直で心根の清らかな御子です」

「恵蓮尼様？」

恵蓮尼が納得したように、微笑みながら何度も頷くので、龍聖はまだよく分からないというように、首を傾げる。

「私は毎日僅かな時間ではありますが、そなたとこうして話をするうちに、そなたが我が子か、兄の龍成か……そういう本当に大切な家族のような気持ちになっていました。ですから、龍神様とのお約束を伝承するため固い決意でこの寺を建てたものの、いざそなたという次の「リューセー」が現れると、十八年という短い生涯を龍神様のために捧げるとは、なんとも憐れなことよと思うようになってしまいました。怖がるようなら不安を取り去り、穏やかな気持ちで龍神様の下へと行けるように導くことも私の務めだと……。でもすべては私の思い過ごしでした。私もまだまだ修行が足りないようです」

恵蓮尼はそう語りながら、一度深く龍聖に向かって頭を下げた。龍聖は驚いたように目を丸くして、恵蓮尼をみつめた。

「龍聖様……そなたは生まれながらにして自分自身の役目を理解し、そうなるべくしてなっている御方。今のままの龍聖様で良いのです。現世で……この地で叶わなかった望みはすべて、龍神様の下で叶うことでしょう。どうかそのままお変わりなく、龍神様の下へいらっしゃり、お幸せになってくださいませ。その後のことはすべて、この恵蓮尼にお任せください。守屋の家も二尾村も、そしてそなたの次の『リューセー』も、お守りさせて頂きます」

恵蓮尼の言葉を聞いて、龍聖は居住まいを正すと、神妙な面持ちで深く頭を下げ返した。

「いってぇなぁ！」

清太は父親に襟首を摑まれて、山道を引きずられていた。

「まったくこのクソガキは、何度言っても分からねえな！　龍聖様に会っちゃならねぇって言ってるだろうが！」

「なんでいけねえんだよ！」

父親に怒鳴られて、清太はむきになって怒鳴り返した。祭りの夜、龍聖に会いに行ったことがばれてしまったのだ。母親に散々叱られて、父親に散々叩かれた。一晩納屋に閉じ込められて、朝飯を貰えなかった上に、こうして龍成寺へ連れていかれているところだ。

「龍聖様は大事なお体だ。お前みたいなクソガキが気軽に会えるような御方じゃないんだ。もうすぐ龍神様の生贄になられるというのに、お前のせいで何かあったらどうするんだ！」

「生贄!?　なんだよそれ！　龍聖様は龍神様の下へ行って、龍神様にお仕えするんだろう？」

清太は顔を真っ赤にしてじたばたともがくと、父親の手からなんとか逃れて、地面にどすんと尻もちをついた。尻が痛かったが、そんなことを気にしている場合ではない。父親の言葉に腹を立てて、きっと強い眼差しで睨みつけた。

父親はその眼差しに一瞬怯んだが、すぐに思い直すと、清太の頭をパシッと叩いた。

「ばかやろう、それを生贄って言うんだよ！」

「ちがうよ！　生贄なんかじゃないよ！」

清太は立ち上がると、なおも食ってかかるので、父親は清太の襟首を再び摑んで引きずりながら歩きだした。

「そんなこたぁどうでもいい！　とにかくお前があんまり悪さばかりするんで、とうとうばば様からお呼び出しだ！　こってり搾られるんだな！」

　父親は暴れる清太を引きずって、龍成寺の山門を潜った。

　掃除をしていた小坊主が驚いているのも気にせず、父親は清太を引きずりながら奥へと進んでいった。

「ずいぶん騒がしいですね」

　奥から騒ぎを聞きつけた恵蓮尼が現れると、父親は苦笑いを浮かべながら頭をかいた。

「母上、どうもすみません」

「ここでは母ではなく恵蓮尼と呼びなさいと言ったはずですよ」

　静かな口調で窘められて、清太の父親は赤くなって頭を下げた。

「恵蓮尼様……あ〜、そのぉ……清太を連れて参りました」

「ごくろうさま、あなたはもう帰ってよいですよ。清太はしばらく私が預かります。いいですね？」

「は、はい」

　清太の父親は少しばかり戸惑いを見せながらも、大人しく従うように一度頭を下げて、来た道を戻っていった。残された清太は緊張した様子でその場に立ち尽くしている。もじもじとしながら俯いていた。

「清太、顔を洗って着替えてから私の部屋へおいでなさい」

「は、はい」

　清太は俯いたまま返事をした。恵蓮尼は、側にいた僧侶に目配せをすると、そのまま奥へと去っていった。指示を受けた僧侶が、清太に優しく声をかけて、僧房の中へと案内をした。

「そこの洗い場で、顔や手や足を洗ってください。これが手拭いと着替えです。私はそちらの部屋にいますから、着替えが済んだら声をかけてください。恵蓮尼様の所へご案内いたします」

清太は寺が少し苦手だった。僧侶達も苦手だ。自分とは住む世界の違う人のように感じる。恵蓮尼は実の祖母だが、清太が物心ついた頃には、すでに今のように偉い尼僧だったので、普通の祖母と孫のように甘えたり、子守をしてくれたりという関係ではなかった。嫌いではないが、近寄りがたくて苦手なのだ。

清太は言われた通り、洗い場の溜め桶から柄杓で水を掬うと、顔や手を洗った。水は少し冷たかったが、夏の暑さにはちょうどいい。ついでに頭から水をかぶり、体まで洗うとすっきりして、手拭いで拭いた。

用意されていた墨染の作務衣は、小坊主と同じものだった。着たらなんだか自分も小坊主になったようで、少し居心地が悪かったが、文句は言えない。苦虫を噛み潰したように顔を歪ませながら頭をかくと、脱いだ着物を丸めて抱え、先ほどの僧侶の言っていた部屋へと向かった。

「すみません」

障子越しに声をかけると、少しして先ほどの僧侶が顔を出した。

「整いましたね。着物はお貸しください。洗っておきますから」

言われて素直に渡すと、僧侶は着物を受け取り、どちらかに持っていってしまった。すぐに戻ってくると「参りましょう」と言って、清太を連れて僧房の奥へと向かった。

「恵蓮尼様、清太様をお連れしました」

「お入りなさい」

声がして、障子を開けると、部屋の奥で恵蓮尼が書き物をしているところだった。清太が僧侶に促されて中に入ると、背後で障子が閉められた。清太は恵蓮尼と二人きりになってしまった。

「おや、頭が濡れているね。全身を洗ったのかい？　良い心がけですね……そこにお座りなさい」

筆を置いた恵蓮尼が、清太を見て少し微笑みながらそう言ったので、清太は気まずくなって顔を赤らめ、言われるままにその場に正座をした。

恵蓮尼は立ち上がると、清太の近くまで歩み寄り、向かい合うように座った。

「清太、そなた……龍聖様と仲良しだそうですね」

「え？　あ、いや……べ、別に仲良しだなんてとんでもない……」

清太は日に焼けて真っ黒な顔を赤くして、ぶるぶると首を振った。それを見て恵蓮尼が柔らかく微笑む。

「別に私はそのことを咎めるつもりはないのですよ。むしろ褒めようと思っていたところです」

「ほ、褒める？」

「ええ、そなたのおかげで龍聖様はとても癒されているようですし……龍聖様はここに来てはよくお前と藤治郎の話をするのですよ。それは楽しそうに……。良いことをしましたね」

清太はまさか褒められるとは思っていなかったので、狐につままれたような顔をして、言葉もなく恵蓮尼をじっとみつめた。恵蓮尼はとても優しく笑っている。

「ところで清太、お前、僧侶になる気はありませんか？」

「へ？」

褒められてぼんやりとしているところに、唐突にそんなことを言われて、何のことだか分からないというように、清太は目を丸くした。

「お前は次男だから、兄を手伝って畑仕事をするべきではありますけど、未だに何も家の仕事を手伝わないそうではないですか……どんなに叱っても、すぐにさぼって野山を駆けまわり、悪さばかりをしていると、お前の父が言っていましたよ」

「べ、別に……たまには畑仕事も手伝うよ」

清太は口を尖らせながら反論したが、恵蓮尼はただ微笑んでいる。

「お前の父が、お前をどこかに奉公に出そうと思うと言っていましたよ」

「え!?」

清太は驚いて、少し飛び上がってしまった。

「遠くに奉公に出されるのと、ここで僧侶の修行をするのと、どちらがいいですか？」

それは清太にとって究極の選択だった。どちらも嫌だが、「どちらも嫌」という選択は出来そうにもない。清太が眉根を寄せて悩んでいる様子に、恵蓮尼は小さく溜息をついた。

「そなたは心根が優しく、弱き者の面倒も見るし、何より龍聖様をとても好いている。だから私の後継者にと考えたのですが……僧侶になるのは嫌ですか？」

「だ、だって、修行は厳しいし、遊べないし、俗世には戻れないんだろう？　頭も丸めなきゃいけないし……嫌だよ！」

清太の文句を、恵蓮尼は黙って聞いていた。だが清太が口をつぐむと、静かに話を始めた。

「清太、この寺は普通の寺とは違います。一見、観音菩薩をご本尊とし、弘法大師様の教えを宗派とする寺のようですが、その実はこの地の土地神様である龍神様を祀る寺なのです。守屋家は未来永劫、龍神様との約束を守り続けていかなければなりません。龍神様より賜った儀式のための道具を、龍神池と共に大切に守り、『リューセー』を龍神様に捧げることを、後の世まで正しく伝承する。そのために私はこの寺を建て、出家したのです」

清太はきょとんとした顔で聞いていた。その様子をみつめながら、恵蓮尼は話を続けた。

「私が、先のリューセーと言われる守屋龍成の双子の妹であることは、そなたも知っていますね？　私はこの目で龍神様の御姿も拝見しましたし、兄が龍神様に連れていかれるところも見ました。だから龍神様の話が空事ではないことは重々承知しています。それに……これはまだそなたには話していないことですが……。私は若い頃金沢城下の商家に嫁ぎました。私が嫁いでから、店はとても繁盛し、たぶん龍神様のご加護だと思うのですが……店もどんどん大きくなり、とても幸せに暮らしていました。ところがある日、城下で大火が起こり、瞬く間に燃え広がって、城下町のすべてが火に包まれてしまったのです。もちろん私の嫁ぎ先も……。私はまだ幼かったお前の父達を抱えて、逃げ遅れてしまい、燃えさかる火の海の中でもうだめだと諦めていました。すると目の前に、兄龍成の姿が現れて手招きをしてくれたのです。それを追っていくうちに、いつの間にか町外れに逃げ延びていました。私と子供達は、リューセーに救われたのです」

恵蓮尼は清太をみつめながら話しているが、その眼差しはどこか遠くを見ているかのようだ。清太はただ呆然と話を聞いていた。

「その後私達は守屋の家に厄介になり、私の兄の龍之助が、私の息子……お前の父にも田畑を譲ってくれると約束してくれて、この村で再び安心して暮らせることになりました。でも私は落ち込んでしまい……亡くなってしまった夫のことや、店のことを思い、すべてを失ってしまった喪失感、なぜ私だけが生きているのだろうという絶望感に打ちのめされ……そなたには少し難しい話ですね。こう考えてみなさい、もしもお前の親や兄弟がみんな死んでしまって、お前だけが生き残ったらどうしますか？」

恵蓮尼に言われて、清太は少し考えてから、青い顔になり、ぶるりと身震いをした。

「そんなの嫌です」

素直な答えに、恵蓮尼は頷いた。

「私はこれからどうしようと途方にくれました。子供達の心配はいらないと思ったら、途端に自分の生きている意味が分からなくなったのです。そして考えたのは、あの時現れた龍成兄様の幻は何だったのだろうということ……私は何かを成すために、生かされたのではないだろうか？　と……。そんな時に、龍神池が荒らされたり、守屋の家に盗人が入ったりすることがしばしばあるのだと知りました。どうも龍神様の話を聞きつけたよそ者が、自分達もご利益を得ようと、龍神様より賜った道具を盗み出そうとしているようなのです。その頃にはすでに両親は他界し、兄の龍之助が家長となっていました。私達の孫子の代になった時には、龍神様をその目で見たものはもう誰も生きていないでしょう。それで、本当に龍神様の宝物を守り、儀式を伝えていけるのだろうか？　と思うようになりました」

そこまで話をして、恵蓮尼はひとつ息を吸うと、清太を改めてみつめて微笑んでみせた。

「それで私が出家をして、この寺を建てようと思ったのです。それがこの龍成寺のはじまりです」

清太はまだ呆然とした顔をしている。

「そなたにはまだ難しい話でしたね。でも話しておきたかったのです。そなたが望めば、いくらでも話して聞かせます。理解出来るまで……清太、ただこれだけは心に留め置いてください。この寺は、龍神様と龍聖様のための寺。私は住職の務めを血筋で継承させるつもりはありません。龍神様を信じ、伝承を守ってくれる者に継がせたいと思っています。でもそなたには継いでもらいたいと思った。それは今、そなたが誰よりも龍聖様のことを好いているからなのです。これはとても大切なことなのですよ」

清太は赤くなって目をうろうろとさせている。

「もう間もなく龍聖様は龍神様の下へ招かれるでしょう」

「い、いつですか？」

「分かりません。その時が来たら分かるはずです。明日か十日先かひと月先か……でももう夏ですから……これ以上先になることはないでしょう……清太、そなたを特別に、儀式に立ち会わせてあげます。龍聖様をお送りして差し上げなさい」

恵蓮尼の言葉に、清太の体が微かに震えた。ぐっと両手の拳を握りしめている。

「ば……ばば様、あの、藤治郎もっ……藤治郎も立ち会わせてもらえませんか？　藤治郎も龍聖様にお別れを言いたいと思うのです」

一生懸命お願いする清太に、恵蓮尼は目を閉じてしばらく考えた。

「分かりました。ならばそれまでの間、ここで真面目に手伝いをしなさい。そしたら許しましょう」

「は、はい」

清太は嬉しそうに返事をした。

清太は寺に泊まり込み、見習いの小坊主と一緒に、寺の清掃や僧侶達のお勤めの手伝いをして過ごした。真面目に手伝いをする様子を、恵蓮尼は目を細めて見守っている。

夜、通ってきた龍聖に清太の話をしてやると、龍聖がとても喜んだので、恵蓮尼も安堵した。

穏やかに日々が過ぎていく中、清太が寺に来て十日目の朝、守屋の家に寺からの使いが来た。

「龍神様からお呼びがかかったようです。恵蓮尼様が今夜にも儀式を行うと仰(おお)せになられました」

使いの僧侶がそう伝えると、守屋家の家長龍政は顔色を変えた。

「そうですか……分かりました」

龍政から知らせを聞かされた龍聖は、とても落ち着いた様子で頷いてみせた。その様子に、龍政はさらに驚いてしまった。

「お前は怖くはないのか？」

思わずそう尋ねると、龍聖は一度ハッとしたように龍政の顔をみつめ、微かに眉根を寄せて目を閉じた。

「どうして……怖いのですか？」

「いや、だってお前……龍神様の……」

龍政はそこまで言いかけて『生贄になるのだぞ』とはさすがに言えず、口ごもりながら額の汗を手拭いで拭った。ふと龍政は、膝の上に置かれた龍聖の両拳が、微かに震えていることに気が付いた。息を呑んで改めて龍聖の顔をみつめ、声をかけようとした時、龍聖が目を開けて真っ直ぐに龍政を見ると、薄く笑みを浮かべた。

「ようやく私の役目が果たせると、むしろ安堵しております。兄上、今まで本当にお世話になりました。私のためにたくさんお金を使わせてしまったことと思います。無駄にならぬように、精一杯龍神様の下でお仕えして参ります。そして龍神様が満足なされば、きっと守屋の家も栄え、村の田畑もたわわに実ることでしょう。良きことが起これば、私が頑張っているのだなと思ってください。そうやって時々、私のことを思い出していただければ、なによりでございます」

龍聖が両手をついて深々と頭を下げたので、龍政は一瞬たじろいだが、すぐに我に返ると、深々と頭を下げ返した。

「すまないな龍聖……すまない」

龍政は床につくほどに頭を下げたまま、何度も何度も謝罪の言葉を繰り返した。

日暮れと共に、守屋龍政と龍政の嫡男龍一郎の二人に付き添われて、龍聖が龍成寺へ到着した。

龍聖は僧侶に伴われて、龍神池で禊をし、白装束に着替えた。身づくろいをして龍神池の蔵から出てくると、そこには小坊主のような格好をした清太と藤治郎が立っていた。

「清太、藤治郎……どうしたのですか？　二人とも」

龍聖が嬉しそうに笑って声をかけると、二人は少し赤くなってもじもじとしている。

「あの、あの……龍聖様……どうかいつまでもお元気でいてください。おら、毎日毎日龍聖様のことを思い出します」

「おらも！　ずーっといつまでも龍聖様のことを忘れないから！」

清太と藤治郎の言葉に、龍聖は両目を潤ませながら、嬉しそうに何度も頷いた。両手を広げて二人をそっと抱きしめた。

「私もあなた達のことは忘れませんよ。いつもあなた達の幸せを祈っています」

龍聖の言葉に、藤治郎が突然「わーん」と声を上げて泣きはじめた。それに清太が驚いて、慌てて藤治郎の口を手で塞いだ。

「ば、ばか、藤治郎、そんな大声出して泣いたら、追い出されちゃうぞ！」

「わーん！　りゅうせいしゃまとわかれるのはやだぁー！」

藤治郎がさらに声を上げて泣くので、清太もつられて少し涙ぐんだ。それでも泣くまいと、ぐっと歯を食いしばり、両手の拳を強く握りしめた。

「藤治郎、泣かないでください」

龍聖が藤治郎を抱きしめて、なんとか宥めようとした。

「清太、藤治郎、二人には私からお願いがあるのです。聞いてくれますか？」

龍聖が二人を抱きしめながらそう言うと、ようやく藤治郎が泣き止んだ。

「なんですか？　龍聖様、おら、なんでも聞きます」

「お、おらも」

藤治郎もしゃくり上げながら頷いてみせたので、龍聖は体を離すと二人の顔を交互にみつめて微笑んだ。

「どうか二人いつまでも仲良しでいてください」

「いつまでも仲良く？　それだけですか？」

二人が聞き返すと、龍聖は頷いた。

「あなた達二人が力を合わせれば、きっとどんなことでも出来るはずです。清太が困った時は藤治郎が、藤治郎が困った時は清太が、助けてあげてください。いつまでも仲良しでいることは、とても簡単なようで難しいものです。でも、それだけですか？　と言えるあなた達なら大丈夫かもしれませんね。私は仲の良いあなた達が大好きなのです。だからどうか大人になってもずっと……」

「約束します！」

清太が大きな声で答えた。

「お、おらも約束します！」

慌てて藤治郎も返事をした。

二人の元気な声に、龍聖は安堵したように笑うと、二人の頭を何度も撫でた。

「頼みましたよ」

「龍神様の鏡が、今朝からずっとこのように青白く光っているのです。龍神様がお呼びになっているのだと思います。龍聖、何か見えますか？」

身支度を調えた龍聖が本堂に現れると、恵蓮尼が早速そう告げて鏡を差し出した。龍聖は初めて見る鏡に恐る恐る手を伸ばすと、全体が青白い光を放つ不思議な鏡を、そっと覗き込んだ。そこには龍聖の顔が映っている。他には何もない……が、どこからか声が聞こえてくる気がした。それは『リューセー』と名を呼んでいるようにも聞こえる。

「鏡の中から声が聞こえます……私の名を……呼んでいるように聞こえます」

「ならばやはりそうなのでしょう」

恵蓮尼は、龍聖を中央に座らせると、向かい合って座った。

龍聖の後ろには龍政と龍一郎が座っている。本堂の隅に、僧侶に付き添われて、清太と藤治郎も座っていた。

「龍聖、この指輪を左手に嵌めなさい。龍神様の証が左腕に浮かび上がるはずです」

恵蓮尼にそう言われて、龍聖は渡された指輪を、左手の中指に嵌めてみた。龍の頭のような彫り物が施された立派な指輪だった。赤い石が付いている。

嵌めてからしばらくして、一瞬指輪が光ったような気がして、次に左腕に痺れるような痛みが走った。

「あっ……」

龍聖が腕を押さえながら声を上げる。違和感を抱いて、袖を捲り上げると、左腕には藍色の不思議な模様が浮かび上がっていた。

「ああ……やはり……兄の時と同じです」

恵蓮尼は感心したように頷いた。後ろに控えていた龍政達は、驚いたように言葉もなく見ている。

「きっと龍神様が迎えてくださいますよ……もう一度鏡を覗いてごらんなさい」

恵蓮尼に促されて、龍聖はもう一度鏡を覗き込んだ。先ほどよりも鏡が光っているような気がする。

『リューセー』と呼ぶ声もはっきりとしてきた。

「龍聖」

「龍聖様」

周りから驚いているような声が上がったので、龍聖が顔を上げると、辺りが光に包まれて見えた。目の前にいるはずの恵蓮尼の姿も光で見えなくなっていく。

「恵蓮尼様！」

驚いて龍聖が叫んだが、次の瞬間意識が飛んで何も分からなくなってしまった。


光に包まれたのは周囲ではなく、龍聖の方だった。鏡から放たれた光は、みるみる龍聖の体を包み込み龍聖の姿が見えなくなっていった。

突然の不思議な現象に、龍政も龍一郎も腰を抜かすほど驚いた。清太も藤治郎も、口をぽかんと開けてみつめていた。

次の瞬間、龍聖を包んでいた光が、バーンと弾(はじ)けるように、本堂いっぱいに広がった。その場にいた全員が、その衝撃でひっくり返った。

それは一瞬の出来事だったが、皆は驚きすぎて何が起こったのか理解するのに、しばしの時間を必要とした。

ただ恵蓮尼だけが、ずっと両手を合わせて祈り続けていた。

「龍聖様！　龍聖様は？」

最初に声を上げたのは清太だった。その声に我に返った龍政達も本堂の中を見回した。そこには龍聖の姿はなかった。

「龍聖様は龍神様の下に行かれたのです」

恵蓮尼が静かにそう告げると、皆は言葉をなくしたまま、先ほどまで龍聖の座っていた場所をじっとみつめた。そこには先ほど左手に嵌めたはずの指輪と鏡が落ちているだけだった。

後日、清太は恵蓮尼に「僧侶になって跡を継ぎます」と真剣な眼差しで決意を告げた。

第2章　リューセー初降臨

エルマーン王国、赤い岩山の中をくり貫く(ぬ)ようにして造られた城の廊下を、深紅の長い髪の青年が、逸る(はや)気持ちで歩いていた。

ひとつの扉の前で足を止めると、一度大きく深呼吸をする。この青年こそ、エルマーン王国の若き国王ルイワンであった。

ルイワンは恐る恐る部屋の中へと入った。すぐにベッドに眠る人の姿に目がいく。母と同じ真っ黒な髪、白い肌、線の細い少し幼い感じの美しい寝顔がそこにあった。

ルイワンは少し距離を置いてしばらくぼんやりとみつめていた。まるで夢でも見ているかのようだ。

「なんと美しいのだろう」

ルイワンは溜息と共に小さく呟く(つぶや)。

本当に異世界から、自分のための「リューセー」が現れたのだ。まだ実感が湧かないが、みつめるうちに嬉しさが込み上げてくる。

ふいに触れてみたい……という衝動に駆られた。疚しい(やま)感情からではなく、本当に生身の人間かどうか……幻ではないかどうか確認してみたくなった。

だが父ホンロンワンより、初めて「リューセー」に触れる時は契り(ちぎ)の時と教わっていたのを思い出し、ぐっと拳を作って我慢をした。

母・龍成を失って一年。完全には悲しみが癒えていない。身内が誰もいなくなったため、悲しみを紛らわすことがなかなか出来なかったのだ。だから仕事に没頭して、寂しさをごまかしていた。

しかしようやく自分の「リューセー」が現れた。今のルイワンの心中は喜びという単純な感情だけではない。嬉しさと不安、戸惑いなどが複雑に混ざり合っていた。

しばらく眺めていると、寝ていた龍聖が少しばかり頭を動かした。動いた……と思って、ルイワンの心臓はドキリと跳ね上がる。

「ん……」

龍聖は小さく唸って、ゆっくりと目を開けた。そしてしばらくぼんやりと宙をみつめていたが、次第に意識がはっきりしてきたのか、自分が見たこともない部屋にいることに気づいたようで、少し焦ったように急いで体を起こした。

「リューセー……」

思わずルイワンはその名を呼んでいた。急に起きたら体に障ると言いたかったのだが、ルイワンの呼びかけにビクリと体を震わせて、龍聖がこちらを見た。目が合って、龍聖はとても驚いたような顔をした。ルイワンは、一瞬どうしていいのか分からなくなって、少し微笑んでみせた。

「あっ……ああ……り、龍神様!!」

龍聖はようやくすべてを飲み込めたというように、飛び上がるほど驚いてから、辺りをキョロキョロと見回した後、急いで寝ていたベッドから降りると、石の床に正座をして、平伏してしまった。

「リュ……リューセー!?」

龍聖の突然の行動に、慌てたのはルイワンの方だった。あわあわと焦りながら、どうしていいのか分からずに、ただ落ち着きなく立ち尽くすしかない。

「龍神様……私は守屋龍聖と申します。龍神様と契約をいたしました守屋家より参りました。不束者ですが、精一杯お世話をさせて頂きたいと思います。何卒よろしくお願いいたします」

龍聖は平伏したまま丁寧な口上を述べた。

「りゅ、リューセー……まずは顔を上げて……いや、床は冷たいから立ちなさい」

ルイワンが声をかけると、龍聖が驚いたように顔を上げた。目が合ったので、ルイワンがニッコリと笑うと、龍聖はかあっと一瞬にして真っ赤になり、また平伏してしまう。

「あっあっ……リューセー……あの……とにかく立ってくれないか？　それではそなたの顔もまともに見れないし、話も出来ないではないか」

焦りながらも困ったようにルイワンが言うと、龍聖は少しだけ顔を上げて、ちらりとこちらを見ている。

「頼む、立っておくれ……ここではそのように床につくほど礼をする習慣がないのだ。私も困ってしまう……さあ、頼むから立っておくれ」

龍神様が立てと言うのだから、このまま平伏し続けるのも失礼に当たると思い、龍聖はおずおずと立ち上がった。

ルイワンはようやく安堵する。

「まずはベッドに座ってくれぬか？　私はこちらに座るから」

「べっど？」

龍聖は不思議そうに首を傾げて、きょろきょろと辺りを見回した。

「ベッドとは、その寝具のことだよ……私の言葉は分かるかい？　母から大和(やまと)の言葉を習ったのだけれど、そなたに通じているだろうか？」

ルイワンはようやく少し落ち着いて、優しく微笑みながら龍聖にそう話しかけた。

龍聖は、龍神様と思われる目の前の美しい青年を、改めて直視して、その優しい笑顔にうっとりと見入ってしまいそうになった。

「リューセー？」

「あっ……はい、通じております。お気遣い頂きありがとうございます」

龍聖は耳まで赤くなりながら、恥ずかしそうに何度も頭を下げた。

「リューセー、まずは断っておかねばならない。訳あって私は今そなたに近づくことが出来ないので、こんな離れた所から話しかけている。失礼を許しておくれ」

「え？　い、いえ……失礼だなんて……」

龍聖はほうっと息を吐きながら、ベッドの上にすとんと力が抜けたように腰を下ろした。想像と違い、優しい顔で笑う観音様のように美しい人だ。燃えるような真っ赤な髪が目に眩（まばゆ）い。

「リューセー、私のことを怖いと思うかい？」

「え!?　いいえ、いいえそんなことはございません。とてもお優しい方に見えます」

「優しいかどうかは分からないけれど、そなたが私を怖がっていないのなら良かった……」

ルイワンは安堵したように、表情を綻ばせる。その美しさに、龍聖はほうと見惚れてしまった。

「リューセー、私はそなたとたくさん話したいことがあるんだ……さて、何から話すとしようか？」

ルイワンは笑顔でそう言いながら、テーブルに頬杖をついた。

「そなたは守屋の家の者だと言ったね？　私の母とどのような血縁にあるのだろうか？」

「りゅ……龍神様の母上様ですか？」

龍聖は頬を上気させたままで、不思議そうに首を傾げた。ルイワンはそのかわいらしい様子に思わず笑みを零す。

「ああ、私の母もそなたと同じく『リューセー』と呼ばれていたのだ。ああ、いや、違うか。父がそなたの家の者に、次に生まれる竜の証を持つ者に、母と同じ『リューセー』という名を付けるように約束させたのだったか？」

「母と同じリューセーという名……え？　あ、あの……その母上様はもしや龍成様なのですか？」

「タツゥナリィ……どうだろう？　そういう名前だったのだろうか？　私の母は、大和の国から私の父がこの世界へ連れてきたんだよ」

「龍神様が連れ去った龍成様が母？　あの、あの……龍神様は私が伝え聞いていた龍神様とは違う方なのですか？」

龍聖はすっかり混乱してしまったようで、眉根を寄せながら困惑したように、表情を歪ませた。その龍聖の様子に、ルイワンはしばらく考え込んだ。何か互いに思い違いがあるようだ。

「リューセー……そなたは、前に龍神の下へ行った者のことは知っているのか？」

ルイワンは龍聖を落ち着かせようと思った。もちろん自分自身を落ち着かせるというつもりもある。

「はい、我が家から最初に龍神様の下へ行った龍成様のことですね。私の父の弟君だと伺っています」

「母上の兄の子……どうりで……」

どうりで面影が少し母に似ていると思った。特に目元がよく似ている。

「リューセー、その者は私の母だった人だ」

「え？　で、でも……龍成様は私と同じ男のはず……」

「龍神は人間の男にも子を授けることが出来るんだ」

言われて龍聖は頷いた。神の力ならばそれも当然だと納得したのだろう。

「そなたの役目はそういうことだ」

「え？」

「そなたはこの世界で、私の伴侶として共に暮らし、私の子を産んで育てるのだ」

「龍神様のお子を……」

龍聖は息を呑んだ。

「人間の世界で言うならば、夫婦のようなものだと思ってくれ」

ルイワンはそう言って、微笑みながら頷いた。

「夫婦……私が龍神様の妻でございますか……」

あまりに突拍子もない話に、龍聖は狐につままれたような気がした。

実のところ龍聖は、龍成寺の本堂で鏡から放たれた光に包まれて、それから先のことを覚えていないのだ。

気が付いたら見知らぬ部屋にいた。そして声のする方を見ると、炎のような真っ赤な髪の大きな男が立っていたのだ。すぐに龍神様だと分かった。

本当はもっと年老いていて、鋭い眼差しの厳（いか）つい大男で……それも半分龍みたいな姿をしていると思っていた。

寺のご本尊として祀られている観音様に似たお顔だと聞いてはいたが、それは昔、守屋の人々の前に現れた俗世でのお姿で、本当の龍神様のお姿は、龍そのもののような者ではないかと思っていたのだ。

　目の前にいる龍神様が、龍聖の想像と違ったので、とても戸惑っていた。いや、正確には「恵蓮尼から聞いていた通り」の姿だったので、戸惑っていた。

　深紅の長い髪と、白い肌、観音様のように美しい顔の背の高い殿方。それはどこの仏師や絵師も描いたことのない「龍神様」の姿だ。

　その上龍神様にお仕えするのではなく、「夫婦のようなもの」などと言われて、どう答えればいいのか分からない。

　もしも龍神様に気に入られなければ、契約は反故にされて、守屋家は滅亡するのだ。今の守屋家の繁栄は、すべて龍成様が龍神様に見事にお仕えしている賜物なのだと言い聞かされていた。

　だから龍聖の責任は非常に大きかった。緊張して、固い決意を持って龍神様の前にいるというのに、その龍神様はとても優しく微笑んで、「話がしたい」とおっしゃっている。

「ああ、そうだ。リューセー、私のことは『龍神様』ではなく、ルイワンと呼んでおくれ。それが私の名前なんだ」

「ルイワン……様」

「様は必要ないのだけど……まあ私達は互いに初めて会ったのだからまだ仕方ないね。私のことが怖くないのならば、そんなに緊張しないでおくれ。私達は夫婦になるのだから、仲良くなりたいんだ」

　ルイワンのその言葉にも、龍聖は驚いた。

『仲良くなりたい？』

それは耳を疑うような言葉だ。

『龍神様が私と仲良くなりたい？』

龍聖は目を丸くして、心の中で何度も繰り返した。

「どうかしたのかい？　私は何か変なことを言ったのかな？」

龍聖の反応に、ルイワンも戸惑う。どうすれば緊張している様子の龍聖と打ち解けられるのか分からない。

「あ、いえ、失礼がありましたら申し訳ありません。ただ……龍……ル、ルイワン様が私と仲良くなりたいとおっしゃるなんて、なんだか信じられないことだと思ってしまいまして……」

「ああ……」

ルイワンは何かに気づいたようで、小さく溜息をつくように唸ってから腕組みをすると、目を伏せて少しばかり考え込んだ。

龍聖は怒らせてしまったのかと思い、額に汗を滲(にじ)ませながら、唇を噛んでルイワンの様子を見守った。

やがてルイワンは、視線を上げて龍聖をみつめ直すと、少しだけ口元に笑みを作ってみせてから、ひとつ深呼吸をした。

「リューセー、たぶんそなたの言う『龍神様』は、私の父ホンロンワンそのものなんだね。確かに父はとても偉大な方だった。強い魔力を持ち、知識も豊富で思慮深く、父に出来ぬことなどないようだった。母もそんな父をとても崇拝していて、夫として愛しながらも、龍神様として生涯敬っておられた。君の世界で、守屋の家の人々が会ったのは、そんな偉大なる父で……その話をずっと聞かされていたのならば、君がそんな風に『龍神様』を本当に神様のように思って、畏怖さえも感じてしまうのは仕方ないのだろうね。でもリューセー、今目の前にいるのは、残念ながら君がずっと伝え聞いていた神様ではないんだ。私はその息子で……父のような強大な魔力は持っていないし……ずっと人間に近い存在なんだ。だからがっかりされるかもしれないけれど、その代わりそんなに緊張する必要もないんだよ」

ルイワンは、とても優しく穏やかな口調で、龍聖を安心させようとするかのように語ってくれた。

龍聖はその言葉のひとつひとつを聞き逃すまいと、体を強張らせながら聞いていたが、やがて彼の言わんとする意味を理解すると、ルイワンの優しさが心に染みて、胸が熱くなった。神と恐れる龍聖を案じて、自らを人と変わらぬと、龍聖を安心させるように言ってくれているのだ。

頬を上気させて、大きな黒い目を潤ませながら、じっとみつめてくる龍聖の様子の変化に気づき、ルイワンもつられて少し赤くなった。

「リューセー……その……分かってもらえただろうか？」

ルイワンが気遣いながら尋ねると、龍聖は何度も頷いてみせた。

「ルイワン様……がっかりなどはいたしません。むしろとても嬉しく思っております。私の想像以上にお優しい御心と美しいお姿に、胸がいっぱいになっています。ルイワン様にお仕えすることが出来る喜びに震えております」

「リューセー……」

龍聖が両手を合わせて、ルイワンに向かって拝んでみせて、柔らかな笑みを零したので、ルイワンはその愛らしさに心を奪われた。

「あ……その……そう言ってくれて……安心したよ。その……私もそなたがリューセーで嬉しいよ。仲の良い夫婦になれるといいなと……思っている」

ルイワンは照れくささを笑ってごまかしながらも、なんとかそう言った。

「はい……何卒よろしくお願いいたします」

龍聖は深く頭を下げた。

「今日のところはゆっくり休んでおくれ……明日、迎えに来るから」

「明日……」

龍聖が聞き返したので、ルイワンはさらに赤くなって、困ったように頭をかいた。

「その……そなたと契りを交わさねばならないのだ。そなたと交わり……私の精をそなたに注がねば、そなたは私の伴侶になれないのだ。つまり……私と同じようなシーフォンの体になれないんだよ」

「しーふぉん……でございますか?」

「ああ、私達竜族の、人間としての種族名だよ」

龍聖はそれを聞いて一度頷くと、しばらく考え込んだ。ルイワンの言葉をひとつひとつ理解しようと、頭の中で整理しているようだ。そしてようやく理解したのか、かあっとみるみる顔が真っ赤になった。

「あ……交わるとは……もしかしてあのことでございますか……?」

契りを交わす……交わるとは、「性交」のことを言っているのだと、龍聖はようやく理解した。龍聖自身は未経験だが、なんとなく何をすることなのかは分かっている。男同士でも交われることは知っていた。

自分がこの美しい龍神様とそのようなことをするのだと、改めて思ったら恥ずかしくて顔から火が出そうだと思った。とてもまともにルイワンの顔が見られない。

ルイワンは、龍聖が理解してくれたことに安堵したが、なぜかつられてとても恥ずかしくなってしまった。思わず慌てて立ち上がる。

「き、今日は食事でもして、ゆっくりと過ごしなさい。また明日……」

ルイワンは、そのまま龍聖を残して部屋を出た。それからアルピンの侍女（じじょ）を呼ぶと、龍聖に食事をさせるように指示した。

「食事を持っていったら『オショクジデス』と言うのだぞ。リューセーの国の言葉だ。『オショクジデス』だ。いいな」

ルイワンは侍女にそう何度も言葉を教えて指示をすると、一度自室に戻り、用意していた荷物を持って、そのまま竜王の間へと向かった。明日の準備をするためだ。

大きな重い扉を開いて中へと入った。ここへ来るのは三度目。だが本当にこの部屋を使うのは初めてだ。持ってきた食料をテーブルの上に置いた。

父・ホンロンワンから、龍聖が来たらここで契りを交わし、数日を過ごすようにと言われた。

竜王の証を龍聖の体に刻むと、龍聖は人間でなくなるという。体がシーフォンに近いものへと変化するそうだ。そして竜王の子を孕（はら）めるようになるという。だがその体の変化は、とても辛（つら）いものらしい。

ホンロンワンは自身の伴侶である龍成をそれで苦しめ傷つけたことを悔やみ、後のリューセーのために、この部屋を作ってくれたのだ。

窓もない洞穴の中の部屋だというのに、眩いほどの光が溢れていた。天井も壁もすべて水晶のような結晶化した竜の死骸で造られている、竜の力で守られた部屋だった。城の他の部屋とはまったく違う。

そしてリューセーと交わるための部屋には、さらにホンロンワンの玉が埋め込まれ、強い魔力で守られていた。その部屋にルイワンは入ると、ベッドを整えはじめた。この部屋には竜王しか入れないので、すべてルイワンが自身で用意しなければならなかった。

慣れないことだが、龍聖のためだと思うと少しも苦ではなかった。ふと龍聖のことを思い出して、ルイワンは作業の手を止めた。そしてフウッと小さく溜息をついてから、ベッドに腰を下ろした。

こんなに高揚した気持ちになるとは自分でも思っていなかった。早く龍聖に来てほしいとは思っていたが、本当に来てくれるかどうかは半信半疑だったのだ。母である龍成は、父が自身で異世界に赴き連れてきたが、今回は違う。ルイワンが迎えに行かずに本当に来てくれるのだろうか？　と少し不安に思っていた。

「大和の国の男というのは、皆、あのように可憐で儚げで、美しいのだろうか……こっちの世界の人間の女よりもずっと美しいではないか……」

ルイワンはポツリと呟いた。それにとても従順で、だが弱々しいわけではなく凛としている。母と似ている。

「抱きしめたいな……」

思わずそう呟いている自分に気が付いて赤くなった。無意識に、龍聖のことばかり考えてしまっている。

「これが……愛というものなのだろうか……父上が言っていた。親や仲間を好きだと思う気持ちとは、全然違う感情だと……」

『獣であった竜の時にはまったくなかった感情だ』とも言っていた。

「明日、上手く契りを交わすことが出来るのだろうか……あんな華奢な体……強く抱きしめたら壊れてしまいそうだ。辛い思いをさせたくない」

ルイワンはそう呟いて溜息をついた。性交の仕方は教わった。だがやり方を聞いただけで、実際に試したことなど当然ない。

「本当にこれをリューセーの体の中に入れられるのだろうか……」

ルイワンはチラッと自分の股間を見てから呟いた。知識はあるがまったく想像が出来ない。もう一度くわしく聞きたいと思っても、父はいない。一人で解決しなければならないことだ。ルイワンは困ったように頭をかいた。


翌日、ルイワンは龍聖の元へと向かった。扉を叩くと返事があったのでゆっくりと開けた。

すると龍聖がまた床に正座して待っていたので、ルイワンは動揺して、その場に立ち尽くしてしまった。龍聖はそんなルイワンの様子に動じることなく、清楚な物腰で深く頭を下げた。

「ルイワン様、おはようございます」

「お、おはよう……ゆっくり眠れたかい？」

「はい」

龍聖は緊張しながら返事をした。実はあまり眠れていない。慣れない寝所、慣れない環境というのもあるが、やはり龍神様のことを考えると緊張して眠れなくなるのだ。絶対に粗相をしてはならない……そう何度も自分に言い聞かせた。

「支度はいいかい？」

「はい」

「では参ろうか」

ルイワンがそう言って促したので、龍聖は慌てて立ち上がった。

「リューセー、こちらへおいで」

ルイワンが手招きをしたので、龍聖は数歩ルイワンの方へと進み出た。だがまだ随分距離がある。ルイワンは苦笑してまた手招きをした。

「そなたに渡したいものがあるんだ。そんなに離れていては渡せないから、もっと私の側まで来ておくれ」

優しく促すルイワンに、龍聖は少し戸惑ったように、その場でもじもじとしている。

「あの……訳あって近づけないと伺ったのですが……よろしいのでしょうか？」

龍聖は言った後、恥ずかしそうに頬を染めた。ルイワンは思わず笑みを零す。

「ああ、そうなのだけど……そなたを伴侶に迎える証となるものを渡したいのだ。これがあれば近づくことも出来るのだよ」

ルイワンの言うことがよく分からなくて、龍聖は首を傾げたが、龍神様の言いつけに背く謂(いわ)れはないので、気持ちを静めるように一度深呼吸をすると、ゆっくりとした足取りで、ルイワンの側まで歩み寄った。

　ルイワンの顔を見るのが恥ずかしくて、視線を落として少し俯き気味に、ルイワンの前に立つと、ふわりと甘く心地よい香りが鼻腔をくすぐった。

『龍神様は、花のような馨しい匂いがするんだ……』

　龍聖がうっとりとしていると、ルイワンが龍聖の左手を取り、中指に指輪を嵌めてきたので、驚いて思わず顔を上げた。そこには優しく微笑むルイワンの美しい顔があった。

「あ……」

「それは王妃の指輪だよ」

「王妃の指輪……」

「そなたの指輪だ」

　そう言われて、龍聖は改めて自分の指に嵌められた指輪をみつめた。赤い石の付いた指輪は、龍成寺で儀式の時に嵌めた指輪と少し似ていると思った。

「さあ、ついておいで」

　龍聖は部屋を出るルイワンの後をついていった。部屋の外の廊下も、床も天井も石で出来ていて、窓はなかった。転々と壁にランプがかけてある。

「その着物は、そなたの世界の着物か？」

　歩きながら前を行くルイワンが、振り返ってそう尋ねた。

「あ、は、はい……でも普段着る着物ではございません。儀式のため、身を清めて白装束を着ているのでございます」

「シロショウゾク？」

「はい……この着物のことでございます」

「そう……純白でとても綺麗だ……リューセーは白がとても似合う」

ルイワンにそう言われて、龍聖は頬を染めて俯いた。龍神様から褒められた。嬉しくなってそっと笑みを浮かべてから、慌てて唇を噛んでごまかした。

「あ、あの……他にはどなたもいらっしゃらないのですか？」

龍聖は恐る恐る尋ねた。先ほどから通路は静かで、誰もいないからだ。

「ああ、たくさんいるんだけどね……そなたにはまだ会えないから、皆は部屋に隠れているんだよ。そなたが竜王の伴侶にならなければ、誰もそなたに近づくことが許されないんだ」

ルイワンにそう言われて、龍聖は驚きつつもそれを理解した。

「色々なしきたりがあるのですね」

「そうだね……そなたには、我々のことを色々と知ってもらわなければならない。でも時間はたくさんあるから、ゆっくりとお互いに知り合うとしよう」

ルイワンが笑顔でそう言ったので、龍聖ははにかみながら頷き返した。

二人は黙り込んだまま、廊下の奥まで歩いていった。

「さあ、ここだ」

ルイワンはそう言って大きな鉄の扉の前で足を止めた。鍵を開けて、ゆっくりとその重そうな扉を開くと、隙間から光が溢れ出たので、龍聖は眩しくて思わず目を閉じた。

「リューセー……さあ、目を開けて中へ入ってごらん」

ルイワンに促されて、龍聖は恐る恐る目を開けた。天井の高いとても広い部屋だった。壁も床も天井も、半透明の綺麗な石で出来ていて、天井からは眩しい光が降り注いでいた。部屋の中だというのに、緑が茂っている所もあり、すべてが真っ白というわけではないので、目が慣れてくるとなんとか辺りを見回すことが出来た。

部屋の中央に立つルイワンが手招きするので、恐る恐る中へ入った。

「ここは……」

「竜王の間だ……ここは私の父……先代の竜王が私達のために作った部屋だよ」

「竜王の間……」

「私達はこれから数日ここで過ごすことになる。食べ物もあるから心配しないで」

ルイワンはクスリと笑ってそう言うと、さらに奥へと進んだ。龍聖はしばらく呆然として天井を見上げたりしていたが、ふいに重々しい音がして、今入ってきた扉が勝手に閉まったので、驚いて慌ててルイワンを追いかけた。

ルイワンは奥の部屋の扉を開けているところだった。駆け寄ってきた龍聖を見て、ルイワンは微笑んだ。

「どうしたんだい」

「あ、いえ……な、なんでもありません」

心細くなったとは言えない。龍聖はルイワンの後ろに少し間を置いて控えるように立っていた。

「ここが契りを交わすための部屋だ」

扉を開けてルイワンがそう言ったので、龍聖は部屋の中を覗き込んだ。そこはほんのりと薄暗い感じだったが、赤い光が灯っていて、まるで夕焼けの中にいるようだと思った。

「さあ、中へ入って」

促されて、龍聖は中へと入った。小さな部屋だが先ほどの大広間よりはずっと落ち着くと思った。部屋の中には、大きなベッドが置かれているだけだ。

パタンと扉が閉まったので、ハッとして振り向くとルイワンが立っていた。

「リューセー……これからここで、私と契りを交わさなければならないが……そなたは嫌ではないか？」

ルイワンは龍聖を気遣うように優しく言った。龍聖はぼんやりとした表情で、しばらく考えるようにルイワンの顔をみつめていたが控えめに小さく頷いた。

「私は……龍神様にお仕えするために参りました。龍神様に命じられることに嫌なことなどありません」

龍聖は少し頬を上気させて、大きな瞳で真っ直ぐにルイワンをみつめてそう言った。その素直で偽りのない真っ直ぐな気性に、ルイワンは心を打たれた。

「龍神様ではないよ。ルイワンと……呼んでおくれ」

ルイワンはそう言いながらゆっくりと龍聖に近づいた。ルイワンが右手を伸ばしてきて、龍聖の頭を撫でた。龍聖は結っていた髪を解いていた。

「綺麗な髪だ」

「あ……ありがとう……ございます」

こんなに龍神様に近づくなんて……と龍聖は緊張して言葉を詰まらせた。すぐ目の前にはルイワンの広い胸がある。思わず顔を上げて、ルイワンの顔を見た。とても背が高いと思った。龍聖の住んでいた村の男でこんなに大きな者はいなかった。目が合うと、ルイワンは優しく微笑み返す。

『金色の瞳だ』と龍聖は心の中で呟いた。なんて綺麗なのだろうと思った。

「私達は交わる前に、互いに惹かれ合う香りを感じるそうだ。この香りを嗅ぐと、とても淫らな気持ちになってしまう。交わりたくなるそうなんだ。だから昨日は、そなたに近づくことが出来なかった。でもそなたに王妃の指輪を嵌めさせれば、匂いがしなくなる。この指輪は、竜王の血で作られた指輪だから、嵌めればそなたは竜王のものとなったのと同じことになるらしい。つまり交わらなくても、私の側にいられるということなのだけど……どうする？」

「え？」

龍聖は尋ねられた言葉の意味が分からなくて、首を傾げた。するとルイワンは、少し恥ずかしそうな、困ったというような雰囲気で、気まずそうに苦笑した。

「その……つまり……そなたが嫌ならば、無理に交わらなくても良いのだよと言うつもりだったのだが……そなたがあっさりと嫌なことなどないと言うものだから……どうしたものかと思ってしまって……」

龍聖は、目の前で普通の若者のように、頬を染めて照れくさそうに笑うルイワンを、不思議そうにみつめていた。こうしていると神様には見えない。とても心優しい好青年だ。契りの儀式を、嫌ならいいよと、本気で龍聖のために言ってくれている。

龍聖はひどく胸が高鳴るのを感じて、ぎゅっと右手で胸を押さえた。頬が熱い。こんな気持ちは初めてだ。龍神様への信仰心ではなく、今、この目の前の青年に、ひどく惹かれていた。

「ま、交わらなくても良いのですか？」

龍聖から逆に尋ねられて、ルイワンは驚いてみつめ返した。部屋を灯す赤い光よりも、もっと真っ赤な顔をして、大きな黒い瞳を潤ませながら、羞恥(しゅうち)に体を震わせている龍聖の姿に、ルイワンは心臓が跳ね上がった。

「よ、良くないよ」

ルイワンは上ずる声で答えると、そっと龍聖の体を抱きしめた。細くて柔らかな体だと思った。抱きしめたまま龍聖の左手を取り、指輪を外した。するとふわりと甘い香りが漂う。

「リューセー」

名前を呼ばれて、龍聖はうっとりとした気持ちになって、潤んだ瞳でルイワンをみつめた。

「ルイワン様……」

そう名前を呼び返して、ルイワンの逞(たくま)しい胸に顔を埋(うず)める。体が火照(ほて)ってきた。心臓がどきどきと激しく鳴っていて、胸が苦しくなる。

ふっと体が軽くなったと思ったら、ルイワンに抱き上げられていた。そのままベッドに運ばれて下ろされる。一瞬自分で歩きますと言おうとしたが、なんだか頭がぼんやりして、体が熱くて、上手く頭が働かない。龍聖はされるがままに大人しくしていた。

仰向(あおむ)けに寝かされて、ぼんやりと天井をみつめていたら、さらりと赤い髪が顔にかかった。『綺麗』そう思っているとすぐ目の前にルイワンの顔があった。

「ルイワン様」

「リューセー」

名前を甘く囁かれて、そのまま唇を重ねられた。

『龍神様と接吻をしている……』

龍聖はそう思うと気が遠くなりそうだった。目を閉じて、ルイワンの口づけを受けた。唇を何度か吸われて、口の中に舌を入れられた。ルイワンの舌は熱く、龍聖の舌に絡みついてきた。

「ん……あ……」

龍聖は思わず甘い声を漏らした。こんな行為は初めてで、体が痺れるようだった。しばらく長い口づけを交わして、二人とも気持ちを昂らせていった。初めは触れるような口づけだった。何度も何度もついばむように口づけられた。それがとても心地よくて、龍聖は目を瞑ったままうっとりとした。ルイワンの唇は、張りがあって温かかった。何度も軽く口づけては、時折下唇を軽く吸われた。

香りはどんどん強くなるように感じたが、むせ返るような強い香りではない。だがそれはまるで媚薬のようで、香れば香るほど、体の奥が痺れるように熱くなっていくと同時に、モヤモヤとなんとも言えない厭らしい気持ちでいっぱいになっていくのだった。

龍聖はこんな気持ちは初めてだった。もっと龍神様に抱きしめられたり、接吻してもらったりされたいという気持ちになる。次第に息が乱れていった。

一方のルイワンはとにかく無我夢中だった。抱きしめたいという気持ちのままに龍聖の体を抱きしめ、触れたいと思ったから口づけた。龍聖の柔らかな唇はとても魅力的で、甘いとさえ感じた。無心で唇を吸い、無意識に舌を絡めていた。体が熱くなっていく。それにとても良い香りがしていた。龍聖の体の香りだろうか？　不思議に思いつつも、その香りを嗅ぐと、体の奥がジリジリと痺れ、ひどく興奮してくる。

性交を意識するより先に、体が勝手に反応していた。下半身がひどく熱い。体中の血が、股間に集中しているように思えた。

ルイワンは自分の性器が、硬くなり反り上がっていることに気が付いた。今までこんな風になったことがないので驚いた。服の前を開けて見ると、性器は今までの倍以上に長さも太さも大きく膨れ上がり、頭を持ち上げるかのように腹の方へ向かって反り上がっている。充血し赤くなっている性器は、棒のように硬くなっている。丸い亀頭の先からは透明な汁が溢れ出していた。

『これで交わるということか……』

ルイワンはようやく性交の意味を理解した。

口づけを続けながら、ルイワンは龍聖の下半身を弄った。そして龍聖の性器もまた同じように硬くなっていることに気が付いた。そっと布越しに触れると、龍聖の体がビクリと震える。

「あぁ、ああ……ルイワン様……そこは……」

龍聖がうわ言のように呟いて、恥ずかしそうに体をくねらせる。

「リューセー……交わっても良いか？」

ハアハアと息を乱しながらルイワンがそう尋ねると、龍聖は頬を上気させ、同じように息を乱しながら頷いた。

「はい……お願い……いたします」

龍聖は両手で顔を隠しながら、消え入るような声で答えた。昨日、「性交」のことを言われたので、覚悟は決めていたのだが、いざとなると恥ずかしくてたまらない。龍神様が自分の体を抱き、接吻をし、恥部にまで触れて、さらにもっと濃密な関係となるのだ。

龍聖は初めての経験に、刺激が強すぎて、何も考えられなくなっていた。ただただ「恥ずかしい」という思いで頭の中がいっぱいだ。今自分がどんな状態になっているのか、ルイワンがどのようにしているのか、目を開けて見る勇気はない。

ルイワンもそんな龍聖を気にする余裕はなくなっていた。

頭の中では父に教えられた性交の手順を一生懸命思い出しながら、なぜこんなにも体が熱くなるのか、息が乱れるのか分からず、ひどく動揺していた。

覚束ない手つきで、龍聖の着物の帯を解こうとする。ルイワンがもたついていることに気づき、龍聖は顔を隠していた手を離して、自らの帯を解いた。

ルイワンは龍聖の着物の前を開くと、白い肢体が現れたので、ドキッと心臓が跳ね上がった。そっと胸の辺りに右手を当てると、温かく柔らかな感触がした。龍聖の肌は肌理が細かく、撫でるととても手触りが良かった。思わず顔を近づけて唇を当てると、龍聖の体が微かに震えた。

『すべてに触れたい』という想いが、沸々と胸に込み上げてくる。

唇で、掌で、指先で、龍聖の体の隅々まで触れた。首筋を吸い、胸を撫で、腕も腹も脇も、撫でまわし、唇を這わせた。

すると龍聖の唇から甘い声が何度も漏れる。体が小さく震え、白い肌がうっすらと朱に色づいていく。そのすべての反応が、ルイワンの欲情を激しくかき立てた。

龍聖の下半身に着けられた下着のような白い布を解くと、自身の愛液で濡れた龍聖の性器が現れた。硬くなりひくひくと震えている。それをやんわりと握ると、びくりと腰が跳ねて、龍聖が一際大きく声を上げた。

「あっあぁっ……」

とろとろと溢れ出る愛液を指で掬い取り、その濡れた指先を後孔へと押し当てた。指先でゆるゆると入口を撫でて、少し力を入れると、指先が孔の中へ入っていく。

ルイワンは逸る気持ちを必死に押し留めながら、教えの通り龍聖の後孔を指で解すことに専念した。

龍聖の後孔の中はとても狭かった。こんな小さな孔に、本当に自分の性器を入れることなど出来るのだろうか？　と解しながら少し不安になった。ルイワンにとって、性交はもちろん初めての経験だったし、誰かのこのような場所に触れることも見ることも初めてだった。

父ホンロンワンから、リューセーとの性交のやり方について教わったものの、想像していたものとは違っていた。

龍聖の性器も後孔も想像以上に淫猥で、欲情を激しくそそると共に、想像以上に小さくて繊細な部分だった。

ルイワンの性器は、限界まで上り詰めていて、今にも爆発してしまいそうだ。だがこんなに小さな孔に、無理矢理入れることなど出来そうにない。

孔を解すために入れていた指の動きが、少し楽になった。入口が最初よりも柔らかく広がるように思えたので、二本目の指を入れてみた。

「あっあっあっ」

龍聖が喘ぎながら体を捩らせた。

「リューセー……痛いのか？」

思わず聞き返すと、龍聖は息を乱しながら首を振る。

「い、いいえ……あっ……痛くは……ありません」

龍聖はなんとか答えたが、ルイワンの指が動くたびに甘い声を漏らす。

「リューセー……す、すまないが……私ももう限界なのだ……まだ……少し痛むかもしれぬが……交わらせておくれ」

「はい……大丈夫でございます……どうぞ……どうぞお好きになさってくださいませ」

二人とも激しい息遣いの合間に、なんとか言葉を紡いでいる。互いの香りは、今までにないほど強く香り合いむせ返るようだ。興奮も最高潮まで達している。

ルイワンは龍聖の後孔から指を引き抜くと、白い両脚を左右に開かせた。自身の服の前を開けて、限界まで怒張している男根を取り出し、その先を赤く色づいた後孔に宛がう。

両手で龍聖の腰を摑み、ゆっくりと孔の中に男根を挿入していった。

「あぁっあっ……んんっんっ……あっあっあぁあぁっ」

龍聖が背を反らせながら大きく喘ぎ声を上げた。体の中に熱く硬い塊が押し入ってくる。内壁を擦(こす)られ、肉を割られながらゆっくりと開かれていく感覚に、じわじわと初めて感じる快感が湧き上がってくる。

後孔がいっぱいに開かれて、鈍く痛むが、それ以上に下腹の中いっぱいに、自分とは別の熱を感じて、ひどく高揚していた。

「ルイワン様ぁっ……あぁぁっ……んっんっあんっあぁっ」

腰を抱くルイワンの腕を、龍聖は思わず摑んでいた。

「ううっ……リューセー……うっううっ」

ルイワンは額に汗を滲ませ、顔を歪ませる。龍聖の中はとても狭くて熱かった。男根を挿入しただけで、もうこれ以上耐えられそうにない。交わることが、こんなに気持ちのいいものだとは思わなかった。

ルイワンの腰が跳ねて、龍聖の中に勢いよく射精した。

「あぁ——っあっあっ……」

龍聖は体の中に注がれる熱い迸(ほとばし)りを感じて、ぶるりと体を震わせると、自身も射精していた。

「リューセー……リューセー……」

ルイワンはゆるゆると腰を動かした。快楽の波が次々と体の奥から湧き上がってくる。下半身の熱が鎮まらず、射精が終わってもなお、男根が昂り続けている。腰を前後に動かして、男根を抽挿(ちゅうそう)すると、今まで感じたことのないほどの快楽を覚えた。龍聖の熱く柔らかな内壁に、陰茎が擦られるのが気持ちいい。

初めての快楽に、ルイワンは夢中になった。腰を動かし続け、深く奥まで突き上げるたびに、龍聖が甘い声を上げた。

「ああっ……だめだ……止まらない……リューセー……ああっリューセー……」

ルイワンが何度も名前を呼び続けるのを、龍聖は半ば朦朧(もうろう)とする意識の中で聞いていた。ルイワンが熱を込めた声で、自分の名前を何度も呼んでいる。それは龍聖自身、今まで誰からも呼ばれたことのない甘い呼び声だった。

体を激しく揺さぶられ、限界いっぱいに広げられた後孔は、動くたびに鈍い痛みを感じるが、我慢出来ないほどの痛みではない。体の中を暴れまわる肉塊がもたらす快感に、自分のものとは思えないような声が、勝手に口から溢れ出す。

「あぁぁっ……はぁっあっ……ルイワン様っ……」

龍聖はもう三度も精を吐き出してしまった。そのたびに恥ずかしくて、なんとか我慢しようとするのだが、自分ではどうしようもない。ただルイワンの腕に必死で縋りつくしかなかった。

「リューセー……ああっあっ……また……出る……うっううっ」

ルイワンがさらに激しく腰を揺さぶり、龍聖の中に射精した。大量の精液は、交わる孔の隙間から外へと溢れ出た。

「リューセー……リューセー……」

「あ……あ……あ……」

甘く名前を呼びながらうなじを吸うと、龍聖が消え入りそうな声で喘ぎを漏らした。

ルイワンはゆるゆると腰を揺すって、残滓まで絞り出すと、龍聖の中から男根を引き抜いた。

龍聖の隣に体を横たえた。まだ体の熱は冷めない。ルイワンの昂りはまったく萎える気配がない。男根はまだ硬く怒張したままだ。二度の射精では、若い竜王の性欲を満足させることはない。だが体は全力疾走をした後のように脱力していた。初めての性交に、興奮しすぎてしまったようだ。

ルイワンは、はあはあと息を乱しながら、隣で仰向けに横たわる龍聖をみつめた。

龍聖の細い体も、はあはあと乱れる息に、胸が大きく上下していた。黒く長い美しい髪が乱れてしまっている。ルイワンは手を伸ばして、そっと髪を撫でた。

「リューセー」

名前を呼んだが返事はなかった。気を失ってしまったようだ。ルイワンもまた気を失うようにそのまま深い眠りに落ちた。

ルイワンが目を開けると、そこはいつもの自分の部屋ではなかった。ほんのりと赤い光の灯った薄暗い部屋は、竜王の間の、龍聖と交わるための部屋だということを思い出すのに、それほど時間はかからなかった。

「眠っていたのか」

ルイワンは小さく呟いて、ハアと息を吐いた。心地よい気だるさが残る。どれくらい眠っていたのか、どれくらい時間が経ったのかは分からない。

隣に視線を送ると、龍聖がこちらに顔を向けて安らかに眠っていた。ルイワンの表情が無意識に綻ぶ。龍聖がいる。夢ではなかったのだと思った。それと共に、初めて契りを交わしたことを思い出した。

龍聖の額の中央に、昨日までなかった小さな青い花のような模様が浮かび上がっていることに気づいた。母の額にもあった痣だ。これが父の言っていた『竜王の証』なのだと思った。

龍聖には無事に竜王の証が付き、その体は変化しているようだ。あの甘い香りもしなくなっている。安らかな寝顔を見ると、特に体の変化に苦痛は伴っていないようだ。この部屋にあるホンロンワンの玉の不思議な魔力が効いたのだろう。ルイワンは安堵したように息を吐いた。

ルイワンは隣に眠る龍聖の寝顔を、飽きることなくいつまでもみつめていた。黒く長いまつげが、白い頬に影を落とす。頬にはほんのりと赤みが差しており、その若く瑞々(みずみず)しい肌に彩りを添えている。

筋の通った程よい高さの鼻と小さな形の良い小鼻。唇はふっくらとしていて艶(つや)がある。どれをとっても美しいと思う。シーフォンのような派手な美しさではなく、清楚という言葉がとても似合う涼やかな美しさだ。

「私のリューセー」

そう小さく呟いてみた。

「ん……」

龍聖が目を覚ました。一度目を開けてまた閉じる。パチパチと瞬きをしてから、目の前のルイワンをみつめ返した。

「あ……ルイワン様」

ぼんやりとした眼差しでいたが、ふいに目を大きく見開くと、慌てて起き上がろうとした。それをルイワンが腕を摑んで引き留めた。

「あっ」

「そんなに慌ててどうしたんだい？　もっとゆっくり眠っているといい。疲れただろう」

「え、あ、あの……も、申し訳ありません」

龍聖は赤くなってそう謝った。

「なにを謝っているんだい？」

「すっかり深く寝入ってしまいました。ルイワン様よりも寝過ごすなど……このような失態……深く恥じ入ります」

龍聖はそう言って両手で顔を覆った。ルイワンは少し驚いてからすぐに笑顔になった。龍聖の両手を顔から外させると、そっと頬を撫でた。

「別に眠っていていいんだよ。なぜそんなに恥ずかしがるのかい？」

ルイワンの優しい問いかけに、龍聖は困ったように目を伏せた。

「それは……龍神様は私がお仕えする主人だからでございます。主人よりも寝過ごすなど……あるまじき行為です」

龍聖は目を伏せたままで言った。こんな間近で目を見ながら話をするなど恐れ多いと思ったからだ。本当は起き上がり、寝床を降りて床に平伏してから話したいところだが、それはルイワンに制されてしまったので、こうせざるをえなかった。

「主人？　それは私のことかい？　夫という意味でいいのかな？」

「夫!?　あっ……」

龍聖は一瞬驚いたが、すぐに何かを思い出したようで、赤くなり恥ずかしそうに目を伏せた。

「リューセー……昨日も話したが、そなたと私は夫婦のようなものなのだ。そなたには大事な役目がある。私に魂精を与えることと、私の子を産むことだ。だけど私は……このたび初めてそなたと性交をして、少し考えが変わったんだよ」

「え？　あの……私……何か粗相をしてしまったのでしょうか？」

ルイワンの言葉に、龍聖は何か思い違いをしたのか、とても慌てた様子で聞き返した。ルイワンはそれを見てクスリと笑い首を振る。

「粗相など何もないよ……そのぉ……恥ずかしいのだが、そなたはとても良くしてくれた。私はそなたを抱くことに夢中になってしまったんだ。むしろ粗相をしたと謝らなければならないのは、私の方だよ。初めての経験で、まさかこんなに興奮して何も考えられなくなるとは思わなくて……冷静さを欠いてしまった。そなたが辛い思いをすることがないように、交わる際にはよくよく、そなたの体を労り、解さなければならないと教わったというのに……我慢が出来ずに途中で強引に挿入してしまった。痛くはなかったかい？」

ルイワンは龍聖の頭を優しく撫でながら、労るように語りかけた。龍聖はそんなルイワンの優しさに、胸がいっぱいになり、言葉を発することが出来なくなっている。頬を上気させ、潤んだ瞳で目の前の美しいルイワンの顔をただ身じろぎもせずにみつめていた。

「リューセー、大丈夫かい？　体は辛くないか？　無理をしてしまい本当にすまなかった。私はまだまだ未熟者なのだ。許しておくれ」

「いえ……私は……大丈夫でございます……」

龍聖は唇を震わせながら、ようやく答えることが出来た。ルイワンは慈しむように微笑んで、何度も龍聖の頭を撫でている。

「そう、それで私の考えが変わったと話したのは……そなたの大事な役目は、私に魂精を与えることと、私の子を産むことではなかったということに気づいたのだ」

「え……ど、どういうことでしょうか？」

「そなたの大事な役目は、生涯ずっと私の伴侶として寄り添い、私と愛し合うことなんだよ」

「あいしあう……」

「愛し合うという言葉は、大和の国にはないのだったか……愛しいなら分かるね？　互いに愛しい人と想い合うことだよ」

「愛しい人……」

龍聖はその言葉を繰り返し、理解したところでみるみる真っ赤になってしまった。

「私のことを愛しいと想っておくれ……私はそなたのことがとても愛しいのだ」

ルイワンはそう言って、少し頬を上気させながら恥ずかしそうに笑った。すると龍聖の大きな両目からぽろぽろと大粒の涙がいくつも零れ落ちた。

「リューセー!?」

ルイワンが驚くうちにも、龍聖は両手で顔を覆って涙を流し続けるので、ルイワンはさらに動揺してしまった。

「ど、どうしたんだい？　そんなに泣くほど嫌だったのかい？」

「いいえ、いいえ、決してそのようなことではありません……嬉しくて……ルイワン様のお言葉が嬉しくて……あぁ……恵蓮尼様……」

龍聖は恵蓮尼の言葉を思い出していた。

『龍神様が慈しんでくださいますよ』

その言葉の通りだった。龍聖がずっと欲しかった言葉を、ルイワンが言ってくれたのだ。それは思いがけないことでもあり、嬉しすぎて信じられなかった。

「リューセー……泣かないでおくれ……そなたの涙に、私はどうしたらよいか分からない……本当に痛いとか辛いとかはないんだね？」

「はい……はい、ルイワン様」

龍聖は涙を拭いながら、笑みを作ってみせた。ルイワンは龍聖の体をそっと抱きしめる。

「父上の言った通りだ。私はまだ誰も愛したことがなかったので、私のリューセーが現れた時に、大切にし愛することが出来るかどうか、自信がなくて不安に思っていたんだ。そしたら父が『お前のリューセーが現れたならば、ただ抱きしめてやればいい』と言ったのだ。自然と抱きしめたくなるだろうと……そしたら労り、慈しみ、優しくしてやればいいと……その時はまだよく分からなかったが、今ならよく分かる」

ルイワンはそう言いながら抱きしめている龍聖の髪にそっと口づけた。

「私はそなたを抱きしめたいと思うし、こうして抱きしめていると心から愛しさが込み上げてくる。昨日初めて会ったなど嘘のようだ。私はそなたに夢中だよ」

龍聖はルイワンの胸に頬を寄せながら、少し低めの柔らかな声にうっとりと聞き入っていた。ルイワンの腕の中はとても温かくて安心出来る。誰かにこんな風に抱きしめられるのは、どれくらいぶりだろうか？　幼き頃に母に抱かれたくらいしか記憶にない。

そっと顔を上げると、目の前に優しい金色の瞳があった。真っ直ぐにみつめていると吸い込まれそうで、龍聖はうっとりと見入ってしまった。

「綺麗……」

無意識に呟くと、金色の瞳が少し揺れて、笑みを作る。

「何が綺麗なのだい？」

ルイワンが囁くように聞き返したので、龍聖は我に返って赤くなる。

「ル、ルイワン様の……金色の瞳が……とても綺麗だと思ったのです」

「そなたの漆黒の瞳の方が美しいよ」

ルイワンは甘く囁いて、龍聖の瞼（まぶた）に口づけた。

「リューセー、本当に体は大丈夫か？　どこも辛いところはないか？　何度もしつこく聞くようですまぬが、私が案じているのは、先にも伝えた通り、私と交わることで、そなたの体が我らと似たような体に変化をするからなのだ。子供が産める体にも変わる。つまり以前のそなたの体とはすっかり変わってしまうのだ。そのように体が変化するには、痛みもそれなりに生じるはずだ。それを和らげるために、この部屋の中にいるのだが……私には分からないから、もしもそなたが私に遠慮して我慢などしているならばと思って尋ねているんだ。大事なことだから遠慮などせずに、正直に言ってほしい」

ルイワンが言い聞かせるように、優しく丁寧に説明をした。その顔はとても真剣で、心から心配していることが伝わるようだ。

龍聖はルイワンをみつめていたが、嬉しそうに微笑んでみせた。

「ご心配頂き、とても嬉しゅうございます。体の方は本当に大丈夫でございます。正直に申し上げれば、確かに……ルイワン様と交わった後、しばらくの間、腹がじくじくと鈍い痛みを起こしておりましたが、それも少し痛いなと思う程度で、我慢するというほど大袈裟（おおげさ）な痛みではありませんでした。そのまま寝入ってしまったくらいですから……それで眠っている間にその痛みも治まったようで、今は大丈夫でございます」

「本当か？」

「はい」

龍聖がはっきりと返事をしたので、ルイワンは安堵したようにひとつ小さく息を吐いて、龍聖の額に口づけた。

「父上の玉が、そなたを守ってくださったのだな……良かった」

ルイワンは独り言のように呟いて、また龍聖の額に、瞼に、頬に、口づけた。

龍聖はそれをくすぐったそうに笑みを零しながら受けている。

「まだ眠いだろう？　もう少し眠っていていいんだよ」

「はい……ルイワン様……」

龍聖は素直に頷くと、ルイワンの胸に顔を埋めた。その行為に、ルイワンはときめきを感じて、改めて龍聖の体を抱きしめ直した。

腕の中の温もりに喜びを覚える。愛しいリューセーの甘えるような仕草が、嬉しくて仕方なかった。

「私のリューセー」

呟いて髪に口づけると、ルイワンも目を閉じた。

父も母といる時は、こんな気持ちだったのだろうか？　と思いながら、幸せな心地のまま眠りに落ちていった。


再びルイワンが目を覚ますと、腕の中の龍聖が「お目覚めでございますか？」とかわいく尋ねてきたので、一瞬で目が覚めて、微笑み返しながら「おはよう」と言って、龍聖の額に口づけた。

優しく甘い目覚め。ルイワンにとっては初めての経験だ。母に起こされるのとはまったく違うものだ。

「おなかは空いていないかい？」

ルイワンが尋ねると、龍聖は首を振って、少し恥ずかしそうに目を伏せた。

「どうかしたのかい？」

「……目が覚めたら……ルイワン様の腕の中でしたので……ずっとルイワン様の寝顔に見入ってしまっておりました。申し訳ありません」

「なぜ謝るのだい？　私は変な顔をして眠っていなかったかい？　寝言は言わなかった？　いびきはかいていなかった？」

ルイワンが笑いながら、少しふざけてそう言うと、龍聖が鈴の音のようなかわいい声で笑ったので、ルイワンは満足して、龍聖の唇に口づけた。

「かわいいリューセー……もしも嫌でなければ、また交わっても良いだろうか？　そなたを抱きたくて仕方ないんだ。浅ましい私を許しておくれ」

ルイワンが熱い眼差しでみつめながら、熱のこもった声でそう囁いたので、龍聖は頬を上気させながら、自分の胸を右手で押さえた。ひどく胸が苦しくなってしまったからだ。

「はい……ルイワン様……どうぞ私を抱いてくださいませ」

龍聖が恥ずかしそうに答えると、ルイワンはその唇を強く求めるように吸い、舌を絡ませ、激しく求めた。

「んっ……」

ふいに訪れた嵐のような口づけに、龍聖はなすがままに身を任せた。長い口づけの後、ようやく唇が離れて解放されると、甘い吐息をもらした。

ルイワンは一度体を起こすと、着ていた服を脱ぎはじめた。全裸になると、ベッドに横たわる龍聖の上に覆いかぶさった。

ルイワンの唇は、龍聖の首筋を這い、鎖骨を吸って、そのまま胸まで降りていった。小さな乳頭を唇で食み、少し強く吸うと、龍聖が甘く喘ぎを漏らす。体が小さく震えて、みるみる白い肌が色づいていく。

ルイワンにはどうすることが、性交の正しいやり方なのかは分からない。人間達の行為を見たことはないし、知識は父から教わったことだけだ。体中を口づけたり、愛撫したりするなどとは教わっていないが、ルイワンはこの美しい体を前にして、隅々まで口づけて、指で触れてまわりたいと思ってしまった。

ぎこちないながらも愛情をもって、体中を撫でられて、口づけられて、龍聖はその愛撫に身もだえた。体が熱くて、はあはあと息遣いが乱れて、ぞくりと痺れるような快感が体を走るたびに喉が鳴り、声が出てしまう。

「あぁっあっんんっあんっ」

恥ずかしくて口を閉じようとするが、息が苦しくて我慢できない。息をしようと、口を開くとまた声が漏れる。

「ああっあっあぁ――っあっあぁ――っ」

龍聖は込み上げる激しい熱に体を硬直させた。びくりと腰が跳ねて、射精するような快感に体を震わせる。だが龍聖の性器からは透明な愛液が滴るだけで、白い精液が出ることはなかった。

龍聖の体に変化が起きている証だ。

「あぁ……あぁぁ……」

龍聖はそのような状況には気づかないまま、せつない声を上げながら、射精の余韻に体を震わせている。

ルイワンは、龍聖が吐き出した愛液で指を濡らすと、後孔に指を差し入れて解しはじめた。初めて触れた時よりも、随分孔が柔らかくなっている。指は難なく中へと入り、二本入れても大丈夫なようだ。それでも念のため、慎重に孔を解すように、指の腹で内壁を擦り、指を左右に広げて入口を解した。

中が湿っているのは、最初に交わった時に、中に吐き出したルイワンの精液のせいだ。指を動かすと湿った音を立てた。

「あっああっ……やぁっあっ」

龍聖が息を乱しながら腰をくねらせている。

「リューセー……入れるよ?」

ルイワンはそう声をかけると、龍聖の腰を摑んで、再び交わることにした。初めて挿入した時の快感を思い出し、期待で下半身がひどく疼いた。

怒張した男根に手を添えて、赤く色づいて小さく口を開けている後孔に、亀頭を押し当てる。ゆっくりと腰を進めると、柔らかな口が開いて、ルイワンの肉塊を飲み込んでいく。

「あっあぁぁっあっ……ルイワン様っ……ああっ」

龍聖が泣くような声を上げた。体が押し開かれて、ルイワンでいっぱいになるのを感じていた。以前のような痛みはない。痛みよりも快楽があった。深く奥まで挿入されて、それだけでまた龍聖は、

体を反らせて腰を痙攣（けいれん）させた。射精のような快感で、頭の中が真っ白になる。

ルイワンが腰を動かしはじめると、それに合わせて、龍聖が甘い喘ぎを漏らし続けた。

「うっ……リューセー……ああっ……リューセー」

ルイワンも快楽に酔っていた。腰の動きが止まらない。本能のままに求めるように、龍聖の中を責め続けた。体が燃えるように熱かった。興奮が静まることはない。ひたすらに交わりを求めて、腰を揺さぶり続けた。

「うっううっ」

苦しげに顔を歪めて、龍聖の中に精を吐き出し、さらに責め立て続ける。一度射精しただけでは怒張した男根は萎えることはない。昂る欲情は、龍聖の体を求め続けた。

「ああっあっあぁぁっ……んっんぁぁっ……やっぃやぁっ……」

激しく突き上げられ、休むことなく抽挿を続けられ、何度も絶頂を感じるほどの快楽に、龍聖は怖くなっていた。このまま自分が何か分からないものになってしまいそうだ。だが「気持ちいい」快楽に逆らえない。

「いや」と言いつつ、縋るようにルイワンの腕を掴み、嬌声（きょうせい）を上げ続けている。体を捩らせ、腰まで動かしている。龍聖のそういう妖艶（ようえん）な仕草が、ルイワンの欲望をさらにかき立てた。

夢中で腰を動かし、何度も龍聖の中に精を放って、どれくらい交わり続けたのか分からないが、龍聖がぐったりと気を失って初めて、ルイワンは我に返った。

「リューセー？」

ルイワンは慌てて、龍聖の中から男根を引き抜くと、龍聖の体を抱きしめて何度も名前を呼んだ。

心地よい冷たさに気が付いて、龍聖が目を開けると、目の前には心配そうな顔で覗き込んでいるルイワンの姿があった。

「ルイワン様……」

名前を呼んだが、自分の声がひどく掠(かす)れていることに驚いて、龍聖ははっきりと目を開けた。

「あ……ルイワン様……私は……」

起き上がろうとする龍聖を、ルイワンが制した。

「まだ寝ていなさい……大丈夫かい？　私が無理をしてしまって、本当にすまなかった」

「え？」

龍聖は自分に何が起きたのか、まだ理解出来ていなかった。

「そなたは気を失っていたのだよ……私が悪いのだ。本当にすまない」

「え……あの……」

龍聖は、心から後悔している様子のルイワンをみつめながら、一生懸命何があったのか思い出そうとした。

ルイワンに抱かれて……気持ち良すぎて、頭がおかしくなりそうで……それから……記憶が飛んでいる。

どうやら性交の最中に気を失ったらしいと、ようやく理解した。

「ルイワン様……申し訳ありません」

「なぜそなたが謝る？　無理をしたのは私の方だ。あまりに……そなたとの性交が気持ち良すぎて、調子に乗ってしまったのだ。加減をしなかった。そなたはこんなにも儚げだというのに……」

　ルイワンは、水で濡らした手拭いで、龍聖の体を拭いてくれていた。

　龍聖は考えるととても恥ずかしくて、どこかに隠れたいくらいだったが、あまりにも悔やんでいる様子のルイワンを見ていると、かわいそうで堪らなくなった。

「ルイワン様……私もとても気持ち良かったのです……気持ち良すぎて気を飛ばしてしまったのです。ルイワン様は悪くありません。私もルイワン様と同じだったのです。お恥ずかしゅうございます」

　龍聖の告白に、ルイワンは驚いたように手を止めて、目を丸くしながら龍聖をみつめている。龍聖はそんなルイワンに笑ってみせた。

「このようなはしたない私はお嫌いですか？」

「き、嫌いなものか！　好きだ！　愛している！　私はそなたに夢中なのだ。性交に夢中だったのではない。そなたを抱くことに夢中だったのだ。そなたの体があまりにも良くて……いつまでもそなたと繋がっていたいと思ってしまった。そなたの体に欲情して、私の性器が……興奮しすぎて……鎮まらなかったのだ。今だってそうだ。そなたにかわいそうなことをしてしまったと、心から反省しているというのに……こんな……まったくもって恥ずかしい限りだ。すまない」

　龍聖は、ルイワンの言葉を聞きながら、思わずルイワンの下半身に目を送ってしまい、その怒張している昂りを見て、恥ずかしそうに慌てて目を逸らした。

「この部屋のせいでございます」

「え？」

「この部屋の不思議な力のせいでございます……私もあんなに乱れてしまって……力を使い切ったと思ったのに、今は少しも体が辛くありません。力が湧いてくるようなのです。ですからルイワン様が、私をもっと抱きたいと仰せならば……いくらでも……。私のこのような体でも欲して頂けるのならば、光栄でございます。気持ちいいと思ってくださるのならば嬉しく思います。私も気持ちいいのですから……どうかいくらでも抱いてくださいませ」

「リューセー……」

ルイワンと龍聖は、それから何度も抱き合った。疲れれば眠り、目が覚めればまた抱き合った。どれほどの時間、どれほどの日にちをそうして過ごしたのか分からなかった。

ただ龍聖のために用意した食料が残り少なくなって、ようやく随分長い時間を過ごしてしまったのだと、ルイワンは我に返った。

「そろそろ……戻った方が良いだろう」

ルイワンは龍聖にそう告げた。

❖

二人が戻ってくると、ルイワンの部屋の前でスウジィン達シーフォンが何人か待っていた。

「ルイワン様！　なかなかお戻りにならないので心配しておりました」

「すまない……一体何日私達はこもっていたのだ」

「六日になります」

「そうか……それはすまなかった」

ルイワンは苦笑した。あっという間だったようにも思うし、ひと月くらい経ったような気持ちもしていた。

「皆、改めて紹介しよう。私のリューセーだ」

ルイワンがそう紹介すると、皆が一斉にその場にひざまずいて最敬礼するように恭しく頭を下げた。

「リューセー様……我々一同、貴方様がおいでになるのをお待ちしておりました」

そう口上を述べられて、言葉は分からないものの明らかに自分に対して言っていると思われたので、龍聖は驚いて慌ててその場に正座しようとした。これまたルイワンも慌てて、龍聖の脇を抱えて立ち上がらせた。

「リューセー、この者達はそなたに仕える者達だ。仲間だが、家臣でもある。だからそなたが平伏する必要はないんだ。そなたは竜の聖人だし、何より私の伴侶だ。竜王の伴侶なのだから、この国の王妃なのだよ」

「で、ですが……」

龍聖は狼狽えたように抱えられたままの格好で、ルイワンを仰ぎ見た。ルイワンは笑いながらスウジィン達を見た。

「私のリューセーは控えめすぎて、すぐにひざまずこうとするから困るのだよ」

そう言ったので、スウジィン達も皆思わず顔を綻ばせた。

「ル、ルイワン様……床に座りませんから……お放しください」

龍聖が赤くなって言うと、ルイワンはわざと強く抱きしめた。

「放せと言われると放したくなくなる」

「お、お戯れをっ……皆様が見ているではありませんか」

「リューセー、皆はそなたが来てくれて嬉しいと言っていたのだよ」

「え？」

ルイワンがスウジィンの言葉を伝えたので、龍聖は驚いてもがくのを止めると、目の前でひざまずくスウジィン達をみつめた。

「さあ、そなた達ももう立ってくれ、いつまでもそうしていると、リューセーがまた平伏してしまいそうだ」

ルイワンが笑って言ったので、スウジィン達は顔を見合わせてから立ち上がった。

スウジィンは、とても嬉しそうに微笑みながら、ルイワンと龍聖をみつめて頷いた。

「ルイワン様……そのようにお二人が仲睦まじくされているのを拝見して、私はとても安堵いたしました」

「ん？」

「先のリューセー様がお亡くなりになってから、ルイワン様がひどく沈んでいらしたので心配していたのです。そのように心から笑われるお顔を見るのは久しぶりでございます」

スウジィンがそう言うと、皆も頷いたので、ルイワンは少し驚いたように目を瞬かせた。

「そうだった……か？」

「お仕事で気を紛らわせていらっしゃるようにお見受けしました」

すべてバレていたのか……と、ルイワンは心の中で苦笑した。ごまかしていたつもりだったのに、彼らにはすべて見透かされていたのだと思うと、苦笑せざるをえなかった。恥ずかしいというよりは、そんな彼らを頼もしいと思うと共に、心配させるようでは自分は竜王としてはまだまだなのだなと思ったからだ。

「すまなかった。だが見ての通りもう大丈夫だ。これから更なる国の発展のため、共に力を尽くそう」

「はい」

ルイワンの力強い言葉に、その場にいたシーフォン達は嬉しそうに頷いた。

皆と別れた後、ルイワンは龍聖を自分の部屋の中へ招き入れた。

「これからはここで一緒に過ごそう」

「はい」

「私は日中は仕事でいないことが多い。大抵は城の中のどこかにいるが、外交で外に出てしまうこともある。それに今、急遽(きゅうきょ)手がけている大事な仕事があって、ほとんどそれにかかりっきりと言っても良い……リューセーは、私のいない間、スウジィンから言葉を習うと良い。さっき私と話していた男がスウジィンだ」

「はい。かしこまりました」

ルイワンはアルピンの侍女を呼ぶと、用意していた龍聖用の衣服に着替えさせた。

淡い紫の上着が、龍聖の白い肌と黒髪にとても似合っていた。ルイワンは、眩しげに目を細めて、笑みを零す。

「似合うよ」

「あ、ありがとうございます」

龍聖は不思議そうに着せられた服を眺めていたが、ルイワンに褒められたので少し赤くなって礼を述べた。

「さて、では行こうか」

「はい？」

「そなたが来たら、ぜひやりたかったことがあるのだ」

ルイワンはそう言うと、龍聖の手を握って部屋の外へと向かった。龍聖は手を握られたことに驚いて慌てふためいた。だがルイワンはまったく気にする様子もなく、スタスタと歩いている。龍聖は必死に歩きながらも、手を握られていることが恥ずかしくて、耳まで赤くなってしまっていた。ルイワンの大きな手はとても温かだった。

この世界に来て、龍聖は驚いてばかりだ。それはすべてルイワンの行動によるところが多い。想像していた龍神様とまったく違う。

ルイワンは美しくて、とても優しくて、男らしい。龍聖のことを妻だと言い、優しく扱ってくれる。夜伽も龍聖の体を気遣ってくれる。信じがたいことだが、本当に愛されているようで、夢でも見ているのではないかと思ってしまう。

『神様なのに……』龍聖はそう思って、ルイワンの横顔をみつめながら胸が苦しくなった。愛しくて苦しい。こんな気持ちは初めてだ。

「リューセー、私の竜・ジンレイだ」

ルイワンはようやく足を止めると、龍聖にそう紹介した。そこは出入り口のようで、強い風が吹いていた。外の空気を吸うのは久しぶりだ。太陽の日差しが眩しくて、龍聖は思わず目を細めた。だが眩しいのは太陽の日差しのせいだけではないことに気が付いた。キラキラと何か光るものが目に映って、目を大きく見開いて、岩場の上の方を見上げると、そこには巨大な金色の竜の姿があった。竜は大きな金色の瞳をギョロリと動かして、龍聖をみつめるとグルルルッと喉を鳴らした。

「……！」

龍聖は「あっ！」と思うと同時にそのまま気を失ってしまった。

「リューセー！」


「リューセー……リューセー……」

「ん……」

自分を呼ぶ声に、目を覚ました。龍聖は思わずキョロキョロと辺りを見回した。

「気が付いたか」

すぐ側でルイワンが安堵した様子でそう言った。

「ルイワン様……ここは……」

「私の部屋だ。そなたが突然気絶したので驚いた」

「あ……！」

そう言われてようやく思い出した。金色の巨大な竜を見た。そこから記憶がない。気を失ってしまったのだ。

「怖かったんだね。突然竜を見せたりしてすまなかった」

ルイワンが少し困ったように笑って言ったので、龍聖は慌てて起き上がると首を振った。

「ち、違います。怖くはありません！」

龍聖は一生懸命否定した。

「無理しなくていいんだよ」

「無理なんてしていません！　本当です！　ただ突然のことで驚いてしまって……本当にただそれだけです」

本当にびっくりしすぎただけだ……怖くはない。なぜなら気が遠くなりながらも『美しい』と心の中で思ったからだ。太陽の日差しを受けてキラキラと輝く金色の竜は、本当に美しかった。目を閉じると思い出せる。

龍神様の金色の竜……何度もお伽噺（ときばなし）のように聞かされた竜だ。その本物に会ったのだ。気を失うほど驚いたとしても仕方ないと思う。

「本当に、本当に怖くはありません。信じてください」

龍聖は思わずルイワンの手を握りしめていた。

「リューセー……」

「もう一度！　もう一度龍神様に会わせてください。お願いいたします」

目の前の巨大な金色の竜を、龍聖は両手を合わせて祈るようにしてみつめていた。

「先ほどは申し訳ありませんでした。本当に失礼をいたしました。お許しください」

龍聖が心から申し訳ないというように謝罪したので、ジンレイは何度か瞬きをしてからグルルルッと喉を鳴らした。

「怒っていないそうだよ」

ルイワンが笑って言うと、龍聖は驚いたような顔でルイワンの方を振り返った。

「本当でございますか」

ルイワンはハハハと声を上げて笑って頷いた。

「さあ、じゃあ仲直りしたところで、さっそく行こうか」

「え？　あっ……ええっ!?　ル、ルイワン様っ！」

ルイワンは龍聖を抱き上げると、そのままヒョイヒョイッとジンレイの首を伝って背の上に乗った。

「さあ、ジンレイ行ってくれ！」

ルイワンが声をかけると、ジンレイはオオオッと一声咆哮(ほうこう)を上げて、大きく翼を広げ、風に乗って
ブワリッと空に飛び立った。

「わあああああ!!」

龍聖は驚いて思わず悲鳴を上げていた。ルイワンの首に抱きつくようにしがみつく。

「大丈夫だよ、落ちたりしないから……ほら見てごらん、これが我々の国、エルマーン王国だ」

ルイワンがそう言って、地上の景色を指さした。そこには今まで龍聖が見たことのない景色が広が

っていた。

巨大な箱庭のように、周囲を堅固な険しい岩山に囲まれた不思議な大地。赤い岩山に囲まれた中は、緑の多い盆地になっていた。中央には小さな町が見える。森や湖や川、畑なども見えた。

「私の母である前のリューセーは、城からほとんど出たことがなかったんだ。母は父の竜ウゥヨンのことを龍神様と崇めていたので、決してその背には乗らなかった。でもウゥヨンはきっと母を一度くらいはその背に乗せて飛びたかったと思うんだよ。ウゥヨンは母が大好きだったからね。……だから私は、私のリューセーが来てくれたら、こうして共に私の竜に乗って、この国のすべてを見せてやりたいと思っていたんだ」

「ルイワン様……」

「どうだい？　この国は」

「……とても綺麗です」

龍聖はうっとりとした顔でそう答えた。ルイワンは嬉しくなって、龍聖に口づけた。

「ルイワン様っ！」

「ハハハ……ほら、あれを見てごらん……あの山の上だ」

「あれは……何か造っているのですか？」

「そう、新しい城を造っている」

「新しい城？」

ルイワンは言いながらジンレイに合図を送って、少し高度を下げ、それがよく見えるように旋回させた。

「今居城にしている所は、父上達が昔、竜が塒にしていた洞窟を元に、岩山に穴を掘って造っただけの城だ。人として生きながら、人の生活がよく分からずに造ったものだから、あまり快適な住まいとは言えない。私はあそこで生まれ育ったから、住みにくいとは言いたくないけど……人間の国と国交を結び、色々な文化を学んでいく中で、人が快適に住むための居住環境というのが分かったんだ……。そなたと、これから生まれてくる私達の子供達のために、城を新しく建てることにしたんだ……今の部屋で、何か居心地が悪いところや足りないと思う物はないか？」

「え？」

突然聞かれて、龍聖は困ったように考え込んだ。

「そうですね……窓が……窓がないのが……少し息苦しく思いました」

「そう、そうなんだ。洞窟だからね……でも新しい城は、岩山を大きくくり貫いて、そこを土台に石造りの城を築く。完成するのにまだ何年もかかりそうだけど、待っていてほしい。それがさっき言っていた私が今一番深く関わっている仕事なんだ」

誇らしげに語るルイワンをみつめながら、龍聖は微笑んで頷いた。

「はい、いつまでもお待ちしています。そしてルイワン様のお仕事がつつがなく進みますようお祈りしています」

龍聖はそう言って、まだ造りかけの城の姿をみつめた。

第3章　婚礼

龍聖の日常は、朝食を食べた後、スウジィンにエルマーンの言葉を習うことから始まり、昼食を食べた後もまた言葉を習いつつ、エルマーンという国や、シーフォンについて学び、夕方からは一人で自由に過ごし、夜、ルイワンが仕事から戻ってきたら共に夕食を取って眠る……というものだった。

龍聖は一生懸命言葉を覚えようとした。言葉を覚えれば、世話をしてくれる侍女達と、話をすることが出来る。他のシーフォン達とも話が出来る。ルイワンやスウジィン以外の人達と、交流することが出来る。それはとても楽しいことだった。一番困ったのは『自由にしていていい』と言われた時間で、自由に……と言われても何をしていいのか分からない。

そこで侍女に頼んで布と針と糸を貰って、ルイワンの着物を作ることにした。もちろん着物はこちらの世界の形のものだ。ルイワンの持っている服を侍女から見せてもらい、見よう見真似で型を取って布を切り、縫い合わせる。それもまた楽しいものだった。

初めて仕立てた服を、ルイワンに贈ると、ルイワンはとても喜んだ。

「すごい！　そなたも服を作れるのかい？　私の母も作っていたけれど、大和の国では、女性ばかりではなく、男性も服を縫ったり出来るのかい？」

ルイワンは、興奮気味にそう尋ねたので、龍聖は少し赤くなって、大きく首を振ってみせた。

「と、とんでもありません。私の国の殿方は、縫物などはいたしません。ただ、私は……龍神様にお仕えするためには、身の回りのお世話をしなければならないということで、縫物も教わったのです。私は元々こういう細かい仕事が好きですから、着物を縫うのも楽しいのです」

「そうなんだ……いや、本当に驚いたよ。なんて素晴らしいのだろう。私はこういうことは、まったく不器用で出来ないから、ただただ感心するばかりだよ。子供の頃から、母が縫物をするところを、よく見ていたけれど、針と糸で縫っていくんだよね……細かい作業だし、とても繊細な仕事だ。そなたの心がこもっていると思うと、着心地も一層よく感じる。本当にありがとう」

ルイワンは、何度も何度も礼を言った。

龍聖は、こんなに喜ばれるとは思っていなくて、とても驚くと同時に、嬉しくて胸がいっぱいになった。

「あの……それではまた作ってもよろしいですか？」

「もちろんだよ！　何着でも、そなたが縫ってくれる服ならば欲しいよ！　あ、だけど無理はしないでおくれ。そなたは今、言葉の勉強もしているし、毎日忙しいのだから、どうか無理はしないでおくれ」

「はい、無理はいたしません。でもやることがあるというのは、本当に楽しゅうございます」

龍聖の美しい笑顔に、ルイワンは胸がときめいた。

「ああ、君は本当に、なんてかわいい人なんだ」

ルイワンにしみじみと言われて、龍聖は恥ずかしそうに頬を染めて俯いた。


そうしている間に、あっという間にひと月が経ってしまった。

こちらの世界の生活にも徐々に慣れてきて、言葉も少しだが話せるようになった。身振り手振りで大変だったアルピンの侍女達との会話も、なんとか普通に出来るようになった。

すべてが順調のように思えた。

だが龍聖には、ひとつ気がかりなことがあった。ずっと悩んでいたが、どうしてもルイワンに尋ねることが出来ずにいた。

あの日以来……あの不思議な部屋を出て以来、一度も夜伽を仰せつかっていないのだ。毎晩共に一緒のベッドで寝ているが、ただルイワンは龍聖を抱きしめて眠るだけだ。

ルイワンの態度に何か変わったところがあるわけではない。ルイワンはいつも優しく、一緒にいる時は、色々と話をしてくれる。「愛しているよ」と毎日のように言い、抱きしめて口づけてくれる。

でもだからこそ、なぜそれ以上を求められないのか不思議でならない。

何か不都合でもあったのか、それとも契りの儀式の時にするだけで、この世界の風習では、そう普段から性交はしないのか……分からなくて気になっていたが、聞くことは出来なかった。

もしも龍聖の方に、何か不手際があって、ルイワンがもう二度と交わりたくないと思ってしまったのならば、それは大変な問題だ。自分の役目のひとつとして、ルイワンの子を産まなければならないというものがあるはずだ。まだ子を孕んでいないというのに、交わりたくないと思われてしまったら、自分はこれからどうなってしまうのだろうか？

言葉を少し覚えて、侍女達と片言で話をすることが出来たといっても、やはり今の龍聖にとっては、ルイワンだけが頼れるすべてだ。ほんの僅かでも、ルイワンの心が離れてしまうことが、不安で仕方なかった。

「何か気がかりなことでもありますか？」

言葉の勉強中に、スウジィンがそう尋ねてきた。

「え？」

龍聖は文字の練習中だったが、スウジィンに尋ねられて顔を上げた。

「何か困っていますか？」

スウジィンはゆっくりと分かりやすく尋ね直した。龍聖は真剣な顔でそれを聞いてから、少し考えて首を振った。

「大丈夫です。えっと……文字は書けてます」

龍聖は今学んでいる言葉のことを聞かれたのかと思ってそう答えた。スウジィンは微笑みながら首を振ってみせた。

「リューセー様が元気がないので、困ったことがあるのかと聞きました」

スウジィンがもう一度そう尋ねると、龍聖は一瞬不思議そうな顔をして、自分を指さしてみせた。

スウジィンが頷いたので、またしばらく考えた。

「あ、いえ……何もないです」

スウジィンの言葉に、龍聖は戸惑ったように首を振る。

「ルイワン様と喧嘩でもしましたか？」

「ケ・ン・カ……けんか……喧嘩？　まさか！　ルイワン様はとてもお優しいです」

龍聖は慌てて否定したが、その態度に、やはりルイワンとの間に何かがあるのだと、スウジィンは感じた。

「ルイワン様は今日一日執務室で、たくさんの書状の返信に追われておいでです。そういう時は誰も近づかず、お一人でこもっていらっしゃいますが……リューセー様がお茶を持っていかれれば、きっと気晴らしになるでしょう」

龍聖はジッとスウジィンの言葉を聞いていたが、長い文章を早く言われると分からなくなる。龍聖が困った顔をしたので、スウジィンは微笑んだ。

「ルイワン様は執務室で仕事をしています。お茶を持っていってあげてください」

今度はゆっくりと言った。龍聖は真剣に聞いてから、少し考えてまた困ったような顔で首を傾げた。

「私が行って邪魔になりませんか？」

「まさか……お喜びになりますよ」

スウジィンはそう言って微笑んだ。


「ルイワン様、龍聖でございます。お茶をお持ちいたしました」

龍聖が扉をノックしてそう言うと、中からルイワンの嬉しそうな声が返ってきた。

「リューセー！　さあ入ってくれ！」

「失礼いたします」

扉を開けて中に入ると、奥の大きな机の側にルイワンが立っていた。机の上には、たくさんの書状が置かれている。

「お仕事のお邪魔をして申し訳ありません」

「邪魔なものか……まさかリューセーが来てくれるとは思わないから、とても嬉しいよ……ずっと書状を書いていたから、鬱屈（うっくつ）していたんだ。気が紛れる。ありがとう」

ルイワンはそう言いながら、部屋の中央に置かれたテーブルにお茶を用意する龍聖の所まで歩いてきた。

「この部屋は初めてだったね……こういう書き物などの仕事をする時は、大抵この部屋にいる。後はスウジィン達との話し合いなどもここでする。ほら見てごらん、これはこの辺り一帯の地図だ」

ルイワンは龍聖の手を引いて、部屋の右奥の壁に貼られた大きな羊皮紙の地図を指してみせた。

「これが我が国……周囲は荒野で何もないだろう？　ここと、ここに、旅人達が作った街道がある。この辺りには小さな部落が点在していて……ここがダーロン王国だ」

ルイワンは地図を眺めながら龍聖に説明をしてくれた。龍聖は初めて見る地図に、目を輝かせて見入った。他にも部屋の中にあるダーロン王国からの贈り物などを、見せてくれたりした。初めて見るものばかりで、龍聖は興味を抱いて、楽しく聞いていたが、次第に考え込んでしまい口数が少なくなった。

「リューセー……どうかしたか？」

ルイワンに尋ねられて、龍聖は俯いて言い淀（よど）んだ。

「リューセー？」

「ルイワン様は……いつもこうして……私に気を遣ってくださり……本当にお優しくしてくださって……なのに……私は何もルイワン様のお役に立てておりません」

「リューセー……何を言い出すんだ。役に立っているよ。この前は私の着物を作ってくれたではないか……とても嬉しかったよ」

しかし龍聖は首を振ってから、顔を上げてジッとルイワンをみつめた。

「何か私が粗相をしてしまったのでしたらお叱りください」

「何もないよ」

ルイワンは不思議そうな顔で答えた。

「ではなぜ……私に夜伽の相手を仰せつけにならないのですか？」

龍聖が真面目な顔でそう尋ねると、ルイワンはびっくりしたように、言葉をなくしてしばらく考え込んでしまった。

「私が何か思い違いをしてしまっていたら、そうお叱りください。私はルイワン様の子を孕まねばならない役目があると伺いましたので……その……毎夜でも夜伽の相手を務めなければならないものだと思っていたのですが……。思い違いでしたら、お恥ずかしゅうございます。何か私が粗相をしてしまったのかと……それでもう抱きたくなくなってしまったのかと……」

「リューセー……それはとんだ思い違いだよ」

ルイワンが困ったような顔でそう言ったので、龍聖はみるみる耳まで赤くなると「申し訳ございません！」と言って、両手で顔を覆いながら、部屋の隅に駆けていき、壁の方を向いて身を縮めてしまった。慌ててルイワンは追いかけると、そっと後ろから肩を抱いた。

「リューセー、思い違いだ。私がそなたを抱きたくないなどと思うものか、むしろ毎日、毎晩、抱きたいのを我慢していたのだ」

ルイワンは優しく耳元で囁いて、首筋に口づけた。

「では……なぜ？」

「怖かったのだ。あの部屋は特別な部屋だから、そなたの体を守っていたけれど……あの部屋を出てそなたを抱いたら、傷つけてしまうのではないかと……」

ルイワンはそう言ってギュッと強く龍聖を抱きしめた。

「ルイワン様」

うなじを強く吸われて、龍聖はハアと甘い息を吐いた。体の奥がじりじりと疼きはじめた。

「そなたには私の子を産んでほしいが、そのためだけにそなたを抱くのではない」

ルイワンが耳元で囁くように言った。後ろから抱きしめるルイワンの手が前に伸びて、服の上から龍聖の股間を弄った。擦るように撫でられて、龍聖は次第に息を乱す。腰の辺りには、ルイワンの硬い昂りが当たっていた。

「そなたの……すべてが欲しいのだ……そなたが欲しいから抱く……あの時に言っただろう？　生涯私に寄り添っていてほしいと……そなたが大切なのだ。傷つけたくないし、無理強いはしたくない」

「あっああっ……ルイワン様……私が……抱いてほしいと申しているのです。あっ……無理強いなどではございません」

うなじや耳の後ろを、何度も強く吸われ、股間を擦られ、ひどく体が熱くなり息が乱れた。尻に押しつけられるルイワンの硬い昂りの熱さが、布越しでも感じられて、触れられてもいないのに、後孔がじりじりと痺れてくる。龍聖は足が震えて立っていられなくなり、壁に手をついて体を支えた。

「本当にそなたは嫌ではないのか？」

「なぜ私が嫌がると、お思いなのですか？　私は……ルイワン様に抱かれとうございます」

龍聖は羞恥のあまり泣きそうだったが、本心を吐き出していた。体の内から湧き上がる欲情という感情に逆らえない。その龍聖の言葉に弾かれたように、ルイワンが龍聖の衣の裾を手繰り上げて、半分あらわになった双丘を撫でて、その中央の窪みに指を這わせた。

「あっあぁっ」

ツプリと指が入れられて、中を解すように弄られた。二本の指が入口を弄り広げる。そのまま十分に解されるのを待てずに、ルイワンが自身の昂りを、窪みに押しつけた。

「ああっあっ！　んんっんっ……あっあぁっ……ああっ」

ゆっくりと少しずつ硬く太い肉塊が入ってくる。その熱さに龍聖は体が痺れて気を失いそうだ。痛みはないが、無理やり肉を分けて入ってくる圧迫感で、下腹を押し上げられるようで苦しかった。だが体は忘れていなかった。そのさらに先にあるめくるめく快楽を期待して自然と足が開き、体が受け入れる。

少しの抵抗を感じながらも、肉塊は深く奥まで入っていった。

男根が根元まで入ると、ルイワンが小刻みに腰を揺するので、龍聖はせつない喘ぎ声を漏らす。

昼間にこのような場所で、このように立ったまま、衣服を着たままで行う性交が、ひどく淫猥で禁忌のように思えて、その「いけない行為」という後ろめたさが、二人をさらに盛り上げた。

発情するのが本能だというのならば、ルイワンはそれに正直に従うまでだと思った。龍聖が欲しい。龍聖に自分の精を注ぎ込みたい。その思いでいっぱいになる。余裕などなくて、挿入して数回動かしただけで、最初の精を吐き出してしまったが、昂りは治まらないので、なおも腰を動かし続けた。

二人は言葉もなく、ただ荒い息遣いと甘い喘ぎ声だけを発して、交わることに精一杯だった。

ルイワンは二度目の射精をすると、とりあえずはなんとか欲情が治まり、龍聖の中から挿入していた男根を引き抜いた。龍聖は小さく喘いで、ガクリと膝が崩れて、その場に倒れそうになったので、ルイワンが抱きとめて、そのまま抱え上げると椅子の所まで運んで座らせた。乱れた衣服を整えてやりながら、頬を上気させてハアハアと息を乱し、ぐったりとした様子で座る龍聖の艶めかしさにドキリとする。

「リューセー……大丈夫か？」

髪や額、頬と愛おしく撫でながら、囁くように声をかけた。龍聖は潤んだ瞳でルイワンをみつめ返した。

「大丈夫でございます」

上ずるような声でそう答えたので、ルイワンはそっとその唇に優しく口づけた。

「乱暴なことをしてすまなかった」

ルイワンが謝ると、龍聖は首を振ってからルイワンの首に両手を回すようにして縋りついた。

「嫌われてしまったのかと……不安になっておりました。私にはルイワン様しかおりません。お慕い申しております。ルイワン様……どうか……私をお捨てにならないでください」

龍聖が必死な様子でそう言ったので、ルイワンはとても驚いた。龍聖の体を抱きしめると微かに震えている。細くしなやかなその体が、ひどく儚く思えた。

「リューセー……私がそなたを捨てるなどと、なぜそのように思うのだ。もしも私がそなたに対して、そう思わせてしまうような態度を取っていたというのならば、謝らなければならぬ。申し訳なかった。

だが私はそなたが愛しくて堪らないのだ。本当はさっきのように乱暴に扱いたくなどない。そなたのことは、とても大事にしたいのだ。だがそなたに欲情してしまうと、どうしても止まらなくなってしまう。本当はもっと優しくそなたを抱いてやる術や、もっとそなたに気持ち良くなってもらう術があるのかもしれないが、私には他にどうすれば良いのか分からないのだ。上手い性交のやり方など分からぬ」

ルイワンは、こんなに不安そうな龍聖を、堪らなく愛しいと思った。

「乱暴にして頂いてかまいません……はしたないとお思いかもしれませんが……体を重ねて、交わって、ルイワン様が私を求めてくださるのが分かると、とても嬉しくなるのです。こんな私の体でも、ルイワン様が熱くなられるのかと思うと、堪らなく嬉しいのです。私の役目が、ルイワン様の子を産むことだというのならば、どうぞ子が出来るまで、毎日でも抱いてくださいませ。私の中をルイワン様でいっぱいにしてくださいませ」

大人しいと思っていた龍聖のその激しい想いに、ルイワンは胸が熱くなった。ここまで想われて、心が動かぬ者などいるのだろうか。ルイワンは龍聖の唇を貪るように激しく吸った。息をするのも忘れるほどに激しく、龍聖の口の中を舌で弄り、舌を絡め、もっともっとと求めた。龍聖もぎこちなくもそれに応える。

唇が離れると、互いにホウッと溜息のような気だるい息を吐いた。ルイワンは龍聖の額や頬にも口づけた。龍聖は目を閉じて、うっとりとした顔でそれを受けた。

「リューセー、交わることでそなたが私の愛を感じられるというのならば、いくらでもそなたを抱こう。私だってそなたが欲しくて堪らないのだ。だがそなたの体に負担をかけるのではないかと我慢をしていたのだ。私はそなたに欲情ばかりしている。いつも厭らしいことをしたいと思っている。こんな私では嫌われてしまうのではないかと思うくらいに……」

「ルイワン様」

二人は何度も口づけを交わし合った。

「ああ……愛しいリューセー。こうしていつまでも睦み合っていたいが、仕事が残っているのを思い出した。夜まで部屋で待っていておくれ」

ルイワンが残念そうに言うと、龍聖は我に返り、みるみる顔を強張らせた。

「も……申し訳ありません……ルイワン様のお仕事の邪魔をしてしまうなんて……」

「違う、違うよ。そんな顔をしないでおくれ、そなたは何も悪くない。仕事を放りだして、そなたを抱いたのは私なのだ。さあ、笑っておくれ、笑ってまったく困った方だと言っておくれ」

ルイワンは龍聖の髪を撫でながら宥めた。

龍聖は何度も謝りながら、急いで部屋を出ていった。ルイワンはそんな龍聖が気になって、仕事を急いで片付けると、龍聖の待つ部屋へと戻った。

龍聖はまた床に正座して待っていた。いつからそうしていたのか、ルイワンが扉を開けると、部屋の中央の床に正座して、目を閉じて俯いていた。

「リューセー、どうしたのだ。さあそんな所に座ると体を冷やしてしまうよ」

ルイワンが龍聖の下に駆け寄ると、体を屈めて龍聖の顔を覗き込んで言った。龍聖はゆっくりと目を開けてルイワンをみつめると、とても悲しげな表情をした。

「私は……何をやってもルイワン様にご迷惑をかけてばかりです。自分が情けなくて仕方ありません」

「そんなことはない。ほらそんな顔しないで……とにかく立って……」

ルイワンは龍聖の腕を摑んで立ち上がらせると、すぐ側のベッドに座らせた。そしてルイワンも隣に座った。

「そなたを部屋に帰してから、大急ぎで仕事を終わらせたんだよ。でもその間色々と考えていたんだ。そなたはこの世界のことを何も知らないから、不安になることが多いだろう。それにそなたはとても真面目で誠実だから、一刻も早く私の役に立たなければならないという気持ちで、さらにそんな風に自分を責めるばかりなのだろう……でもねリューセー、私だって同じなんだよ」

ルイワンは隣に座る龍聖の右手を両手で包みながら、優しい口調で子供に言い聞かせるように話を始めた。龍聖は大きな目を見開いて、一生懸命に話を聞いた。

「私も分からないことばかりだ。そもそも人間のことがまだよく分からない。ようやく人間の国と国交を結ぶことに成功して、今、色々なことを学びはじめたばかりだ。リューセーもエルマーンの歴史を学ぶ中で、我々シーフォンがどうしてこういう風になったのかは聞いたね？」

ルイワンに尋ねられて、龍聖はコクリと頷いた。

「私は人として生まれてきて、人間である母上……リューセーに育てられたから、立ち居振る舞いは人間そのものに見えるかもしれない。だけど人間の文化や慣習などは何も知らないんだよ。そなたから見ても、我々の暮らしは不思議に思うことが多いだろう。それはこの世界がそなたの世界とは違うというだけではなく、我々の暮らし自体がこの世界の人間の暮らしとも違うからなんだ。……人間の夫婦とはどんなものなのだろう？　私はそれさえも分からないんだ。どんな風に暮らし、どんな風に愛し合っているのか……前にも言ったが、性交にしても、こんなやり方で正しいのかさえ分からない。それに私とそなたは出会ってまだひと月しか経っていない。お互いに知らないことばかりだ。私だってそなたに嫌われていないか、私のことを怖いと思っていないか、そればかり気になっているんだよ」

ルイワンの言葉に、龍聖は驚いた。そして「そんな……」と呟きながらふるふると首を振った。龍聖が泣きそうな顔で、弁明しそうになるのを制して、ルイワンは話を続けた。

「今、我々にとって人間の世界の知識のほとんどは、国交のあるダーロン王国から得たものだ。だがそれだけではただの猿真似だ。ダーロン王国の模倣国になるわけにもいかない。私は得るべき知識はどんどん得たいと思うが、エルマーン王国らしくありたいとも思う。そのためにはダーロン王国や他の国にはない独自の文化を築いていけたらと思っている。だからそなたの力を借りたいのだ」

「私の……力？」

「以前は母から、大和の暮らしの知恵を聞いていた。だからこれからはそなたに色々と尋ねたいと思う」

「わ、私などはとても……」

龍聖が困惑したように眉を寄せて首を振るので、ルイワンは握っていた龍聖の手をぎゅっと強く握り直した。龍聖はハッとして、首を振るのを止めると、まだ困惑した様子のままでルイワンをみつめた。

「そなた達にとって、なんでもないごく当たり前のことが、我々にとっては分からないことなのだ。例えば食べ物には精のつくものがあるとか、植物には薬になるものがあるとか、そんなことすら知らなかったのだ。今この国は少しずつ国として発展しようとしている。おかげでアルピンの人数も少しずつ増えはじめた」

ルイワンがとても真面目な顔で語りはじめたので、龍聖は真剣に聞き入った。

「そなたの世話をしている侍女がいるだろう？　あれも最初は、そういう仕事をする者がいることすら分からなかったんだ。父の代では、人としての暮らしにさえ不自由していたため、アルピンの手を借りていた。でも私は、ダーロン王国の城に仕える侍女や従者を見本に、アルピン達に侍女や従者の仕事についての教育をして、働いてもらっている。そして対価を支払っている。そなたの世界では当たり前のことだろう？　だってそなたは最初、私の僕として仕えるつもりでいたと言ったのだから、そなたの世界では主人に仕える僕の仕事があったのだろう」

「は、はい」

「コショウとかいうのもあると言っていたな」

「はい。小姓は武士の家柄の者がなります。従者の中でも身分の高い者です。小姓は主人である殿様に気に入られれば、将来出世することが出来るので、家臣の子供が見習いのような形でお世話係になるのですから、ただの僕とは違います」

ルイワンは龍聖の話を興味深いという様子で聞いていた。

「そういう話をたくさん聞かせておくれ、これから毎日、たくさん話をしよう。そなたにはこの国の言葉を始め覚えることがとても多いため、日々のことはすべてスウジィン達に任せて、私はあまりそなたの時間を束縛しないようにしていた。負担をかけまいと思ったのが、そなたには寂しい思いをさせてしまい逆効果になってしまったんだね。夜、性交をしなかったのもそうだ。そなたのためにと思ったことが、すべて裏目に出てしまったようだ。すまなかった。だがそれも、私が夫婦とはどういうものかを知らず、そなたとどのように接したらいいのか分からなかったからだ。父と母の姿を見習っていたつもりでいたのだが、同じ部屋に住み、仲良く共に過ごすだけが夫婦ではないのだね。互いに気遣うだけではなく、もっと互いに深く知り合うために、時には踏み込んだことも言い合う必要があるようだ。許しておくれ」

「ルイワン様」

龍聖が縋るような顔をしたので、ルイワンは微笑んで頷いた。

「それにそなたの立場も理解しきれてなかったと思う。今ここで大和の言葉を話せるのは私だけだし、そなたも私に仕えることだけを考えてこの世界に来た。だからそなたにとっては私しか頼りがないのだったね。なのに私はそういうそなたの気持ちを、察してやれなかった。配慮が足りなかったと思う。本当にすまなかった」

「ルイワン様……」

龍聖はずっと我慢していた思いをルイワンが言ってくれたので、その心遣いと優しさに胸を打たれた。思わず涙が溢れてきて、龍聖の手を握っていたルイワンの手の甲を濡らした。

「私は竜王として生まれ、竜王として育ち、それが当たり前になっていた。だがそなたは大和の世界で、普通の民として生まれ育ち、異世界へとやってきた。『龍神様』というものが、そなた達にとってどういう存在であるかを、もっとちゃんと理解してやるべきだった。私とそなたの関係は夫婦のようなものだと言えば、それで理解してもらえると思っていたが、そなたにとっては、そんなに簡単に納得出来るものではないのだね。それを私が分かってなかったのだ。本当に辛い思いをさせてしまった。すまない」

ルイワンは龍聖にそう語りかけながら、自身の言葉に重なるように、母の言葉が脳裏によみがえった。

『私にとって……ホンロンワン様は今でも龍神様なのです。でも私はあの方を、一人の殿方として愛しています。夫として愛しています。そして一人の人間として、王として尊敬しています。ですから人の身であるホンロンワン様と、竜の身であるウォヨン様を、同じ方ではありますが、私の中で分けているのです』

子供の頃、母がルイワンに話してくれた言葉だ。あの頃は深くその意味を考えられなかったから、今まで忘れてしまっていた。母はこのことを言っていたのだ。一人の男性として愛したとしても、『龍神様』を崇める気持ちが消えるわけではないのだ。

ましてやこの世界に来て間もない龍聖であればなおさらだ。どんなにルイワンが、「わたし達は夫婦だよ」と言って聞かせても、そう簡単に納得出来るはずがない。

それならば、龍聖に強要するのではなく、自分がそんな龍聖を理解してやらなければならないのだ。

ルイワンは、はあとひとつ息を吐くと、自嘲気味に笑った。

ルイワンは優しく、龍聖の頬を流れる涙を、そっと拭ってやった。そして頬に両手を添えて包み込むように触れると、正面から龍聖の顔を覗き込んだ。

「リューセー、普段、家臣達の前にいる私は竜王だ。だが今、こうしてそなたと二人きりの時に、そなたの目の前にいるのは、ルイワンというそなたの伴侶であり、神でもなんでもない……そなたを心から愛するただの男だ。すぐに理解しろというのは難しいのかもしれないが、これだけはどうか分かってほしい。外にいる時、そなたが私を敬おうと、好きにして構わない。だがこうして二人でいる時は、一人の男として見てほしい。そなたが愛しくて愛しくて堪らない。そなたに夢中になっているただの男だ」

ルイワンの熱い想いに、龍聖は震える唇を開いた。

「ルイワン様……私も……ルイワン様が愛しくてなりません。きっと……ルイワン様が龍神様でなくても、私はルイワン様に一目で惹かれていたでしょう。私は龍神様のために生まれてきたのではありません。私はルイワン様のために生まれてきたのですから……」

ルイワンは龍聖に口づけをした。深く口づけてからそっと顔を離すと、龍聖が潤んだ瞳でみつめてきた。ルイワンも黙ってみつめ返した。

ようやくお互いの想いが通じ合ったように思えた。その夜二人は互いを慈しみ合うように、互いの求めに応えるように愛し合った。

それからの二人は、周囲から見ても微笑ましいほどに仲睦まじかった。ルイワンは毎日、龍聖とゆっくり話をする時間を作って龍聖のことを思いやり、龍聖はルイワンが仕事に専念出来るように、仕事の合間にほどよいタイミングでお茶の差し入れをしたり、ルイワンの好みの香(こう)を寝所や衣服に焚(た)いたりして、アルピンの侍女達が気づかないような身の回りのことに気配りをした。

ルイワンは益々(ますます)仕事に精を出し、築城に心血を注ぎつつ、ダーロン王国との外交にも力を注いだ。

「スウジィン、リューセーがなぜこの国には兵がいないのかと聞くのだ」

「はあ……それでなんとお答えになったのですか？」

執務室に新しい書状を届けに来たスウジィンに、ルイワンがそう言ったので、スウジィンは不思議そうな顔で聞き返した。

「我々は人間を殺してはならないから、戦争をするつもりがないので兵もいらないのだと説明した」

「はい、まあそうですね」

「そしたらリューセーはなんと言ったと思う？」

ルイワンがにやりと笑ってスウジィンを見たので、スウジィンは腕組みをしてしばらく考えてから首を振った。

「さて、分かりません」

「兵は戦をするためだけのものではありません。守るためにも必要です……というのだ」

「ほお」

スウジィンはその答えに感心したように頷いた。

「だから言ったのだ。人間は我々竜族を恐れているから、我らに戦いを挑む者などいないと……そしたら、ダーロンの兵に矢を射られたのをお忘れですか？　だと」

ルイワンの言葉を聞いて、スウジィンはクッと笑った。

「確かに、リューセー様が正しい」

「私はあれはただの事故だったと言ったのだ。本当はダーロンの兵も矢を射るつもりはなかったと……でも、そのような事故がもう二度とないと言えるのか？　と返されてしまった。まったく言い負かされてしまったよ」

　スウジィンはそれを聞いてハハハと笑った。

「いやいや、笑いことではありませんね。リューセー様のおっしゃる通りです。ルイワン様はダーロンを訪問する際は、僅かな供を連れて、王ご自身で出向かれる。王国の中へは竜は連れていかぬから、人の身だけで行くのは、確かに無防備ですね」

「私はダーロンの者達に対して、敵意がないことを証明するためにそうしているのだ。兵を連れてなど行けぬ」

「ですが、今後もダーロンとだけ外交されるおつもりですか？　もう今後の新しい外交先を検討されているのではないのですか？」

　スウジィンにそう言われて、ルイワンは口を歪めて苦笑して見せた。

「確かに……ダーロンの王に、他の国のことを尋ねたりはしているが……」

「もう同じ過ちはなさらぬようにしてください」

「分かっている。だが誰が兵になるんだ？　アルピンはそういうことは不得意だ」

「戦わずとも守るだけならばなんとかなるでしょう」

「……リューセーからも同じことを言われた。アルピンは従順で忠誠心があるから、体を張って竜王を守るだろうと言われた」

「ではすぐに訓練いたしましょう」

　スウジィンはニッコリと笑って会釈をした。

「ああ、それから……」

そのまま去ろうとするスウジィンに、ルイワンが話を続けたので、スウジィンは足を止めて振り返った。

「これ……覚えているか？」

ルイワンが金色の板のような物を差し出した。それを見てスウジィンは、ハッとして頷いた。

「そう、あの時、私を矢から守った父上の竜の鱗だ……これを見せてその話をリューセーにしたら、これを加工して鎧を作ると良いと言われたよ」

「鎧ですか！　……確かにこれならば、鋼よりも強くて軽い……良い鎧が出来そうですね。それは思いつきませんでした」

スウジィンが感心したように何度も頷くので、ルイワンは嬉しそうに笑った。

「リューセーはとても頭の回転が速いし、私では思いもよらぬような発想をするのだ。だから話をするのがとても面白い……それでリューセーに、我々の政策会議に出るように言ったのだが断られた。ルイワン様が知恵を貸してほしいというから、ルイワン様のためにない知恵を絞りだしているだけだと……自分は表に出るべきではないと……そう言って断られたよ」

ルイワンはそう言って苦笑しながら頬杖をついた。そんな様子をしばらく黙ってみつめていたスウジィンが、ルイワンの側まで戻ってきた。

「リューセーは良い参謀になると思ったのになぁ」

近づいてきたスウジィンに向かって、ルイワンはそう言った。

「ルイワン様」

「なんだ？」

「ホンロンワン様が亡くなられてから、国を建て直そうとなさるルイワン様の側に仕えて参りましたが、以前と比べて、私は変わったと思われませんか?」

「え?」

突然のスウジィンの質問に、ルイワンは分からないというような顔をした。

「スウジィンが?」

「はい」

今は龍聖の話をしていたのにな……と、ルイワンは少し思ったが、スウジィンが穏やかな顔でそんなことを言い出すので、何の謎かけかと腕組みをして考え込んだ。

「分からない」

「……以前より、私が大人しくなったと思いませんか? 口煩くなくなったと」

言われてルイワンはなるほどという顔をして、改めてスウジィンをみつめた。

「確かに……何か理由があるのか? 歳のせいとは言うなよ」

ルイワンは頬杖をついたままで不思議そうに尋ねた。

「はい、あります。以前、私がいつも口煩く言っていたのは、ルイワン様が無茶をなさったり、自ら働きすぎたりすることを、心配するあまりに言っていました。今のルイワン様はあの頃以上に働いておいでですが、私はもう何も心配していないのです。それはもうルイワン様が何もかも一人で抱え込まれなくなったからです。何事もリューセー様とお話になり、リューセー様がルイワン様をお助けになる。全力で走るルイワン様を力強く後ろからリューセー様が支えていらっしゃる。だからもう心配ではなくなったのです」

「スウジィン……」

「リューセー様がいらしたばかりの頃は、いつも不安そうな顔で、気弱で、大人しい方だと思っていました。でも違った。こちらの言葉もあっという間に習得されましたし、今ルイワン様がなさっている仕事や、ダーロン王国との外交、アルピン達の暮らしぶりなど、色々なことをお尋ねになり、お調べになり、よく勉強をなさっています。誰よりも努力家で、でも決してそれを表には出されません。きっとルイワン様がお困りになった時に、すぐにお力になれるように、常に準備なさっているのだと思います。そんな心強いお味方を得られたのだから、私はもう何も心配いたしません」

スウジィンが誇らしげにそう言ったので、ルイワンは少し照れたように笑った。

「リューセーは本当に素晴らしい竜の聖人だ。私も少しは良い王になっているだろうか？」

「私が良い王だと答えるよりも、ご自身が心血を注がれたこの国の様子を見ればお分かりになるでしょう。少なくともこの国に今悪い問題など何もございません。そして民は皆、竜王を敬っております」

スウジィンは多くは語らずそれだけ言うと、会釈をして扉の方へと歩いていった。ルイワンは言葉を飾られて褒め称（たた）えられるよりも、そう言われたのが嬉しかった。自分がやってきたこと、今やっていることには自信がある。信念があるからこそ貫き通せることだ。だから自分の行いに謙遜はしない。

ルイワンはスウジィンが新たに持ってきた書状を開いて読んだ。一度読んでからしばらく考え込んでいたが、部屋を出ようとするスウジィンを再び呼び止めた。

「スウジィン、ダーロン国王から、婚礼の宴への招待状が届いている。婚礼とは確か人間の男女が夫婦となる儀式のことだったな」

「はい、左様でございます。どなたの婚礼でございますか？」

「第一王子のようだ」

「それはめでたいことでございますね。ご出席なさいますか？」

「祝い事だし、招かれたのだから是非とも行くべきだろう……しかし……他国の王まで招く婚礼の宴とは一体どのようなものなのだろうか」

「楽しみでございますね」

スウジィンに言われて、ルイワンは頷きつつも首を傾げた。

人間の婚礼に立ち会うのは初めてだった。シーフォンの間では特に婚礼は行わない。行わないというより、最近までそういう儀式があることを知らなかったというのが正しい。唯一それに近いものがあるとすれば、竜王が龍聖と行う契りの儀式くらいで、ただそれも交わることで、龍聖が竜族に近い体に変化し、竜王の証がその身に現れるというものだ。儀式と言ってもつまりは「性交」であるから、他の者の前で行うものではない。

アルピン達の間でも婚礼のようなものが行われているらしいが、きちんと見たことはない。

「スウジィンは、人間達の婚礼の儀式を見たことがあるかい？」

「いいえ、私は見たことはございませんが、そのような儀式を行うと聞いたことはあります」

「もちろん竜王が行う契りの儀式とは違うものだよね」

「そうですね。そういうものではないようです。やり方は知りませんが……王や神の前で夫婦になることを誓い、それを皆の前で披露するものだと聞きました」

スウジィンの話を聞いて、ルイワンもなんとなくそういう話を聞いたことがあると思った。

「スウジィンは、奥方とはどうやって夫婦になったんだ？」

「は？」

突然の質問にスウジィンは意味が分からないという顔をした。

「スウジィン達は竜として生きていた頃の記憶があるだろう？　竜だった頃は雌雄の別がなかったから、夫婦という概念もなかった。人の身にされて、男女に性を分けられて、子孫を残すために夫婦となったのは分かるが、スウジィンが他のシーフォン達の中から奥方を選んだ理由はなんだ？　やはり愛していたからか？」

ルイワンの質問を聞いて、スウジィンは思わず苦笑した。答えを探るように、腕組みをしてしばらく考えてから、う～んと唸る。

「愛とかいう感情ではなかったですね……ああ、もちろんもう夫婦として百年以上暮らしていますから、今は情も湧いてますが……リィアンは……妻は体は女性ですが、中身は我々と同じというか、雌雄がない感じですから……竜だった頃に気の合う仲だったので互いに選んだだけです」

ルイワンはその話を聞いて、少しがっかりした顔をした。

「情緒のない話だな……子もいるのだから、そうは言っても、夫婦として愛し合って交わっているのだろ？」

スウジィンはまた少し考えてから、扉の方から引き返してきた。ルイワンの側まで来るとしばらくジッとルイワンをみつめた。

「ルイワン様……今まで敢えて申し上げませんでしたが、我らの代に生まれる子が少ないのは仕方のないことなのです。環境の問題ではありません」

「え？　急になんだ。どういうことだ」

「ですから、ルイワン様はシーフォンの夫婦に子が少ないのは、この洞窟のような城に原因があると仰せですが、必ずしもそれだけの話ではないと申し上げたのです。確かに人の身の子供を育てるにはあまり良い環境とは言えないでしょう。ルイワン様達の後の代の者達には環境が大事かもしれません。ですが我々の代はもっと他に子が出来ない理由があるのです」

思いがけない言葉にルイワンはとても驚いた。ルイワンの国づくり改革のひとつに、子孫繁栄のための国策がある。シーフォンは生まれてくる子が少なくこのままでは種族が絶えてしまう危機を感じていた。アルピンの数もここ数年減少傾向にあったのを見て、この国自体に何か問題があるのではないかと思ったからだ。そこで人間の国と外交を行い、その問題の根本的な解決策を探ろうとした。その結果、人間の繁栄には『衣食住』が大変重要なのだということが分かった。豊かな暮らしの中でこそ、人々は安心して子供を産み育てることが出来る。劣悪な環境では、子供も生まれない。

住居を建てたり、多様な農作物を育てる技術を学び、生活に便利な様々な文化を取り入れ、アルピンの町はどんどん発展していき人口も増えていった。その国策は成功したのだとルイワンは思っていたから、スウジィンのその発言は、あまりにも衝撃的だった。

「待て、そんな大事な話をなぜ今までしなかった」

「言っても仕方のない話だからです」

「仕方がない？」

ルイワンは少しカチンとしたが、怒るのは我慢した。グッと堪えてから、もう一度スウジィンをみつめて尋ねた。

「仕方がないとはどういうことだ」

「これぱかりは、ルイワン様がどんなに骨を折られてもどうにもならないのです。ホンロンワン様でさえどうにも出来なかったのですから……私にも……誰がやっても根本的な解決は出来ない問題なのです。ですから私は……私の代のことは諦めて、我らの子供達の代からなんとか子孫が増えればいいと思い、ルイワン様の施策にお力添えをして参りました」

ルイワンは少しぼんやりとしていた。ここにきてそんな重要なことを聞かされるとは思っていなかったからだ。ダーロン王国の婚礼どころの話ではなかった。

「その……根本的なものとはなんだ。そなた達の代で子が出来ない理由とはなんだ」

「……すべては……妻達の問題なのです」

「なに⁉」

「さっきも話にありましたが、私の妻は姿は女でも中身は女ではありません。女ではないという言い方がふさわしいか分かりませんが……元は我々と同じ竜。雌雄の別がなく、ただ同族の仲間でしかなかった者達です。ですが人の身にされた時に雌雄の性別に分けられた……私はたまたまこのように男の体ですが、もしかしたら女の体だったかもしれない。そしてたまたま女になった者達は、それぱかりか竜まで奪われた。そのことに未だに不満を持っているのです」

「不満だって⁉」

「私の妻だけではありません。私の代の女になった者達は皆、自分の立場に不満を持っています。女であることに……竜を失ったことに……そして我々男になった者達に抱かれ、子を孕むことに抵抗を感じているのです」

「ええ!?」

そんな話は初めて聞いたので、ルイワンは驚いた。スウジィンの妻には何度か会ったことがあるが、とても美しい女性だ。確かに気が強そうだが、不満を持っていたとは知らなかった。

「そなたと仲が良さそうに見えたのだがな……」

ルイワンがポツリと呟いた。

「仲は悪くないですよ」

そうあっさり答えたスウジィンに、ルイワンは矛盾を感じて、少しばかり首を傾げてから腕組みをした。

「決して仲が悪いわけではありません。気が合うから夫婦になったのです。仲間……の意識に近いでしょうか。最初は大変でしたよ。性交なんてまったく無理でした。ですがホンロンワン様が伴侶として選んだのが異世界の人間の男性だったのが良かったのです。お二人が仲睦まじくされる姿に影響を受けて、なんとか我々も子を作ることが出来たのです。ですが私達のところは一人作るのが精一杯でした。妻はもう嫌だと言いますし、子作りの目的以外で、性交を行うことは無理です」

「あんなに気持ちの良い行為はないというのに……」

ルイワンが驚いたように言ったので、スウジィンは苦笑した。

「確かにかつてホンロンワン様ともそのような話をいたしました。性交が上手くいかないのは、妻に気持ちいい思いをさせてやれないからだと……私もそう言われて、妻ともよくよく話し合い、なんとか努力をいたしました。おかげでそれまで絶対に嫌だと言っていたのが、交わることが出来るようになり、子供も授かりました。でも我らにはそれが精一杯なのです」

スウジィンの話を聞いて、ルイワンはまだ少しばかり納得はいかないが、頷いてみせた。

「確かに……性交を上手くやればとても気持ちよくなります。私も決して嫌いというわけではありません。でも我らにはどうしても……心と体が伴っていないのかもしれません。妻とはそのような行為をせずとも、共にいて居心地がいいから夫婦になったんだと思います。ですから男女の愛情というものは、ないかもしれません」

穏やかな顔で語るスウジィンを、ルイワンは複雑な思いでみつめていた。彼らの関係を、少し羨ましいと感じる気持ちがある。でも愛し合う夫婦が、子作り目的だけではなく、自然にまぐわうような関係を、シーフォンの皆に薦めたい。スウジィン達世代のように、それを『義務』と思っているのならば、とても寂しいと思う。それでは人口増加は難しくなる。

思いつめた表情のルイワンを見て、スウジィンは、その気持ちを察したかのように、わざと明るい口調で切り出した。

「まあ私達ももう歳ですから……若い世代に期待しています。ルイワン様とリューセー様は本当に仲睦まじく、愛し合っていらっしゃる。若い世代はその影響を受けるでしょう。息子のシーズウも、よく羨ましいと話していますから……リューセー様が、ルイワン様の御子を授かれば、さらに良い影響があります。これで新しい城も出来れば、きっとこれからシーフォンにもたくさんの子が生まれてくることでしょう」

スウジィンはそう話してから、一礼すると今度こそ部屋を後にした。ルイワンは引き止めなかった。しばらく椅子の背にもたれて天井をみつめていた。それからダーロンからの招待状をチラリと見る。

「なぜ我々竜族は、知ろうともせずに人間達を下等な生き物などと思っていたのだろう。人間とはこんなに複雑な生き物だというのに……」

ルイワンはポツリと呟いた。


ルイワンはダーロン王国を訪問し、婚礼に出席した。

美しい衣装で着飾った花嫁花婿が、王の前で婚姻の誓いを立て、王より婚姻の許しを貰い、司祭が読み上げた婚姻の誓約書に署名をして婚姻の儀が成立した。

その後二人は城のバルコニーに立ち、城下に詰めかけたたくさんの国民の前で婚姻の報告をし、民衆から祝福を受けた。ダーロンの城下町は、色とりどりの花が道沿いや家々の窓に飾られ、とても華やかだった。祝福する民衆は紙吹雪を撒き歓声を上げた。

それらの光景は、ルイワンを感動させた。人間達は婚姻という物をこんなにも華やかに盛り立て、たくさんの人々に祝福させるのだと初めて知った。

一通りの儀式が終わった後、招かれた来賓を交えての婚礼の宴が城の大広間で執り行われた。祝杯が掲げられ、たくさんの来賓からは祝いの品が贈られた。音楽が奏でられ、それに合わせて踊りを踊る者もいた。

ルイワンはそれらの賑やかな様子を、広間の隅に立ちずっと飽きることなく眺めていた。

「ルイワン王」

声をかけられて振り向くと、ダーロンのニクラス王が笑顔で立っていた。ルイワンは会釈をして祝いの言葉を述べた。

「こんなに華やかな宴は初めてです。感銘を受けました」

ルイワンは何度かニクラス王と交流するうちに、すっかり打ち解けることが出来た。そして、エルマーンが今まで人間の世界と隔絶していたこと、新たに王国を作ったこと、王国を発展させるために人間達の文化を学びたいと、ダーロン王国との国交を望んだことなどを打ち明けた。もちろんシーフォンが元々竜であり神々の怒りを買って人間の体にされたという事情までは話さなかった。だが彼らが人ではない特殊な種族であることは打ち明けた。

ニクラス王はそれらの事情を受け入れ、国交をする上でエルマーンの発展に協力すること、ルイワンから打ち明けられた事情は王の胸の内に収め他言しないことを約束した。

「ルイワン王は、ご結婚はなさらないのですか？」

「実は、最近妻を娶りました」

少し照れくさそうに笑ってルイワンが告げると、ニクラス王は驚きの声を上げた。

「それは！　知らぬこととはいえ失礼いたしました。おめでとうございます」

「ありがとうございます。我々にはこのように婚姻の儀式を行ったり、宴を開いたりする風習がないため、貴殿にも特にお知らせしていませんでした」

「そうでしたか」

「でも皆で祝福するというのは実にいいものですね」

皆に囲まれて幸せそうな様子の二人を遠巻きに眺めながら、ルイワンはしみじみと言った。

「あの花嫁の衣装は実に美しい。純白で、だがとても手の込んだ作りで、華やかだ。あれはどうなっているのですか？」

「白い生地に銀の糸で刺繍を施してあります。その上からレースをかけているのです。あれがお気に入りでしたら、同じような衣装をお贈りいたしましょう」

「え!? 頂けるのですか？」

「はい、ひと月ほどお時間を頂ければすぐに新しいものをお作りいたします」

「それは……それは大変ありがたい」

ルイワンは嬉しそうに頷いた。

「奥方への贈り物ですか？」

「……ええ」

ルイワンが少し照れたように赤くなって頷いたので、ニクラス王はそれを微笑ましく思った。

人間ではない異形の種族と、最初は内心恐れていたが、この若き王と親交を深めるうちに、自分達となんら変わらないとニクラス王は思うようになっていた。ダーロン王国の未来のためにも、彼らと繋がっていくことは大事だと思うようになっていた。


その日龍聖は、ルイワンから今日は一日皆が所用で忙しくするため、一人で部屋で過ごしていてほしいと言われた。龍聖はルイワンに言われることならば、なにひとつ疑問に思うことがないので、素直に「はい」と返事をした。

部屋に残った龍聖は、文字を書く練習をしたり、本を読んだりして過ごした。

「ルイワン……ルイワン……」

ルイワンの名前を何度も書いてみた。上手く書けたので嬉しくなり微笑みながらその文字をみつめた。龍聖はもっと早く、上手に文字が書けるようになりたかった。そうすれば、ルイワンの仕事の手伝いが出来ると思ったからだ。毎日たくさんの書状の返事を書いている姿を見て、代筆出来るものならば手伝いたいと思った。それ以外にも、龍聖に出来ることならばなんでもしたい。何か役に立ちたい。毎日それればかりを考えていた。


午後を過ぎた頃、ルイワンが部屋に戻ってきた。

「リューセー、そなたに見せたいものがある。ついてきなさい」

そう言われたので龍聖は不思議に思いつつも、「はい」と答えてルイワンの後についていった。城の中の一室に案内されると、ルイワンが一度扉の前で立ち止まって、龍聖の方を振り向いてから、楽しそうに笑みを浮かべたので、また龍聖は不思議に思った。そういえば、今日は朝から何か落ち着かない様子を見せていた。何かいいことでもあったのかな？　と思って、ルイワンに向かって微笑み返してみせた。

「気に入るといいんだが……」

ルイワンは小さく独り言のように呟いて、扉をゆっくりと開けた。

部屋の中に入ると、中央に衝立（ついたて）にかけられた真っ白な美しい衣装があった。それは見たことのないような見事な作りのものだった。一面に細かな銀糸の刺繍が施され、透かし織りのような美しい模様に織られた薄い布が幾重も重ねられている。

「これは？」

龍聖は驚きつつも、その美しさに目を奪われたようにしばらくみつめていたが、ほうっと息を吐いてからルイワンに尋ねた。

「そなたへの贈り物だ」

「私に……ですか？」

「気に入らぬか？」

「いいえ！　いいえ、そんな……こんなに美しい衣装を見たのは初めてです。私に頂けるなんて……驚いてしまって……」

龍聖が真っ赤になって慌てて言うと、ルイワンはひそかにほくそ笑んだ。

「さあ、とにかく着てみておくれ……そなた達、リューセーの着替えを手伝いなさい」

ルイワンは侍女達にそう指示すると、ポカンとしたままの龍聖をそのままにして、部屋を出ていってしまった。

「あ……ルイワン様」

龍聖はルイワンが去っていった方をしばらくみつめてから、戸惑ったように衣装の方を振り返った。

「なんだか……お伽噺に出てくる天女(てんにょ)の羽衣(はごろも)みたいだ」

龍聖がそう呟いて呆(ほう)けていると、侍女達が龍聖に会釈をして着替えるように促した。

「着替えたか？」

扉が叩かれてルイワンが戻ってきた。

「ルイワン様」

ルイワンも少し似た感じの白い衣装を着ていた。

「リューセー……なんて美しいんだ。そなたは本当に白が似合う」

ルイワンは衣装を身にまとった龍聖を見て一瞬息を呑んだ。

それはダーロン王から約束通り送られてきた婚礼衣装だった。西の方の民族衣装のようで、腰の絞られていないゆったりとした足まですっぽり隠れる長衣に、マントのような袖のない裾の長い上着を何枚も重ねて着る形の衣装だ。

男性用と女性用と形の上ではそれほど変わらないが、女性用の方が飾りも豪華で華やかであり、重ねる上着も多かった。だが一枚一枚は、美しい模様のレース編みのため、重ねて着てもそれほど重くない。

一番下に着ている長衣には細かい銀糸の刺繍が生地の隅々にまで施されており、胸の辺りには、青や緑の小さな宝石が、刺繍と共に縫いつけられていた。

その純白の白い衣装に、龍聖の長い黒髪が映えて美しかった。

「ルイワン様もとても綺麗です……この格好は一体……」

「説明は後だ。さあ、みんなが待っている。こちらにおいで」

ルイワンは龍聖の手を握ると歩き出した。

「みんな？」

訳が分からないままルイワンに手を引かれて連れていかれた。そこは城の出口だった。ジンレイが待っていた。

「動きづらいだろうが、もう少しの我慢だ」

ルイワンは手を貸してジンレイの背に龍聖と共に乗ると、ジンレイはグルルルッと唸ってからバサバサと翼を広げて宙へと舞い上がった。

「い……一体こんな格好でどちらへ」

「すぐだよ、あの築城中の城の中だ」

「え!?」

思ってもみない答えだった。龍聖は益々訳が分からなくなっていた。

ジンレイはすぐに高度を下げて、まだ半分しか出来上がっていない新しい城へと降り立った。

龍聖はルイワンに下ろしてもらうと、辺りをキョロキョロと見回した。

「ここに来るのは初めてだね。まだ造っている途中だけど……みんなが一堂に集まれる大広間は、向こうの城にはないからね」

「みんなが？」

ルイワンに手を引かれて、城の中へと入った。廊下を通り中へと進んだ。するとざわざわとたくさんの人のざわめきが聞こえてきた。なんだか美味しそうな食べ物の匂いまでしてくる。

「ルイワン様とリューセー様がご到着だ」

奥で誰かがそう叫んだ。するとワア！　と歓声が上がる。龍聖はおろおろとしながら二の足を踏んだが、ルイワンが強く手を握り返して振り返ると、ニッコリと笑ってみせてくれた。

　二人が着いたのは、まだ扉も何もない大広間だった。そこにすべてのシーフォン達が集まっていた。たぶんその大広間はかなりの広さがあるのだろうが、シーフォン達でギュウギュウだった。おそらく千五百人ほどはいるだろう。

「ルイワン様、リューセー様、ご結婚おめでとうございます！」

　二人が姿を現すと皆が一斉にそう言って、手に持っていた杯を掲げた。

「え？　え？」

　龍聖は驚いてルイワンの腕にしがみついた。一体何が起きているのかまったく分からないし、シーフォン全員が揃った所に来たことがなかったので、圧倒されてしまっていた。

「リューセー、これは私達の婚礼だ」

「え？」

　ルイワンが笑いながらそう言ったが、龍聖はまだ訳が分からずに聞き返した。

「リューセー、我々には婚礼を挙げて夫婦になるという慣習がない。だからそなたを迎えて、いきなり契りの儀式をして、それだけだった。それでいきなり夫婦だと言われても、そなたがそれを実感出来ないのも当然だ。人間の国での婚礼で、新たに夫婦となった二人が皆から祝福されるのを見て、私もリューセーをシーフォンの皆に紹介して、我々が夫婦となったことをちゃんと報告したくなったのだ。皆にリューセーを祝ってほしくなったのだ。どうだ？　形ばかりの婚礼で、遅くなってしまったが……許してくれるか？」

　龍聖はルイワンの説明を聞きながら、まだ戸惑ったようにキョロキョロと辺りを見回していた。最初は混乱して、周りがよく見えていなかった。だが次第に皆が満面の笑みで、こちらを見て祝いの言葉を述べていることに気が付いた。言い知れぬ熱い思いが胸に込み上げてくる。

隣に立つルイワンを見上げると、ルイワンもとても嬉しそうに笑っていた。ルイワンの笑顔は、いつも龍聖を幸せな気持ちにする。そしてここにいるたくさんのシーフォン達の笑顔に囲まれて、頭の中が真っ白になってきた。

「私達の婚礼……」

「そうだよ。改めて皆の前で誓おう……私はそなたを伴侶として迎え、生涯夫婦としてそなたと添い遂げよう。永遠の愛を誓うよ」

ルイワンは龍聖の両手を握って向かい合うと、とても真摯な態度で誓いの言葉を述べた。

「ルイワン様……」

名前を口にした途端、ボロッと大粒の涙が零れ落ちた。零れた涙は胸の刺繍の上に落ちたので、龍聖は慌てて手で拭う。

「リューセー、嬉しくないのか？　泣かないでおくれ」

「いいえ……いいえ……」

龍聖は上手く言葉が出ず、ただ首を何度も振った。今のこの気持ちを言葉にすることは難しかった。

故郷の二尾村も守屋の家も、自分の居場所ではないような寂しさを感じていた。

そしてこの世界に来て数カ月。ルイワンの役に立ちたい一心で、言葉や文字を覚え、風習に慣れようとし、愛し合い……すべて必死だったから、本当に時が経つのがあっという間だった。

ルイワンから何度も「伴侶だ」「夫婦だ」と言われても、それを理解することは難しかった。スウ

ジィン達シーフォンから敬われることにも慣れず、『リューセー』という自分の立場に戸惑っていた。だがこうしてルイワンが婚礼を挙げてくれて、皆に祝福されて、ようやく自分のいても良い場所がどこなのかが分かった。

龍聖はルイワンの腕を強く握った。そしてもう一度顔を上げてルイワンを見上げた。

そこにはやはり優しい笑顔がある。ここが龍聖の居場所なのだ。ルイワンの隣に、自分がいて良いのだ。ルイワンは自分以外に妻を娶らない……なぜなら龍聖が伴侶だから。ようやくそう理解した。

「リューセー?」

「……ルイワン様……これは……嬉し泣きでございます」

「リューセー!」

涙を零しながら龍聖がそう言って笑みを浮かべたので、ルイワンは大喜びでその体を抱きしめた。

皆の歓声が上がる。

城の外では、たくさんの竜達が喜びの歌を歌って空高く舞っていた。そして城下のアルピンの街では、皆が祝福の祭りを開いていた。

エルマーン王国が建国されて百二十年余り。様々なことがあった。初代竜王ホンロンワンが崩御し、初代リューセーが崩御し、皆が悲しみの底に落ちて、新しき竜王ルイワンの治世で、少しずつ皆が立ち直ってきたように見えていた。だがこれほどすべての民が喜びに満ちたことは、どれくらいぶりのことだろうか?

エルマーン王国にようやく平和が訪れた。

第4章　二人で築くもの

真っ青な空の高みから、大きな翼を広げた金色の竜が、太陽の日差しを受けて眩いばかりに輝きながら飛来してくる。その少し後方を四頭の竜が従うように飛んでいた。金色の竜は、他の竜の数倍もの大きさがあり、悠々と飛ぶ姿には、竜の王たる威厳があった。

金色の竜の背中に人影があった。真っ赤な長い髪を風になびかせ、白銀の甲冑に、濃紺のマントを羽織った青年だ。彼もまたその竜の背に合う堂々とした風格を持っていた。

どこまでも続く荒野の先に、忽然とそびえる険しい岩山の峰がある。赤茶色の岩肌は、何者もその頂へ寄せつけぬほど険しい断崖絶壁となっている。竜達はその岩山を目指して飛んでいた。

そこは竜族シーフォンが治める王国エルマーン。

上空から見ると険しい岩山が輪を作るように連なっており、その輪の中には緑豊かな盆地が広がっているという不思議な場所に王国はあった。空にはたくさんの竜が飛び交っているのが見える。

金色の竜はゆっくりと高度を下げ、岩山の一角を目指した。そこには山をくり貫いて作られた岩城がある。山から生えているように、いくつかの塔がそびえていた。その一番西の端にある塔の上へと、金色の竜はゆっくりと降りた。

巨大な竜が降りても、十分な余裕があるほど広い塔の上に、いくつかの人影が見えた。そのひとつの、風に煽られる長い黒髪が、遠くからでもすぐに分かった。

金色の竜の背に立つ真紅の髪の若き王ルイワンは、それを見て嬉しそうな笑顔になる。ルイワンは竜が着地するのを待てないかのように、その背からふわりと宙に飛び出すと、マントをなびかせながら、塔の上に着地した。

「ルイワン！　危ないではありませんか！」

待っていた黒髪の美しき人、ルイワンの伴侶である龍聖が、驚いた様子で、そう叫びながら駆け寄ってきた。それをルイワンは、おかしそうに笑って「大丈夫だよ」と答えた。

「リューセー！　一刻も早くそなたに会いたかったのだ。驚かせてすまなかった！　許せ！」

ルイワンはそう言って、龍聖を抱きしめる。

「貴方は竜王なのですよ？　御身を大切になさいませ」

龍聖は腕の中で頬を上気させながらも、窘めるように言ったが、ルイワンがそれを真面目に聞いてくれないことは分かっていた。笑いながら、龍聖の額や頬に何度も口づけている。

「仕方のない方……」

龍聖は怒っているように眉根を寄せてみたが、すぐに幸せそうに顔を綻ばせる。

そんな二人の仲睦まじい様子を、家臣達は嬉しそうに眺めていた。


偉大なる初代竜王ホンロンワンが崩御して二十年余りになる。大きな存在を失ったシーフォン達は、このままこの国が亡びるのではないかと、不安と悲しみに沈みきっていた。即位した若き王ルイワンは、父王が成し遂げることが出来なかった国造りの施策を、苦悩しながら模索し続けていた。

しかし異世界の大和の国より、新しき龍聖が降臨したことで、この国に一筋の光が差した。新しい時代の象徴とも言うべき若い二人の幸せそうな姿は、シーフォンだけではなくエルマーン国民全員に、明るい未来への希望を抱かせた。

特にまだ男女で番(つが)うという夫婦の在り方に不慣れなシーフォン達にとっては、見本となるかけがえのない存在であった。

竜であった頃の記憶を持たない若い世代にとっては、夫婦とはそんなにいいものなのだろうかという憧れを抱かせる存在であり、見習うように次々と若い夫婦が誕生していた。それこそが、エルマーン王国の繁栄に繋がる大きな一歩であった。

龍聖が降臨して六年の月日が流れていた。


「リューセー、そなたから頼まれていた土産(みやげ)を持って帰ってきたぞ」

「本当でございますか？」

ルイワンの言葉に、龍聖は顔を上げて瞳を輝かせながら嬉しそうに聞き返した。その様子を見て、ルイワンは笑って頷く。

「兵士達に運ばせるから、我々は部屋に戻って待っていよう」

ルイワンが歩きながらそう言ったので、龍聖は頷いて後に続いた。二人はそのまま塔を降りて、私室へと向かった。

二人の私室へ戻ってくると、ルイワンは安堵したように息を吐いた。

「お疲れですか？」

龍聖が尋ねると、ルイワンは微笑みながら首を振った。

「いや、疲れてはいないよ。ただこの部屋に戻って、ほっとしただけだ。そなたの側にどれほど戻りたかったことか」

龍聖は手慣れた様子で、ルイワンの甲冑の腕や足や胴を次々と外して、それを側に控える侍女に渡した。侍女達は渡された甲冑を大事そうに抱えて次々と部屋を出ていく。最後の部分を渡し終えて、侍女が一礼をして去っていき、ようやく二人きりになった。

ルイワンは笑いながら大きく伸びをした。龍聖はそれを見て微笑みながら、近くのテーブルの上に畳んで用意していた着替えを取りに行く。

「外交は上手くいきましたか？」

着替えを手に取りながらそう尋ねたが、返事がないので不思議そうな顔で振り返ると、すぐ後ろにルイワンが立っていたので少し驚いた。

「そなたは寂しくなかったのか？」

ルイワンが囁くようにそう言って、龍聖の体を抱き寄せた。

「たった……五日ではありませんか……」

龍聖は恥ずかしそうに頬を上気させながら、ルイワンの腕の中で独り言のようにそう呟いた。寂しくないわけがない。でも寂しいと言ってはいけないと思った。

「私はリューセーのことばかり考えていたよ」

ルイワンはさらに強く抱きしめながら甘えるような優しい声で囁く。龍聖は耳まで赤くなって、ルイワンの胸に顔を埋めた。ルイワンの香りがする。そう思うととても安心した。

「口づけをさせてくれないのかい？」

耳元で甘く囁かれて、龍聖が顔を上げた。すぐそこに優しい金色の瞳があった。

龍聖が愛しげにその名を呼ぶと、金色の瞳に柔らかな光が宿る。そっと優しく唇を重ねられた。甘く長い口づけに、体の奥が熱くなるようだった。ルイワンの背中に回した腕が、縋りつくようにギュッと服を摑む。

「ルイワン……」

ルイワンの舌が差し入れられ、愛撫するように龍聖の舌に絡みつく。龍聖はそれに懸命に応えた。

ルイワンの両腕が腰を抱き、両手の指が龍聖の服をたくし上げていく。裾まで上げると、中に穿いていた下袴に手をかけ少しずり下げた。龍聖の白く丸い双丘が露わになる。

右手が撫でるように双丘の表面に触れると、龍聖の体が微かに揺れた。中指が割れ目に滑り込み、その先の窪みへと這っていく。指の腹が窪みをゆるゆると撫でて、ぐっと押し入ってくるのを感じて、龍聖はびくりと体を震わせた。

ルイワンがやりやすいようにと、意識して足を少し開きながら、まだ続く甘い口づけに応える。

ルイワンが体を求めてくれれば、龍聖は決してそれを拒むことはなかった。それは昼夜も、場所も厭わなかった。たとえどのような時であっても、ルイワンが求めてくれれば、龍聖は素直にそれを受け入れる。それが当たり前になっていたため、ルイワンも場所も時も選ぶことはなかった。

龍聖は、それが伴侶としての務めだと思っていたし、こうして求められることが喜びでもあった。

この世界に来て六年。気が付けばそんなに時が経っていた。それでも初めて出会った頃から変わらず、こうして情熱的に龍聖を愛し、体を求め続けてくれることは、何よりも嬉しいことだし、ありがたいことだと思った。

二本の指が孔を解すように動いていた。次第にじりじりとした熱が、孔から体の奥へと上がってくる。そこに間もなく来る快楽を、体が覚え込んでいる。

「あっあっ……ルイワン……」

龍聖が口づけから逃れるように顔を離して、甘い喘ぎを漏らした。ルイワンは一度強く龍聖を抱きしめてから、そっとその体を離すと、後ろ向きになるように誘った。龍聖はルイワンに背を向け、テーブルに両手をつき、少し足を開いて尻を突きだすようにして待つ。

ルイワンの怒張した昂りが、ほんのりと朱に色づいた小さな孔に宛がわれる。蜜(みつ)の滴るその先端をぐっと押しつけると、穴が広がり肉塊を飲み込んでいった。その形を覚え込んでいるはずなのに、いつまでも狭く熱い龍聖の中を、ルイワンは腰を揺すって進み、熱い内壁に昂りを擦りつけた。

ルイワンは龍聖の腰を摑み、前後にゆっくりと腰を動かしながら、次第に高まる快楽の波に息を弾ませていた。

龍聖は突き上げられるたびに、せつない声を漏らす。下腹が苦しくなるほどに、太く長い肉塊はとても熱を帯びて感じられた。中を突き上げられ、擦られるように動かれて、痺れるような気持ちの良い快感が沸々と湧き上がってくる。

絶えず漏れる甘い喘ぎを抑えることが出来なかった。

その時部屋の扉が叩かれた。龍聖は驚いて、右手で口を押さえた。

「何か用か？」

ルイワンは腰の動きを止めずに、扉の方に向かって返事をした。

「陛下(へいか)、例の荷物を運び入れましてございます」

家臣の誰かが、扉の向こうでそう答えた。

「少し休んでから参る……皆もそれまで休むように伝えておいてくれ」

「かしこまりました」

扉の向こうでそう返事があり、そのまま去っていったようだった。

「ルイワン……ああっ……いけません……」

龍聖は責め続けられ、羞恥でこれ以上にないほど耳まで赤くなり、涙目でそう訴えた。

「もう去った……気にするな」

ルイワンは弾む息でそう答えて、少し腰の動きを速めた。突き上げるように奥まで何度も責めたてて、龍聖の腰を引き寄せると、最奥に精を勢いよく放った。

「あああああっ」

注がれる熱い迸りを感じて、龍聖もまた腰を震わせて精のない汁を陰茎から滴らせた。

ルイワンは残滓まですべてを絞り出すように、何度かゆるゆると腰を動かしてから、ゆっくりと男根を引き抜く。

力なくテーブルに伏して乱れる息を吐く龍聖の体を、そっと抱き起こした。龍聖の体を仰向けにひっくり返すと、口づけを何度かしてから、また強く抱きしめた。

「怒ったのか？」

何も言わない龍聖に、ルイワンが心配そうに尋ねた。

「怒ってはおりません……でも……あのように誰かが参った時には……性交を続けるのはお止めください……死ぬほど恥ずかしゅうございました」

「すまない……だがあそこで止めろと言われて、止められるものではない」

「ルイワン」

言い訳をするルイワンを咎めるように、龍聖が顔を上げて強くみつめたので、ルイワンは苦笑した。

「分かった。もう二度とあのようなことはしないから、許しておくれ」

ルイワンにそう言われて、龍聖が許さないわけにはいかなかった。だが「二度としない」というのは、守られることはないだろうと、龍聖は思っていた。

ルイワン達が、普通の人間とは性交に対する意識が少しばかり違うことは、この六年の間で薄々分かってきたことであった。最初の頃は、ここが龍聖の住んでいた世界とは異なる世界だからなのかと思っていた。

龍聖はこのエルマーン王国から外へ出たことはない。だからこの世界の他の人間達の性交に関する習慣を知らない。しかしシーフォンという種族について色々と教わるうちに、彼らが元は『竜』であり、竜には雌雄の別がなく、交尾もしたことがなかったという事実と、人の身になって初めて性交というものを知ったという事実を知り、そもそもの意識が違うのだろうと思うようになった。

動物が交尾を見られても恥じらうことがないのと少し似ているようにも思う。

もちろんルイワンが、龍聖との性交を『交尾』などと思っていないことは分かっている。彼は心から龍聖を愛していて、性交もまた子作りのためだけではなく、愛情表現の一環として行っている。龍聖のことを愛するあまり、いつも龍聖に欲情しているのだと言う。

しかし性交をしているところを人に見られたり、知られたりすることについては、恥ずかしいという感覚はないようだった。

裸を見られることも恥ずかしいとは思わないらしい。着替えをする時も、侍女達や他のシーフォン達の前で、平気で全裸になる。性器も隠さない。

そういうところは、龍聖は未だに馴染めなかった。

さすがにルイワンは、今まで人前で性交をしたことはなかったが、もしも求めてきたら、龍聖は拒めない。ただルイワンは、龍聖が本当に嫌がることは決して無理強いをしないので、人前での性交だけはないだろうと信じることにした。

何度か優しく軽い口づけを交わして、ルイワンは龍聖を労るように肩を抱いたまま、ソファへと移動して一緒に腰かけた。ルイワンの逞しい腕に抱かれると、龍聖はとても安心出来た。この世界で、一番居心地のいい場所のように思える。

ルイワンは懐にすっぽりと包み込むように龍聖の体を抱きながら、髪を撫でたり、髪の匂いを嗅いだり、頬に口づけたりと、大切なものを愛おしむように、いつまでも龍聖を愛でた。

「ああ、魂精も貰って本当にひと心地ついたよ……五日ぶりだからね」

ルイワンが明るい声でそう言ったので、龍聖は顔を上げて、少し心配そうな表情でルイワンをみつめた。

「五日も魂精を取らないとお辛いですか？」

「ん？　ああ、大丈夫だよ。実際のところ、魂精を一年くらいは取らなくても、日常にまったく支障がないのは、そなたが来る前で経験済みだ。母上が亡くなってからそなたが来るまで魂精は貰えなかったからね。父上の話では、体力は衰えるが、五十年くらいはなんとか魂精なしでも生きられるらしい。まあそれは極端な例えだけど……そういうわけだから、五日ぐらいは全然なんともないんだよ。

でもこうしてそなたから魂精を貰うと、体の中が隅々まで冴えわたるというか……とても心地いいんだ。何よりそなたをこの腕に抱くだけで満足なんだけどね……魂精不足ではなく、リューセー不足なんだよ」

ルイワンはそう言ってクスクスと笑った。龍聖は目を丸くして、呆れたような表情になった後、困ったように微笑した。

「リューセー不足だなんて……」

「本当なのだから仕方ないだろう？　私はそなたなしでは生きていけないのだから……もちろん魂精という理由ではなくね」

ルイワンは甘く囁いて、やんわりと唇を吸った。龍聖は未だに、ルイワンの真っ直ぐな愛情表現に慣れることがない。いつも恥ずかしくて消えてしまいたくなる。それでも決して嫌ではなく、ルイワンの低く耳に心地の良い声で、愛を囁かれると、胸の奥が熱くなって、体が溶けてしまいそうな気持ちになった。

時々それが幸せすぎて、泣きたい気持ちにもなる。この世界に来て六年の月日は本当にあっという間だったが、その間にルイワンから受けた愛情は、自分が日本にいた十八年間に受けた愛情よりも、何十倍も深い物だと思った。

日本にいた頃、皆から大切にはされたが、愛されたという記憶はない。家族との間には、目に見えない壁を感じて、いつも寂しい思いをしていた。

「そういえば……先ほど誰かが呼びに来られた用件はよろしいのですか？」

ふと龍聖が思い出したように呟いたので、ルイワンは「あっ！」と声を上げた。

「そうだった。大事なことを忘れるところだった。そなたへのお土産だよ！　見に行くかい？　歩いても大丈夫？」

ルイワンに言われて、龍聖は思い出したように瞳を輝かせた。

「ああ、あのことなのですね!?　大丈夫です。体は平気です」

ルイワンは龍聖を抱きしめたまま立ち上がった。龍聖の手を握ると、嬉しそうな笑顔で「行こう」と言って歩き出した。


二人は私室を出ると、しばらく歩いて、別の部屋へと入っていった。そこに置かれた大きな木製の機械を見て、龍聖は「ああ」と感嘆の声を上げた。

「どうだ？　そなたが希望するものかい？」

「ええ！　これです……ああ、良かった。私の世界のものと仕組みは同じようです」

龍聖は嬉しそうにそう言いながら、機械の側へと駆け寄った。それは機織り（はたお）の機械だった。龍聖が機械を熱心に隅々まで観察する様子を、ルイワンは微笑みながら腕組みして眺めていた。部屋に控えていた家臣達は、不思議そうな顔で見守っていた。

「形も似ているし……多分使い方も同じだと思います」

「これで本当に布が作れるのかい？」

「はい、これに糸をかけて、布を織るのです……試しに一枚作ってみますね……ありがとうございます」

龍聖はルイワンに深々と頭を下げた。

「こんなものでそなたが喜ぶならば、いくらでも買ってきたんだけど……二台で良かったのか？」

「ええ、それでもうひとつお願いがあるのですが」

「なんだい？」

「そのうちの一台は分解しても構わないので、研究して同じものを作ることは出来ませんか？」

「これを？」

龍聖の言葉に、ルイワンはとても驚いた。

「家具を作っているアルピン達がいますよね？　彼らに頼んで、これと同じものを作れるようになってほしいのです」

ルイワンはそれを聞いて、側にいる家臣達と顔を見合わせた。

「アルピン達には技術を習得してもらいたいのです。家具を作るのを見て、手先がとても器用だということは分かりました。この国はまだ色々な物を生産することが出来ません。外から買いつけるばかりです。自分達で作れる物があれば、作った方が良いと思うのです」

「リューセーが言うことはもっともだが……時間はかかると思うぞ？」

「ええ、時間はかかっても構いません。こちらも布を織る技術を習得するのに時間がかかると思いますから……それにこの国独自の布を織るためには、それに合った機械を作る必要があると思います。やってみなければ分かりませんが、この買ってきた機織り機を改良してもらうことになるかもしれません」

一生懸命説明をする龍聖の様子を、ルイワンは真剣な顔でみつめながら、感動を覚えていた。

「分かった。やってみよう……そなた達、今の話は聞いたな？　すぐにでも取りかかってくれ」

「かしこまりました」

若いシーフォンが力強く頷き、兵士達に命じて、機織り機を一台別の場所に運ばせる段取りを付けた。


龍聖は国造りに奔走するルイワンを見ながら、いつも何か手助けは出来ないかと考えていた。

他国と国交を結ぶことに熱心に働くルイワンに、なぜそれほど外交を積極的にするのかと尋ねたことがあった。するとこの国には、生活を維持するための生産力がほとんどなく、衣食住に関わる色々な品々を、外の国から買いつける必要があると知らされた。

この国の民であるアルピンは、元々農耕民族ではあるが、彼らの長い歴史の中で、ずっと他の種族から追われ続ける民族であったため、ひと所に定住せず、転々と流離（さすら）う流浪の民であった。育てる作物は、どんな地でも簡単に栽培出来る芋や豆類ばかりで、それが彼らの主食とされていた。

そのためエルマーン王国の民になった今も、畑で栽培するのは芋や豆類ばかりだ。人間の食生活に関心のなかったシーフォン達には、それがあまり分からなかったのだが、初代の龍聖が、アルピンの体が小さく短命なのは、偏った食生活の所為もあると進言し、また彼らが作る食物を、シーフォン達もこれから長く主食にしなければならない現実を教え、もっと色々な食物を食べる必要があることを訴えたのだそうだ。

それで他国から輸入するため、外交を始めたのだと知った。様々な物を買いつけるにあたり、生産品の何もないエルマーンは、金銭の代わりに、石化した竜の体を削り、宝石として使用した。

美しい水晶のようで、自ら淡い光を放つその不思議な石は、他国の人間からは珍しがられ重宝されて、外交は上手くいった。しかしルイワンは、それではダメだと、ずっと苦悩していた。

竜の体は、自分達の体も同じ。仲間の体を切り売りするのは、あまり気が進まなかった。それに人間達に自分達の秘密を明かしてしまうようで、危機感を覚えていた。

この険しい要塞のような岩山に、宝の山が眠っていると、人間達が思うのではないかと思ったのだ。

そんな折、自国の住環境を改善するために、他国から招き入れた大工や木工技師の技術を習ったアルピン達が、長い時間をかけてその技術を磨き、とても美しい家具を作れるようになってきた。

真面目で細かい作業に向いているアルピン達は、繊細な彫刻や木組みの技術に長け、見事な細工を施した調度品を作れるようになっていた。それは最初王宮で使用するために作っていたのだが、他国へ売っても通用することが分かった。

今では外交のカードとして、諸国へ輸出する商品のひとつとなっている。

龍聖は、自分も何か出来ないかと、エルマーンの歴史を学びながら、日々模索していた。

そんなある日、侍女達が着けている前かけの布に目を留めた。衣服とは違う素材のその布は、一見目の粗いごわごわとした布だが、触るととても柔らかくて触り心地が良い。とても丈夫で、水もよく吸うので仕事をする時に衣服が汚れなくて良いという。

確かに普段衣服に使用されている布とは違っている。衣服に使用されている布は、麻に近い素材だと思われる。通気性があり、さらさらとした肌触りだが、水が染み込みにくく、汚れが落ちにくい。

エルマーンでは、服や布もすべて他国から輸入していた。特に普段から好んで着られている麻に近い素材の布は、エルマーンのある大陸西部で、多く流通していた。通気性の良さが、気温の高い地方で好まれている。

龍聖は侍女に、この前かけの布はどうやって作っているのかと尋ねた。するとアルピン達が昔から、自分達の種族に伝わる作り方で糸から作っているという。糸の元になる草の実を持ってきてもらったところ、日本のキワタ（木綿）の実に似ていて驚いた。だがキワタよりも光沢があり柔らかいと思った。木綿と絹の間のような感じだ。

アルピン達はパンポックと呼ぶこの植物の実を糸に紡いで、それを手で編んで布にしているようだった。

奴隷にされている間は、布を作ることが許されなかったので、次第に忘れられつつあったが、エルマーン王国で平和に暮らすうちに、年長の者達から作り方を継承し、再び紡ぎはじめたようだ。

今はシーフォン達から綺麗な布を支給されるため、衣服はシーフォン達と同じ布で作られているが、丈夫なパンポックの布は、シーツや赤子の服、作業着などとして、重宝されているらしい。

龍聖は侍女からくわしく話を聞きながら、もっとこの綿を細く紡いで、機織り機で織れば、綺麗な布になるのではないかと思った。それが始まりだった。

パンポックの畑を作り、たくさん栽培することを提案した。アルピン達は自生するパンポックしか知らなかったため、栽培したことがなく、畑でたくさん収穫出来るようになるまで三年かかった。

その間、糸車を作り、少しずつ収穫した綿を糸に紡ぐ技術を、アルピンの女性達に覚えさせた。

四年かけて、綿の安定した収穫を確保し、綺麗な細い糸を紡げるようにもなったので、機織り機を手に入れたいとルイワンに頼んだのだ。

その夜、ルイワンが政務を終えて部屋へ戻ってくると、龍聖がテーブルの上で熱心になにか書き物をしていた。

ルイワンの姿に気づき、慌てて立ち上がり駆け寄ると、着替えを手伝った。ルイワンは、龍聖が何をしていたのか気になる様子で、服を脱ぎながらずっとテーブルの方をみつめていた。

「仕事が遅くなったので、夕食に付き合えなくてすまなかったな」

「いいえ、私も色々とやることがあったので、食事は簡単なものにしてしまいました」

「何をしていたのだ?」

「機織りの手順で気になったことを書き留めておりました。機械の使い方は私の国と似ていたのですが、違うところとか、変えた方が良いところとか、気が付いたことを忘れないようにと……まだ一枚織り上げてみないことには分かりませんが、新しい機械を作る時に役に立つかと思いまして」

「そなたは本当に勉強熱心だな」

ルイワンは龍聖を抱きしめて頬に口づけた。そのまま手を引いて寝室へと向かう。

「あ、片付けてきますので、先にお休みください。すぐに参ります」

龍聖がそう言って離れたので、ルイワンは頷いてからベッドへと向かった。大きなベッドに横になると、ほっと息を吐く。他国を訪問すると、来賓用の豪華な部屋でもてなされて、ふかふかの極上のベッドで休ませてもらうのだが、やはり自分のベッドが一番寝心地が良いなと思った。何より一人寝は寂しい。

龍聖が寝室へ入ってきた。上着を脱ぐと丁寧に畳んで、脇の棚の上に載せている。薄い下着のような長衣一枚で、ベッドに入ってきた。ルイワンはその手を摑むと、ぐいっと引き寄せた。

「あっ」

バランスを失って、倒れ込むようにルイワンの胸の上に横たわる。その体を、ルイワンは愛しげに抱きしめて、額や頰に優しく口づけた。

「そなたがやりたいということは、なんでもさせたいと思って見守ってきたが……本当に布など織れるのか？　そなたはどこでそんな知識を覚えたんだい？」

「私の村は、冬になると豪雪で閉ざされてしまいます。だから冬の間、どこの家も、女達が機を織っていました。秋に収穫した綿を糸に紡いで、冬の間布を織るのです。私はそれを見るのが大好きで、母達が織っているところをよく見に行っていました。……織り方も教わったし、布を作り、着物に仕立てるまで、一人でやったこともあります」

「すごいな……そなたは何でも出来るのだな」

「何でも出来るわけではありません……たまたま……これだけです。機を織る音が好きなのです」

少し恥ずかしそうに笑って、ルイワンの胸に顔を埋めたので、ルイワンは微笑んで何度も髪を撫でた。

「では私の着物もそなたが織った布で作ってくれぬか？」

「はい、それはもちろん……綺麗な布が織れましたら、一番にルイワンの服を仕立てさせて頂きます」

龍聖が顔を上げて嬉しそうにそう言ったので、ルイワンは目を細めてリューセーの顔をみつめた。

本当に美しいと思ったのだ。龍聖の笑顔は、何度見ても胸がときめくほど美しい。いくらでもみつめていたいと思う。

「どうかなさいましたか？」

何も言わず黙ったままで、じっとみつめてくるルイワンに、龍聖は不思議そうに首を少し傾げた。

「そなたは不思議な人だと思って」

「え？　私がですか？」

「ああ、物静かで、控えめで、私の邪魔にならぬようにと、いつも隅でじっとしているかと思えば、私が考えも及ばぬような大きなことを成し遂げる大胆さを持っている。何事も真面目で熱心で、努力を惜しまぬし、苦労を苦労とも思わぬ……そなたのことを尊敬するよ」

ルイワンが語るのを聞いて、龍聖はとても驚いて目を見開いた。

「何をおっしゃるのですか……真面目で努力を惜しまぬのはルイワンの方ではありませんか……国王だというのに、誰よりも動いて働いて……私はそのような君主の話を聞いたことがありません」

「私は何も出来ないから、人より動いているだけだよ。失敗も多い」

ルイワンが自嘲気味に笑ったので、龍聖は首を振った。

「私はルイワンのお役に立ちたいだけなのです。ルイワンの苦労を少しでも代わりたいだけなのです。まだ何も出来ていません。今度こそお役に立ちますから」

「そなたは笑ってくれるだけでいいんだ。そなたの笑顔は、私の宝だ。そなたがいるだけで私がどれだけ救われるか分かるかい？　愛しくて堪らない。愛しているよ、リューセー」

ルイワンは龍聖の頬を撫でて、唇を深く吸った。

「リューセー……その……昼に一度交わったばかりだが、今宵もそなたを抱いてもよいだろうか？　なにしろ五日も触れていないのだからな……体は辛くないか？　大丈夫か？」

ルイワンは少しばかり高揚しながらも、気持ちを抑えつつ遠慮がちに尋ねた。しかし熱を持ち怒張している昂りが、龍聖の下腹に当たっている。布越しでさえも、ビクビクと脈打つその肉塊の熱に、龍聖はかあっと頬を染めて頷いた。

「ルイワン……そのようなこと、お尋ねにならなくてもよいのです。私達は夫婦なのでしょう？　もう六年も経ちます。私に遠慮は無用でございます」

龍聖はそう答えて目を閉じた。


「大丈夫か？」

朝、目覚めてからしばらくの間、龍聖の寝顔をみつめていた。そっと小さな声で囁いて、髪を撫でたが、龍聖は深い眠りについたままだった。よほど疲れさせてしまったのだろうと思って、ルイワンは深く反省した。

昼と夜と二回も交わるなんて……それも昨夜は何度も射精した。龍聖はこんなに儚げで、細い体をしているのに、無理をさせてしまった。

「私はどこかおかしいのではないだろうか？」

ルイワンはふとそんなことを思った。他のシーフォン達に聞いても、毎日性交するなんて、性欲旺盛な者はいないようだ。それにこんなに何度も精を出すなんて……。それでいて未だに龍聖に子を孕ませてやれないのだから、我ながら無能すぎる。

子のことを言うと、龍聖が気にするので、絶対に口にしないようにしているが、いくらシーフォンには子が出来にくいと言っても、こんなに毎日性交していて、六年経っても子が出来ないのは、自分のやり方が悪いのか、精ばかりが大量に出て、卵になる素が出ていないのではないかと疑ってしまう。

これからは少し自重して、性交の回数を減らしてみた方が良いのではないかと考えた。我慢することも覚えた方が良い。龍聖の体にも悪いし、たくさん射精しすぎるから、逆に子が出来にくくなっているのかもしれない。

ルイワンは腕組みをして、目を閉じて深く考え込んだ。

「ルイワン？」

龍聖に呼ばれて、我に返って目を開けた。龍聖が目を覚まして、心配そうな顔で、こちらを覗き込んでいた。

「目覚めたか？　体は大丈夫か？」

ルイワンは龍聖の体をそっと抱き寄せて、背中を撫でながら気遣うように優しく尋ねた。

「はい、私は大丈夫です。寝過ごしてしまって申し訳ありません」

「いや、昨夜は無理をさせすぎてしまった。申し訳ない。そなたの体が辛くないかと案じていたのだ」

「ルイワン……」

龍聖は右手を伸ばして、ルイワンの頬に触れた。

「私のことなどお気になさらずとも良いのですよ？」

　そう言った龍聖の顔は慈愛に満ちていた。

「リューセー……私はどこかおかしいのかもしれない」

「具合でも悪いのですか？」

「そうじゃない。私はそなたを胸に抱くと、いつも交わりたい思ってしまう。すぐ体が反応してしまう。他の者達に聞いても、毎日性交したくなる者などいない。私は性欲が強すぎるのではないか？　どこかおかしいのではないか？　と思ってしまうんだよ」

「何をおっしゃるのですか！」

　龍聖はとても驚いて、思わず少し声を大きくしてしまった。そしてルイワンの頬を何度も撫でた。

「私の国では、男神は精力の象徴となっているものもあります。天津摩羅命（あまつまらのみこと）とか大摩羅神（おおまらじん）とか神の名より由来する摩羅……男の性器のことをマラと呼びます。男神は生命力に溢れていて、男根を御神体として崇める信仰もあるのです。ルイワンは龍神様なのですから、精力に溢れていて当然なのです」

　龍聖が真剣な顔でそう言うので、ルイワンは困ったように眉根を寄せた。

「しかしそなたの体が心配だ。壊してしまいそうだ。毎日交わるのは辛いだろう？　嫌なら拒んでもよいのだよ？」

　ルイワンが心配そうに言うので、龍聖は微笑んでみせてから、頬を撫でていた右手で、ルイワンの真紅の髪をそっと撫でて、指に絡めた。

「拒むなど……私は嬉しく思っているのです。私のような肉も薄い軟弱な体に、ルイワンが欲情してくださって、こんなに愛してくださって……。それに毎日と言っても、本当にずっと毎日というわけではないではありませんか。お忙しくてお疲れになられた時はなさらないし、他国に外遊で、何日も留守になさることも多いですし……それとも誰彼構わず欲情してしまわれるのですか？　外遊中に他の男性や女性とも性交したくなってしまわれるのですか？」

「そんなことはない！」

ルイワンは慌てて否定した。そこはとてもムキになって、断固として否定した。

「後にも先にも、そなた以外に欲情したことはない。性交も口づけも、すべてそなたが初めての相手だし、そなた以外を知らない。興味もない。どんなに美しい女性や男性がいたとしても、そなたに敵う者はいないし、私の好みでもない。リューセー、そなただから愛しいと思うし、側にいるだけで欲情するんだ」

一生懸命になって弁明するルイワンに、龍聖は思わず笑みが零れてしまった。髪を撫でていた手を、ルイワンの首に回すと、軽く唇を重ねる。

「嬉しゅうございます。それだけで十分です。私の国では、君主は正妻以外に何人も側室を持つのが当たり前でした。この世界でも、そういう君主はいるのでしょう？　ルイワンはこれだけ立派な王国の王で、竜族の長だというのに、私だけで良いとおっしゃる……これほど嬉しいことが他にあると思われますか？　私のこの身はすべて貴方様のものなのです。どのように扱っても構いません。昨夜のことも、私は少しも辛いと思わないし、嫌なはずもありません。私に欲情されて、何度も交わって、何度も精をくださるのは、すべて私を愛してくださる証でしょう？　なぜ謝られるのですか？　私はこんなに幸せなのに……」

「リューセー……」

ルイワンは感動して、しばらくの間龍聖の顔をみつめていたが、喜びに満ちた笑顔で龍聖の体を強く抱きしめた。

「リューセー、そなたを大事にするから……何度でも誓おう。一生大事にするから……愛しているよ」

「ルイワン……私も愛しております」


しばらくの間ベッドで抱き合って睦言を囁き合った後、ようやく二人は起き出して、龍聖の朝食にルイワンが付き合いながら、仲睦まじく会話を楽しみ、それぞれの仕事へと向かった。

龍聖は昨日半日かけて、経糸(たていと)を機械に張っていたので、今日は朝から早速織りはじめることにした。

龍聖の世界の機織り機と、少しばかり形状や動かし方に違うところはあるが、仕組み自体は同じなので、コツさえ摑めば上手く動かせるようになった。一刻ほど織っていると、次第に機を織る手つきも良くなってくる。

龍聖は楽しくて夢中で機織りをして過ごした。

その日の夜、ルイワンは決心した通り性交を行わなかった。ベッドでただ龍聖の体を抱きしめて眠った。龍聖は何度も抱いていいと言ったのだが、ルイワンはそれをやんわりと断った。

「いいのだ。そなたをこうして抱きしめるだけで満足だよ」

「でも……」

「今日は一日、布を織っていたのだろう？　疲れただろうからゆっくり眠ると良い」

「ルイワン」

「そんな顔をしないでおくれ。正直に言おう。別にそなたに欲情していないわけじゃない。本音を言えば、欲情している。だけど我慢しているんだ。ああ、だからそんな顔をしないでおくれ……これは好きでやっているのだ。今夜は抱かない。そう決めたんだ。でもいつもと変わらないから……明日の昼には、そなたを抱いてしまうかもしれない。リューセー……そなたの体を案じているのも確かだが、私は自制することも覚えなければならないと思ったんだよ。そなたが優しいから、ついつい甘えてばかりだが……とにかく今夜は絶対にしない。そう決めたのだから……ね？」

「分かりました」

龍聖は素直に頷いてみせると、ルイワンの胸に体を摺り寄せて、安堵したように目を閉じた。


翌日、その日も朝から龍聖は熱心に機織り機を動かしていた。まずはお試しなので、染めていない生成りの糸を使って、無地の布を織ることにした。それならば一反織るのにひと月もかからないだろう。昨日一日で六尺織ることが出来た。この分なら二十日ほどで一反を織り上げられるかもしれない。

「やっぱり緯糸を巻く杼は、私の国の形の方が糸を送りやすいですね」

龍聖は独り言を呟きながら、試行錯誤していた。半日経ったところで、侍女が食事の用意が出来たと呼びに来た。

「え？　もうそんなに時間が経ったのですか？」

龍聖は驚きつつも、はあと大きく溜息をついた。立ち上がろうとして、少し眩暈を覚えた。根を詰めすぎたのだろうか？　一度大きく深呼吸をすると、ゆっくりと歩き出した。ひどく体がだるく、火照っているように熱かった。

少しふらつきながら私室へ戻ってくると、待っていた侍女が、少し驚いたような顔をした。

「リューセー様、お顔が赤いようですが、熱があるのではないですか？」

「え？　ああ……機織りを懸命にやって体を動かしていたから、ちょっと暑くなっているだけですよ」

龍聖はニッコリと笑ってみせてからテーブルに着いた。用意された食事を食べはじめたが、あまり食が進まない。喉は渇くので水を飲むが、頭がぼんやりとしてくる。半分ほど食べたところでフォークを置いた。

「すみませんが、少し疲れたので横になります」

侍女にそう告げると立ち上がり、奥のベッドへと向かった。

「陛下をお呼びしますか？」

侍女が心配そうに声をかけた。

「いえ、大丈夫です。少し横になれば良くなります」

龍聖はそう告げて、そのままベッドに横になった。

その夜、仕事から戻ってきたルイワンは、食事の並んだテーブルに龍聖の姿がないので、辺りを見回し、奥のベッドに横になっている龍聖を見つけた。

「リューセー」

ルイワンは何事かと驚いて、ベッドに駆け寄ると名前を呼んだが返事がない。

「リューセー、リューセー」

ルイワンが何度も名前を呼びながら、頬に触れるとひどく熱を持っていた。頬や頭を撫でて名前を呼ぶと、ようやく反応があった。

「ルイワン……」

弱々しい声に、ルイワンは驚くと共に、目を覚ましてくれたことに安堵した。

「どうした？　ひどい熱ではないか。いつからだ？　具合が悪いのか？」

「だ……大丈夫でございます……風邪(かぜ)でもこじらせたのでしょう」

「カゼ？　それは人間の病か？　我らシーフォンは人間の病にはかからぬ……スウジィンを呼んでこよう」

ルイワンはそう言って立ち上がると、慌てた様子で寝室を出ていった。

エルマーン王国には医師はいなかった。先代の龍成が、アルピンのために医学を学んだ者が必要だと言ったので、数人のシーフォンが他国の医師から医術を学んだが、病や怪我(けが)のための薬の知識と、シーフォンのお産の手伝いをする程度の医術が出来るだけで、「医師」と呼べるほどではなかった。

それはシーフォン達が、病にかからないため、「治療する」という必要性をあまり強く感じていないせいもあった。弱い者は死ぬという獣の世界の感覚に似たものがその根底にはあり、アルピンが流行病(はやりやまい)などで死んでしまうことも、自然の摂理で仕方ないと考えている節があった。

医術を専門で学び、正しい治療をすれば、少なくとも簡単な病で命を落とすことはなくなり、今よりもっとアルピンが長生きするという先代龍成の助言も、あまり目立った効果はなかった。

それは先代龍成自身が、率先して竜王に進言し、表立って国政改革に関わるようなことは決してしないという控えめな人だったせいもあった。一度は助言してそれがあまり率先して行われなかったとしても、無理に催促したりするようなことはなかった。

数人のシーフォンが医術を学んできたというだけでも、大きな進歩とされたのだろう。

ルイワンはスウジィンの部屋を訪ねた。対応に出たスウジィンの妻は、こんな時間にルイワンが直接訪ねてきたことにとても驚いたが、ルイワンはそれに対して説明する時間も惜しいかのように、スウジィンを呼ぶように繰り返した。

しばらくして寝着姿のスウジィンが現れた。

「なんだ、もう寝ていたのか？　顔色があまり良くないようだが、具合でも悪いのか？」

ルイワンは、スウジィンの姿を見て、訪ねてきた目的を一瞬忘れて、気遣うように尋ねた。

「私ももう歳ですから、ルイワン様のように夜中まで元気に走りまわれるわけではございませんよ」

スウジィンがいつもと変わりない様子でそう答えたので、ルイワンは少し安堵した。

「それよりリューセーがひどい熱なのだ」

「リューセー様が熱を？」

「ああ、ひどく具合が悪いようで起き上がれないんだ。助けてやってくれ」

ルイワンが必死の様子でそう訴えたので、スウジィンは少し考えてから、息子のシーズウを呼んだ。

呼ばれたシーズウは、ルイワンの姿に驚き、慌てて一礼をした。

最近は『若い者に任せたい』と言って、スウジィンはあまり政務に関わらなくなっていた。それどころかこのひと月は、姿も見せず代理として息子のシーズウに、ルイワンの補佐をさせていた。

シーズウは、ルイワンとほぼ同じ歳になる。

「ミンヤオを呼びに行き、陛下の部屋へ連れていきなさい」

「はい」

指示を受けて、シーズウはすぐに部屋を出ていった。それを見送りながら、ルイワンはなおも不安そうにしている。そんな様子を、スウジィンは落ち着いた様子でみつめていた。

「陛下は先にリューセー様の元へお戻りください。お一人にされて不安になられていることでしょう」

「ああ……リューセーは大事ないだろうか?」

「そうですね……部屋へ戻られたら、リューセー様の左腕をご確認ください……文様が赤く変化していれば、ご懐妊の兆候です」

「……懐妊?」

ルイワンは一瞬何を言っているのか分からないという顔になった。それを見て、スウジィンはクスリと笑った。

「卵が育っている証です」

「え?　え?」

「まあ……私も直接拝見していないので分かりませんが……リューセー様がひどい熱を出されているのだとしたら、そういうことも考えられます。前のリューセー様が、身籠もられた時がそうでしたから……。他に熱を出す理由など思い当たりません。なにしろ、我々は病にはかからないではありませんか」

スウジィンの言葉に、ルイワンの表情がみるみる変わっていった。驚きの顔に赤みが差し、笑顔となる。

「あ、ありがとう」

ルイワンは礼を言いつつ駆け出していた。


「リューセー」

ルイワンは灯りを手に部屋へと戻ってきた。ベッドの脇の小さなテーブルに燭台を置くと、ベッドに腰かけて寝ている龍聖の顔を覗き込んだ。熱が高いようで少し息が荒くなっている。心配そうに頬を撫でてから、そっと龍聖の左手を取った。袖を捲り上げると、手の甲から肘の辺りまで、刺青のような文様が描かれていた。それはこの世界に来るための儀式を行った時、龍聖の証として腕に浮かび上がった文様だ。

いつもは藍色をしているのだが、今は血のように真っ赤な色に変わっていた。それをみつめながら、ルイワンは叫びたくなる衝動を必死で抑えた。興奮して心臓が早鐘のように打っている。こちらまで熱が出そうなほどに、体中の血が沸き立った。

感嘆の吐息を漏らしながら、そっとその文様を撫でる。

「リューセー……」

今にも泣いてしまいそうだ。今のこの気持ちをどう言い表せばいいのか分からないが、生まれて初めて抱いた感情かもしれない。喜びで体の中がいっぱいになっている。

「陛下、失礼いたします」

そこへシーズウがミンヤオを連れてきた。ミンヤオは医術を学んでいる者の一人だった。

「ああ……ミンヤオ、よく来てくれた……リューセーを診てやってくれないか？　このように腕の文様が変化しているのだが……」

「ああ、それはっ……」

「懐妊か？」

「はい、間違いございません……ご懐妊の証です。陛下……おめでとうございます」

「ああ……」

ルイワンは深く息を吐くと、両手で顔を覆った。

「陛下」

ルイワンの反応に、シーズウとミンヤオが驚いて、不安そうにみつめていた。

「この気持ちは……なんと言えばいいのだろうか……ああ……嬉しすぎて頭がおかしくなりそうだ……嬉しいのに……涙が出るんだ……なんでだろうな？」

ルイワンが肩を震わせて、両手で顔を覆ったまま吐き出すようにそう言った。それを聞いて、シーズウとミンヤオは顔を見合わせて笑った。

「こんなに苦しそうなのにどうにもしてやれないのか？」

ようやく落ち着いてから、ルイワンはミンヤオに尋ねた。するとミンヤオは申し訳なさそうな顔で、首を振った。

「熱冷ましの薬はありますが、人間の薬は我々には効きません。もっと医術のくわしい知識があれば、我々にも効く薬を研究することも出来るのかもしれませんが……なにしろ病にかからないので、その必要はないのではないかと言われていて……」

「本当に必要ないのだろうか？　病はなくとも、こうして出産はするだろう？　自分の子の出産は初めてなので、リューセーがどれほど苦しむのかは分からないが……シーフォンの女性達が、痛みと苦しみで、出産がとても大変だという話は聞いている。だから一度子を産んだ者は、二人目は産みたくないと拒むそうじゃないか……そなた達、医術を学んだ者は、出産の手伝いは出来るのだろう？　痛みを和らげてやる方法は知らないのか？」

ルイワンの言葉に、ミンヤオはただ首を振るばかりだった。

「人間の出産も結局は女性が苦しんで産み落とすだけです。ただ子が無事に出てくるように、分娩の補助をしてやるだけです。ただ孕んでいる間、熱や腹痛、吐き気などの症状が重い者もいて、死に至る場合もあるようです。そのための薬や治療方法はあるようなのですが……我々に効くものはまだ解明されていないのが現状です」

「死に至るだって⁉」

ルイワンが驚いて思わず立ち上がったので、ミンヤオは慌てて宥めるように謝罪した。

「妙なことを申し上げてしまい申し訳ありません。リューセー様は大丈夫でございます。リューセー様はほんの五日ほどで小さな卵を産み落とされます。ですから出産の苦しみは、それほどなく軽い方です。ただ卵を産むまでの間、このようにずっと熱が出るようです」

「本当に？　本当に大丈夫なんだろうね？」

ルイワンが心配そうに何度も尋ねるので、ミンヤオは深々と頭を下げた。

「私は医術を学び、シーフォンの出産には何度も立ち会いましたが、リューセー様の出産には立ち会ったことがございません。ルイワン様がお生まれになった頃は、私はまだ子供でした。ですが医術を学ぶ中で、次のリューセー……つまりルイワン様のリューセーのためになればと、先代のリューセー様より、出産の時のことや卵を育てる時のことなど、色々とお教え頂き、学ばせて頂きました。ですから、先代のリューセー様が出産の苦しみは軽い方だとおっしゃったお言葉を信じてください」

宥められて落ち着きを取り戻したルイワンは、再びベッドに腰を下ろすと、寝ている龍聖の額に手を置いた。ひどく熱い。

「かわいそうに……」

そう言って汗の滲む龍聖の額を優しく撫でた。

「陛下……私は父にこのことを報告して参ります」

シーズウがそっと告げたので、ルイワンは頷いた。

「ああ、世話になった。ありがとう……スウジィンにもそう伝えておくれ」

ルイワンが礼を言い、シーズウは深々と頭を下げると、寝室を後にした。

「……ルイワン」

朦朧とした様子で、薄く目を開けた龍聖が名を呼んだ。すぐ側にルイワンの姿をみつけたからだ。

「ああ、目覚めたんだね。具合はどうだ？　苦しいか？」

ルイワンは優しく囁くように語りかけると、水で濡らした手拭いで、そっと龍聖の額や頬の汗を拭った。

「いえ、大丈夫でございます……ご心配をおかけして……申し訳ありません」

龍聖は掠れた声で弱々しくそう言いながら、体を起こそうと頭を持ち上げた。しかし体は鉛のように重く、まったく起き上がることが出来なかった。

「ああ、無理をするでない。そなたは熱を出して、もう三日も眠ったままだったのだ……さあ、少し水を飲むと良い」

ルイワンが宥めるように優しく諭しながら、水差しの吸い口を、龍聖の口元へと宛がった。龍聖は大人しく口を少し開けて、吸い口から少しばかり水を飲んだ。自分で思っている以上に喉が渇いていたようで、飲み込んだ僅かな水が、体に染みわたり心地よかった。ほうっと、息を吐く。

「もう少し飲みなさい……もしも何か食べられるようだったら、スープを少し飲むと良い。いかがする？」

龍聖はルイワンに言われるがままに、水をもう一口飲んだ。まだ熱で朦朧としているが、先ほどよりは意識がはっきりとしてきた。

「三日も寝ていたのですか？　申し訳ありません」

「なぜ謝る？　リューセー、よくお聞き、そなたが熱を出して寝込んでしまったのは、そなたがその腹に私の卵を身籠もったからなのだよ？　こんなに嬉しいことはない。私がどれほど喜んだか分かるかい？」

ルイワンが笑顔でそう語りかけると、龍聖は最初のうちは、あまり意味を理解していないようで、ただぼんやりとルイワンの顔をみつめていた。

「卵を……身籠もった？」

「そうだよ……私達の子だ」

しばらくぼんやりとしていた龍聖の顔が、みるみる崩れて両目に涙が溢れ出した。

「ああ……」

小さく感嘆の声を漏らしてから、両手で顔を覆うと、肩を震わせて嗚咽しはじめた。

「リューセー……なぜ泣く？　嫌だったのか？」

ルイワンが驚いて尋ねると、龍聖は泣きながら首を振った。

「嬉しいのでございます……ああ……これでようやく……貴方様の御子を産めるのかと思うと……嬉しくて仕方ないのです」

「リューセー」

ルイワンは堪らず、龍聖の体を抱きしめていた。

「リューセー、私達に家族が出来るのだ。私とそなたと私達の子供。父も母も亡くして、家族のいない私と、一人でこの世界に来て家族のいないそなた。私達に家族が出来るのだ」

「ええ……本当に……本当に嬉しゅうございます」

龍聖が泣きながら何度も頷く。

「リューセー……ありがとう……ありがとう……」

龍聖の熱い体を抱きしめながら、ルイワンもまた涙を流していた。二人は喜びに震え、涙を流し合った。


龍聖が寝込んでいる間、ルイワンは片時もその側を離れなかった。何度もミンヤオや他の家臣が休むように促したが、決して看病を他の者には代わらず、自分がすると言い張った。

龍聖が目覚めた時に、自分が側にいてあげないと、不安に思うだろうと気遣ったのだ。

服を着替えさせ、体を拭いてやったり、時折、龍聖が目覚めると水やスープを与えたりと、甲斐甲斐しく看病をした。

五日が過ぎた。その日、さすがのルイワンも疲れて、龍聖のベッドの傍らに置いた椅子に座ったまま、うたた寝をしてしまっていた。やがて自分の名を呼ぶ龍聖の声に起こされた。

「ルイワン……ルイワン」

はっとして目を覚ますと、龍聖がひどく苦しげに顔を歪めていた。

「リューセー、どうしたのだ？　大丈夫か!?」

思わず身を乗り出して、龍聖に声をかけると、龍聖は薄く目を開けてルイワンを見た。

「ルイワン……もう……産まれます」

「え？」

「卵が……うっ……もう……出てきそうです……」

はあはあと、息を荒らげながら、苦しそうに龍聖が言ったので、ルイワンは驚いて改めて寝ている龍聖の姿をみつめた。龍聖は仰向けに寝たままで、両足の膝を立てて、股を広げて、懸命にいきんでいる様子だった。

ルイワンは慌てて、咄嗟に龍聖の上かけを剝ぎ取ると、立ち上がってベッドの上に乗り、股を開いている龍聖の足の方から奥を覗き込んだ。孔からは白い卵が少し出かかっているのが見える。

「ああっ」

ルイワンは思わず驚きの声を上げていた。どうしていいのか分からず、龍聖の両足首を摑んだ。

「もう少し……もう少しだ。リューセー」

「うっ」

ルイワンに励まされて、龍聖は最後の力を振り絞るようにいきんだ。するとゆっくりと卵が押し出され、ポロリとベッドの上に産み落とされた。「生まれた！　リューセー！　卵が生まれたぞ!!」

ルイワンはそっと卵を両手で包み込むように拾い上げた。温かくてとても柔らかな卵だった。

「ほら、リューセー……そなたの産んだ卵だよ」

ルイワンが両手を差し出したので、龍聖はまだ乱れる息のまま、その手の中を覗き込んだ。ルイワンの両手の中に小さな卵があった。鶏の卵より少し大きな卵だ。白い卵だが、表面が真珠のように輝いていて、とても美しいと思った。赤い模様が入っている。

「私が……産んだのですね」

「そうだよ……私とそなたの子だ。私達の大切な子だよ」

愛しそうにルイワンが笑顔でそう言った。

「さあ、そなたも抱いてあげておくれ」

ルイワンがそう言って卵を渡したので、龍聖は恐る恐る両手で卵を受け取った。ぷるんと柔らかな感触に驚いた。固い殻のない卵だった。壊してしまいそうだと、龍聖はとても不安になった。

「誰か！　誰かいないか？」

ルイワンは側に置いてある呼び鈴を鳴らしながら人を呼んだ。すぐに侍女が顔を出した。

「どうかなさいましたか？」

「ミンヤオはいないか？　誰か呼んできてくれ、卵が生まれたのだ」

ルイワンの言葉に、侍女はとても驚いて、返事も忘れて走り去っていった。そのすぐ後に、いくつかの慌ただしい足音が聞こえた。

「陛下！　卵が生まれたというのは本当ですか!?」

そう叫びながらカイシンとシーズウが、部屋に飛び込んできた。カイシンもルイワンを支える若い家臣の一人だ。それに続いて、ミンヤオも駆け込んできた。

「ああ、見ておくれ……私達の子だ」

龍聖の手の中の卵を、ミンヤオが恭しく一礼をしてから覗き込んだ。

「これは……とても美しい卵でございますね。先代のリューセー様から話には聞いておりましたが……もしかしたらお世継ぎがお生まれになったのかもしれません」

「世継ぎ？　それではこの卵は男子だということか？」

ルイワンが驚いたように尋ねたので、ミンヤオは頷いた。

「リューセー様がお産みになる卵には、模様のあるものとないものがあるようで、赤い模様の入った卵からルイワン様がお生まれになったそうなので、もしかしたら、この卵もそうではないかと……」

ミンヤオの話を聞き、一瞬ルイワンの脳裏に、母が肌身離さず持っていた石化してしまった最初の卵が浮かんだ。あの卵に模様があったかどうかは覚えていないが、ミンヤオの言う「模様のあるものとないもの」というふたつの卵が、そういうことなのだろうと察した。

「この赤い模様がそうなのですか？」

龍聖の問いかける言葉で、ぼんやりと考え込んでいたルイワンは我に返った。

「そうでございます」

ミンヤオが頷いたので、ルイワンと龍聖は改めて卵をみつめた。

「ああ……世継ぎであれば何よりですね」

龍聖が心から安堵したように、溜息と共に呟いたので、ルイワンが首を振った。

「リューセー、別に世継ぎでなくてもいいんだよ。私はこの子が男でも女でも構わないのだ。そなたが私の子を産んでくれただけで……それだけで本当に嬉しいのだから」

ルイワンの優しい言葉に、龍聖は胸がいっぱいになった。

ルイワンは、初めて交わって以来一度も、世継ぎのことどころか、子供のことも一切口にしたことがなかった。それはきっと龍聖を気遣って触れないようにしてくれているのだと、龍聖にも分かっていた。

しかしこの国に来た時に、最初に龍聖の役割は竜王の子を産むことなのだと言われた。世継ぎを産み育てるのは、龍聖以外には出来ないことだと言われた。

男相手でも子を成すことが出来るという龍神の力。それをもってしても、なかなか子が出来ないのは、自分のせいだと龍聖は秘かにずっと気に病んでいた。

ルイワンはとても優しい。そんな龍聖を一度も責めたことはないし、それどころか龍聖が気にしないようにと気遣ってくれる。誰よりも愛してくれて、誰よりも龍聖を守ってくれている。こんな優しい殿方を、龍聖は知らない。日本にはこんなに優しい殿方はいないだろう。

そんなルイワンのために、子を身籠もることが出来て、本当に良かったと思う。こんなに嬉しく幸せだと思ったことはない。ルイワンのためならいつこの命を捧げても構わないと心から思った。

「ルイワン……これですが、いかがですか？」

卵を産んだ翌日、仕事から戻ってきたルイワンを出迎えるなり、龍聖が一枚の布を差し出して見せた。ルイワンは不思議に思いながらそれを受け取った。それはとても柔らかく肌触りの良い布だった。

「これは？」

「あの機織り機で初めて織った布です。まだ一日半織っただけなので、これくらいの長さしかありませんけど……思ったよりも良い布が織れたので、卵を包むのにちょうどよいかと思いまして……」

「おお、これが先日龍聖が織っていた布なのか？　こんなに柔らかくて、触っていて気持ちの良い布は初めてだ……そうだな、これならば卵もさぞや居心地が良いだろう」

ルイワンは笑いながらその布に頬ずりをしてみせた。龍聖も安堵したように笑みを浮かべる。

「リューセー、機織りの部屋へ行ったのか？　寝ていなければダメではないか」

ふとルイワンは気づいたようにそう言って、龍聖の体を抱き上げた。その身の軽さに、ルイワンは驚いた。以前より痩せたと思った。

「ルイワン……だ、大丈夫ですから下ろしてくださいませ……もうどこもなんともないのですから」

「ダメだ。ダメだ。五日もろくに食事も取らず、ずっと熱に浮かされていたんだよ？　こんなに痩せてしまって……もうしばらくは安静にしていなければならない。……リューセー、そなたは大事な体なのだ。十分静養して、もっと太って、元気になってもらわなければならない。我らの子を育てるのだぞ？　これから大変になる。そなたは母になるのだからな」

ルイワンはとても優しい表情で、囁くようにそう語りながら、龍聖をベッドまで運んだ。そしてそっとベッドに下ろすと、額や頬に口づけた。

「夕食は食べたのか？」

「はい、先ほど頂きました」

「そうか、ならばもう寝なさい」

「ずっと寝てばかりでしたので、眠くありません」

龍聖が困ったように言ったので、ルイワンは微笑みながら、龍聖の髪を撫でた。

「そうだ。我らの卵は元気か？」

「はい、あちらに」

ベッドのさらに奥に、小さなベッドを思わせるような木製の籠があった。台座の部分は、表面に細かい模様が彫られていて、所々に金箔（きんぱく）が貼られ、豪奢な造りになっている。とても重い木で作られているのか、一人では持ち上げることが出来ないほど頑丈だった。

籠の中には幾重もの布と綿が敷き詰められ、その真ん中に美しい卵が鎮座していた。

二人は手を繋いで卵の元へと向かった。体を屈めて覗き込む。

「美しい卵だ」

「はい」

「早速、この布で包んでやろう」

ルイワンはそう言って、恐る恐る卵を取り出すと、龍聖から受け取った布に包んで、元へと戻した。

「きっと気持ちいいと思っているよ」

「そうでしょうか……それならばよいのですが」

「龍聖の織った最初の布で、私の着物を縫ってもらおうと思ったのだが、最初は我が子に奪われてしまったな」

ルイワンはそう言いながら笑った。愛しそうに卵をみつめる。

「すぐに貴方のための布を織って差し上げますよ」

「ああ……でも今はそれよりも、そなたの体の方が先だ。たくさん食べて、もっと太らねば」

「ルイワン」

「きっともう少しふっくらとした方が、そなたはかわいいし、抱き心地も良いだろう」

ルイワンが龍聖の方を向いて、笑いながら言ったので、龍聖は少し頬を赤らめた。

「そのようなこと……」

ルイワンは立ち上がると、龍聖の手を引いてベッドの上に上がった。

「さあ、リューセー、私は少し疲れた。そなたが眠くないのならば、私がよく眠れるように添い寝しておくれ」

ルイワンはベッドの上に腰を下ろすと、龍聖を懐に抱きよせ、優しく龍聖の髪を撫でた。

「はい」

龍聖は幸せそうに微笑んで頷いた。


それから数日後のある日、執務室へシーズウが訪ねてきた。

「陛下、今、お時間はよろしいですか？」

「なんだ？　何かあったか？」

たくさん届いている書簡をひとつひとつ読んでいたルイワンは、突然のシーズウの来訪に、不思議そうな顔をして手を止めた。シーズウには今、新しい城の建設の指揮を任せている。普段はそちらの方へ行っているはずだった。

「陛下、恐れ入りますが……父が陛下と話がしたいと申しておりまして……父の部屋までご足労頂けないでしょうか？」

シーズウは頭を下げたまま申し訳なさそうにそう告げた。王に部屋まで来いと頼むなど、恐れ多いことだ。だがシーズウはそう告げるしかなかった。

「スウジィンが？」

「はい……実はここ数日、床に臥しております」

「なんだって!?」

ルイワンは驚いて立ち上がった。

スウジィンが一線を退き、隠居してしまってからは、以前のように毎日顔を合わせるということはなかった。それでも月に何度かの会議には顔を出してくれていたので、それほど近況を気にすることがなかった。

「スウジィンは具合でも悪いのか？」

ルイワンはシーズウと共に歩きながら心配そうに尋ねた。

「はい……ひと月以上前から、度々床に臥していたのですが……お世継ぎの卵がお生まれになったことを知ってからは、安心したのか、ずっと……実はもう起き上がることもままなりません」

神妙な面持ちでシーズウが答えたので、ルイワンは顔色を変えた。

「なぜそれを早く言わないのだ」

「父から口止めされておりました」

スウジィンらしいといえばらしいのだが、ルイワンにはひどくショックなことだった。

シーズウに伴われて、スウジィンの部屋に辿り着いた。

「どうぞお入りください」

シーズウが扉を開けてルイワンを促した。部屋の中に入ると、スウジィンの妻が深々と頭を下げて出迎えた。

「わざわざ足をお運び頂きありがとうございます」

「礼はいい……スウジィンはそんなに悪いのか？」

ルイワンがとても心配そうに尋ねたが、妻は頭を下げたまま何も答えなかった。

「どうぞ……こちらでございます」

そのまま奥へと案内された。彼女達の態度が、ルイワンを益々不安にさせた。嫌な予感がしてならない。

部屋の奥のベッドにスウジィンが寝ていた。ひどく青白い顔をしている。少し痩せたせいで、顔のしわが濃く、以前よりも随分年老いて見えた。最後に会ったのは、龍聖が懐妊した時だった。あれから十日ほどしか経っていないというのに、随分面変わりをして見えた。

スウジィンの妻が、ベッドの側に椅子を用意して、ルイワンに座るように促したので、ルイワンはじっとスウジィンをみつめたまま、何も言えずに椅子に腰かけた。スウジィンもまた何も言わずに、ひどく静かな眼差しでルイワンをみつめている。

「このように横になったままで申し訳ありません」

「スウジィン……よいのだ。無理をするな……具合を悪くしているとは知らず、すまなかった」

ルイワンが沈痛な面持ちで答えた。

「具合が悪いわけではありません……まもなく私の命が尽きるだけです」

淡々とした口調でそうスウジィンが言ったので、ルイワンは思わず息を呑んで固まってしまった。薄々覚悟はしていたが、いざその時を迎えるとショックすぎて、どう返事をすればいいのか分からなかった。

「……な、何を言うのだ」

ルイワンは無理に笑おうとしたが笑えなかった。ふと、父の最後の時を思い出した。竜王の間に連れていかれて、そこで父は自分の命が間もなく尽きると告白した。あの時のすべてを悟ったひどく静かな様子が、今のスウジィンに重なって見えた。

「陛下……今日来て頂いたのは、お別れを言うためではありません。もっと大切なお話があって、陛下にお会いしたかったのです」

「大切な……話？」

ルイワンは膝の上でグッと拳を強く握った。ひどく動悸がする。何を言われるのだろうと不安だ。

「陛下も……薄々は分かっていらっしゃると思いますが……念のため、話しておきたかったのです」

「何の話だ？」

「私の命は間もなく尽きます。これは寿命なのです。私はむしろ、思っていたよりも長く生きることが出来たと思っています。ホンロンワン様がお亡くなりになり、その後古参の仲間達も何人か亡くなりました。このような身になってから、『寿命』というものを、つくづく思い知らされるようになりました」

「スウジィン」

スウジィンは、一度深呼吸をするように、ゆっくりと息を吸い込んだ。

「これから十年ほどの間に、我々最初の世代のほとんどが死んでいくでしょう……竜からこの身になって二百三十年余り……人の寿命に比べれば、随分長く生きたと思います。今シーフォンの数は、千五百人余り……その半分以上……いや、七割が我々最初の世代です。我らは男女二人でしか子を成すことが出来ない。だから二人以上の子を作らなければ、数が増えることはありません……我ら最初の世代は、その仕組みになかなか馴染むことが出来ず、結局あまり子孫を残すことが出来なかった……男女の数も等しくないので、夫婦になれなかった者もいる……陛下、これから一気にシーフォンの数が減ってしまいます……お覚悟はよろしいですか？」

それはルイワンが薄々気づいていたことではあったが、あまり考えないようにしていた。数が減ってしまうということだけではなく、頼りにしている大人達……親の世代がいなくなってしまうという現実を考えたくなかったのだ。人間よりもはるかに長命なため、もしかしたら生き続けられるのではないかと、そんな微かな期待も持っていた。

父を失い、母を失い……永遠の命はもう竜族にはなくなったのだと分かっていたはずなのに……。

ルイワンは突然恐ろしくなり、顔面蒼白（そうはく）になって身震いをした。膝の上の拳をさらに強く握りしめる。その様子をスウジィンは静かにみつめて、再び大きく深呼吸をした。話をするのが少し苦しいのか、しばらくしゃべらずただ大きく呼吸を続けている。

「もっと……命を長らえる方法はないのだろうか……」

ルイワンは眉間（みけん）にしわを寄せて苦しげにそう呟いた。しかしスウジィンは穏やかな表情で、ゆっくりと首を振る。

「たとえ……いくらか長らえたとしても、いつか必ず命は尽きるものです。我らが竜だった頃も決して不死ではなかった。……ホンロンワン様は、この限られた命をすべて受け入れられていた。だから我々初代の者達も、皆この寿命を受け入れています。私も……」

「悔いがあるのではないか？　何かやり残したと思うことは？　そなたはまだまだこの国に必要だ。私にも……」

ルイワンが縋るような顔で尋ねると、スウジィンは笑みを浮かべて首を少し振った。

「陛下、私はホンロンワン様とルイワン様と二人の素晴らしき竜王にお仕えすることが出来ました。竜として生きていた頃、私が何をしていたのか、もう何も思い出せないほど、この身になってエルマーン王国で過ごした日々の方が、私には勝っているのです。私の息子も立派に成長した。そして陛下のお世継ぎまで見届けることが出来た……これ以上、何の悔いがありましょうか？」

　スウジィンは薄く笑みを浮かべた。その眼差しはとても静かで穏やかで、本当に何も未練はないように見えた。ルイワンはスウジィンをみつめながら次第に涙が溢れ出てきた。

「我らが去ることで、シーフォンの数が激減してしまいます。きっとそれが陛下にとって最大の試練となるでしょう。ですが陛下とリューセー様お二人の姿を拝見していると、きっと大丈夫だと思えるようになりました。陛下は本当に立派になられた。強く、賢く、優しい……アルピンのことも、他国の人間のこともよく理解する良き王になられた。次の世代へこの国を引き継ぎ、我らシーフォンを導いてくださるでしょう。今……改めてそう確信いたしました」

「スウジィン……逝くな……まだ私の側にいておくれ……そなたのことは父のようにも思っていたのだ……ずっと私の側にいてくれた。そなたを失いたくない」

　ルイワンは目に涙をいっぱいに溜めて、震える声で縋るように言った。

「私が陛下をお呼びして……このような話をさせて頂いたのは、私が悔いを残さぬためです……。辛い現実をお話ししても、陛下はもう狼狽して、取り乱すようなことはありませんでしたね……。ですから今は本当に……心から安堵しています。今の貴方は、ただ……私に逝くなと泣いてくださる。そのお優しい心のままで、これからも良き王でいてください」

「スウジィン」

　ルイワンはスウジィンの手を握った。ひどく冷たい手だった。握り返す力も弱く、生気を感じられなかった。その瞬間、ルイワンはようやく悟った。本当に別れの時が来たのだと……。

「スウジィン、ありがとう。そなたがいてくれて、私がどれほど心強かったことか……今の私があるのはそなたのおかげだ。父上も……亡くなる前に、そなたを頼れと言っていた。友以上に大切な存在だと言っていた。父もまたそなたが一番の支えだったのだ。本当に……本当にありがとう」

ルイワンは必死に涙を堪えて、笑みを浮かべながらスウジィンに語りかけた。するとスウジィンは、黙って聞いていたが、少し間を置いて「ああ……」と体の奥から振り絞るように、大きな息と共に声を漏らした。

スウジィンの両目にも涙が溢れていた。

「陛下……私は幸せです……良き人生でした……」

スウジィンはそう呟いて微笑むと涙を零した。

それから二日後、スウジィンは眠るように静かに息を引き取った。


カタカタと規則正しく木と木が当たる音がする。ふたつの異なる音が、まるで何かの音楽でも奏でているように、心地よいリズムで響き渡っていた。

廊下を歩くシーフォン達も、時折その部屋の前で足を止めて、その音に聞き入っていた。今ではすっかりそれが日常となりつつあった。

機織り機の音。部屋の中には二台の機織り機が置かれ、毎日朝から動いていた。一台には龍聖が座り、もう一台にはアルピンの若い女性が座っている。二人は随分慣れた手つきで機織り機を動かし、布を織っていた。

　機織り機がこの国に来てからもうすぐ一年になる。その間に、龍聖は織物を一反織り上げてから、機織り機の仕組みなどを勉強し、より細かい折り目で美しい布が織れるように改良した機械を、新しく作り上げることに成功した。

　今ここで使っている二台の機織り機は、その新しく改良した機械で、この国独自のものだ。新しい機織り機が完成したのを機に、龍聖は侍女の一人に機織りの技術を学ばせた。今では簡単な模様織も出来るほどに上達している。

　アルピンという種族は、それほど知能が高くなかった。だが従順で真面目で、とても根気強い性質のため、新しいことを覚えさせるには時間がかかるが、一度覚えれば上達が早かった。手先もとても器用で、集中力もあるので、機織りには向いていると思った。

　引き続き機織り機の生産を続けさせており、今はこの他に六台も完成している。今教えている侍女が一人前になったら、機織りの先生として、他のアルピンの女達に、機織りの技術を教えさせるつもりだ。そしてゆくゆくは、織物をエルマーンの名産にしたいと考えている。

　龍聖はすでに三反の織物を仕上げていた。最初の一反はそのままの生糸で、無地の織物を織り上げ、品質を確かめた。その反物を参考にして、今度は新しく作ったオリジナルの機械で、また生糸から無地の布を織り上げた。すると想像以上に良い布が織り上がった。

　日本の木綿の織物よりも、さらに柔らかく、絹ほどではないが艶のある光沢があり、水をよく吸うので、服に仕立てるととても着心地が良かった。

　次に染料を仕入れてもらい、糸を何色かに染めてみて、簡単な模様織を織ってみた。色の染まりも良く、発色が綺麗で、模様織もとても見事なものになった。

今は複雑な模様の織物に挑戦している。これにはかなりの時間を要した。手がけて半年になるが、まだ七割しか織り上がっていない。完成したら、ルイワンの外出用の服に仕立てて、外交の際に着てもらうつもりだ。

最初にそれを提案したのはルイワンの方で、三反目の簡単な模様織で、ルイワンの服を仕立てたところとても感激して、「他国の者達にも見せてみよう」と言い出したのだ。それで他国にも認められれば、輸出に繋がる。

今、エルマーンが外交の際に、輸入品の引き換えとして輸出している物には、家具などの木工調度品があるが、それだけでは輸出の主とはなりえなかった。輸入する様々な品と同等に取り引きするには調度品だけでは足りず、やはり石化した竜から作り出した宝石が主となっている。

この宝石の輸出を出来るだけなくしたいと思っているルイワンにとっては、龍聖が考えてくれた織物が、最高の救いとなっていた。

「ですが外交に使うとなると、たくさんの織物を用意しなければなりません。それにはまだ数年はかかります」

「だが糸はもう大分生産出来るようになったのだろう？　織物を認めてもらえれば、まずは糸だけでも輸出出来るかもしれない。この糸を使えば、こんなに良い布になると、証明出来るのだからな。糸を輸出品とすることが出来れば、我が国も調度品以外に、自力で生産し出荷出来るものが増え、国力も上がり良くなるだろう」

瞳を輝かせて語るルイワンを見て、龍聖はかならず良い布を仕上げようと強く心に誓った。それで複雑な模様の織物に挑戦したのだ。

「リューセー様、失礼いたします」

部屋に侍女が入ってきた。

「お食事の用意が出来ています。そろそろご休息を取られませんか？」

侍女がそう告げたので、龍聖は手を止めてほうと息を吐いた。

「もうそんな時間ですか……マオ、貴方も疲れたでしょう？　休んでください」

「はい、リューセー様」

隣で機を織っていた若いアルピンに声をかけると、彼女も手を止めて素直に頷いた。

「それでは一刻ほどしてから続きを始めましょう」

龍聖はそう告げて立ち上がると、部屋の隅に置かれている木製の籠の下へと歩み寄った。そこには大きな白い卵が置かれている。この一年で順調に育ち、両腕で抱えなければならないほどの大きさになった。

龍聖は一日に何度か、卵を抱きしめ、撫でたり口づけたりして魂精を与えていた。柔らかく弾力のあった卵の表面は、ここひと月ほどで、普通の卵の殻のように硬くなってきていた。

「卵を運ぶのを手伝って頂けますか？」

「はい」

侍女が二人駆け寄ってきた。龍聖はそっと卵を撫でる。すると異変に気が付いた。

「卵にひびが……」

龍聖は顔色を変えた。表面にいくつかのひび割れが出来ている。龍聖の呟きに、侍女達も卵を覗き込んだ。

「わ、私が朝、運んだ時に付けてしまったのでしょうか？」

侍女が真っ青になって震えながら言った。

「いえ、朝こちらに運んだ後、私が卵を撫でた時にはこんなひびは……あっ」

龍聖が思わず驚きの声を上げげた。卵がひとりでゆらゆらと動いたのだ。それに侍女達も気づいて声を上げる。

「陛下をお呼びしてください……それから医療の心得のある方もどなたかお呼びしてください」

龍聖が侍女達に告げると、侍女達は慌てて部屋の外へと駆け出した。

「リュ……リューセー様、私も何かお手伝いをいたします」

機織りを教えていたマオが、そわそわとした様子で声をかけてきた。龍聖は振り向くと微笑んで頷いた。

「では他の侍女達に、産湯の支度をすぐにさせてください。赤子を入れるのですから、少し温めに……それから体を拭く布と、私が用意しておいた産着も持ってくるようにお願いします」

「は、はい。かしこまりました」

龍聖はこの新しい機織り機で最初に織った無地の反物で、赤子の産着とおしめを縫って用意していた。柔らかなあの布であれば、赤子にはちょうどいいと思ったのだ。

しばらくして慌ただしい足音と共にルイワンが駆けつけた。

「あ、ルイワン」

「卵が孵りそうだというのは本当か？」

「はい、卵にひびが入り、中の赤子が動いております」

籠の側の床に座り、卵を見守っていた龍聖が微笑みながらそう言うと、ルイワンは高揚した様子で籠の側へと歩み寄った。中を覗き込むと、確かに卵の殻にいくつものひび割れが出来ていて、時々ゆらゆらと卵が動いているのが分かる。

龍聖とルイワンはみつめ合って微笑んだ。二人は息をひそめて、卵の様子を見守った。

「リューセー様、産着をお持ちしました。産湯も間もなく用意出来ます」

「リューセー様、ミンヤオ様とシュウダイ様をお連れしました」

医療の知識のあるミンヤオとシュウダイも慌てた様子で駆けつけた。シュウダイは若いシーフォンで、ミンヤオから医術を学んでいる最中だ。ミンヤオもシュウダイも竜王の卵が孵るところに立ち会うのは初めてだ。とても緊張した面持ちで、ルイワンと龍聖に一礼をした。

「殻に穴が開きましたら、陛下とリューセー様で殻を割るのを手伝ってあげてください。卵の殻で赤子が傷つかぬようにご注意ください」

ミンヤオがそう説明すると、ルイワンと龍聖は、少し緊張したような表情になり、じっと卵をみつめた。やがてパリッという音がして、卵に穴が開いた。そこから小さな手が時々姿を現すので、ルイワンと龍聖は喜びに顔を輝かせ、互いの手を握り合った。

ルイワンが開いている穴に手をかけて、少しばかり力を入れると、パリッと大きく殻が割れた。それを取り去り、さらに殻を割ると、中が見えるようになった。そこには赤子の姿があった。

「ああ……ルイワン……見てください。なんと愛らしい……」

殻を半分ほど取り去ると、卵の中で眠るふくふくとした玉のような赤子の姿が現れた。頭にはふわふわとした真っ赤な産毛が生え、丸めた体の胸の辺りには金色の小さな卵を抱いていた。

「その金の卵はなんですか？」

「それは竜の卵だよ。半身は一緒に生まれるのだ」

ルイワンはそう言って、その金の卵をそっと取り上げた。すると赤子の目が薄く開いて、みるみる顔が朱に染まっていった。

「あああ～ん」

一声泣いてから、手足をもぞもぞと動かし、体までみるみる朱に染まったかと思うと、次に大きな泣き声を上げた。

「リューセー、卵の中から出してあげてくれ」

龍聖は卵の中から、赤子をそっと抱き上げた。すると一段と元気な泣き声を上げる。全身を真っ赤にして、両手でギュッと拳を作り、全身を震わせて泣き出した。

「なんと元気な御子でしょう」

ミンヤオが笑いながら言ったので、その場にいた者達は皆、笑顔になって赤子をみつめた。

そこへ産湯が運び込まれたので、ミンヤオが龍聖から赤子を受け取ると、産湯で体を洗い、手足や耳や目などを確認しながら診察をした。

ルイワンは立ち上がると龍聖を後ろからそっと抱きしめた。

「我らの子だ」

「はい……貴方様にそっくりです」

「名はスウワンとする」

「スウワン……綺麗な名ですね」

二人は幸せそうに微笑み合った。

産着を着せられた赤子が、龍聖へと渡される。龍聖は赤子を優しく抱きしめた。すると今まで大声で泣いていた赤子は、すっと泣き止んだ。両目の涙を優しく拭ってやりながら、龍聖は愛しそうに赤子をみつめる。

「スウワン……よく元気に生まれてくださいました。貴方に会えるのを待っていましたよ」

「スウワン、元気な良い子だ」

二人は代わる代わる嬉しそうに赤子に話しかけた。

第5章　子宝

世継ぎの誕生の知らせはあっという間に広がり、城中が沸き返った。

エルマーンでは、スウジィンが亡くなってから、次々と初代のシーフォン達が亡くなっていた。この一年ですでに四十人余りが亡くなっており、城の中は沈み切っていた。そこへ王子の誕生という明るい知らせに、シーフォン達はとても救われる思いがした。

城下にもこの知らせは伝えられ、アルピン達は大騒ぎをして喜んだ。家々の窓には花が飾られ、王子の誕生を祝福した。

この頃、エルマーンの中では、新たな変化が起きていた。年老いた初代のシーフォン達が次々とこの世を去っていく現実に、心を痛めていたのはルイワンだけではなかった。その者達を親に持つ若いシーフォン達にも、心境の変化が起きていた。

次々と夫婦になる者が現れた。親を失ったことで、孤独に感じた若者達が、家族を作りたいと真剣に願うようになったためだ。そして若い夫婦達は、子供が欲しいと強く望み、ルイワンや龍聖(りゅうせい)の下へ相談しに来るようになった。

特に若い女性達は、スウワンに会わせてほしいと、龍聖の下へ毎日のように訪ねてきた。

彼女達がその腕に赤子を抱き、母性を感じて子を欲しいと思ってくれるならばと、龍聖は毎日訪れる者達に、快くスウワンを抱かせてやった。

ミンヤオから医術を学んでいたシュウダイは、もっとくわしい医学を学び、シーフォンのための薬を開発したいと望んだ。特に女性が出産の際に出来るだけ苦しまなくていい術(すべ)を、研究したいと考えていた。医学の進んだ他国から医者を招き入れ、シュウダイに賛同した他の若いシーフォン達と共に、本格的に学びはじめた。

ルイワンは僅かな希望に賭けるように、若いシーフォン達と励まし合って、様々な政策に意欲的に取り組んだ。


日が暮れはじめた頃、ルイワンはその日の仕事を切り上げて、自室へ戻ろうとしていた。スウワンが誕生してから、ルイワンは出来るだけ早く龍聖の下へ戻るようにしていた。

毎日少しでも長く、スウワンの側にいたいという気持ちもあったが、育児に不慣れな龍聖を、少しでも助けてやりたいという気持ちもあった。

もちろん育児に不慣れなのはルイワンも同じではあるが、二人で力を合わせれば、きっとなんとかなると思っていた。龍聖にだけ負担をかけたくない。

廊下を歩いていると、とても元気な泣き声が聞こえてきた。部屋まではまだ少し距離があるというのに、こんなところにまで聞こえるなんて……と、ルイワンは苦笑しながら、少し早足で戻ることにした。

扉を開けると、さらに大音量の泣き声が溢れ出してきた。

「どうしたんだい？　随分ご機嫌が悪いようだね」

ルイワンが笑いながら、奥にいる龍聖の下に駆け寄ると、龍聖は少し疲れたような表情で、スウワンを抱いたまま床に座り込んでいた。

「申し訳ありません……どんなにあやしても泣き止んでくれなくて……」

「ずっと泣いているのかい？」

ルイワンは、龍聖の前に膝をついて座ると、龍聖の頭を撫でて気遣うように尋ねた。

「今日は一日中、ずっと機嫌が悪くて、ぐずってばかりいたのです……抱いていないとダメみたいで、ちょっとでもベッドに寝かすと泣き出してしまって……だから眠いのではないかと思うのです」

「眠くて泣いているのかい？」

ルイワンが驚いたように聞き返すと、龍聖は溜息をつきながら頷いた。

「自分でぐずっているうちに、疲れてきていると思うのですけど、眠いのにちょっとしたことで、すぐに泣くから眠れなくなって、それでまた機嫌を悪くしているのではないかと思うんです」

龍聖が困ったような顔で、大泣きしているスウワンを、何度も抱き直しながら説明するのを、ルイワンは苦笑しながら聞いていた。

「面白い子だねぇ……あっ、じゃあそなたは、食事をする暇もなかったのではないか？」

問われて少しごまかすように微笑んだが、ルイワンにじっとみつめられて、龍聖はごまかしきれずに頷いた。

「最初は甘えていただけだと思うのです。ぐずるふりみたいなことをして……それがお昼に、私が食事をしようと思って、スウワンをベッドに寝かせたら泣き出して、そこから不機嫌が始まってしまって……やっと泣き止んだと思って、ベッドに寝かせるとまた泣いてを繰り返して……侍女が代わりに抱こうとすると嫌がるし……今は、正直なところ私も腕が疲れてしまって、ちゃんと抱けていないので、余計に泣き止まなくなってしまっているのです」

「それはそれは……」

ルイワンは呆れたようにスウワンをみつめながら、龍聖の腕から抱き上げた。

「大丈夫かい？　私が代わりに抱いているから、そなたは休みなさい。食事をしておくれ」

ルイワンの腕の中で、スウワンがまた盛大に泣きはじめた。顔を真っ赤にして、手足を踏ん張って、懸命に抵抗するように泣いている。

「リューセー、スウワンのことは気にしないで、とにかくちょっと休んで食事をしなさい。そなたが倒れたら元も子もないからね」

ルイワンは片腕でスウワンを抱きながら、空いている左手で、龍聖の腕を取って一緒に立ち上がった。そのまま龍聖の手を引いて、椅子に座らせると、侍女に食事の用意をするように告げた。

「さて、スウワン、そなたはしばらく私が相手をするよ？　母の方が良いのかもしれぬが、我慢をしておくれ。一体、何が気に食わなくてそんなに泣いているんだい？　泣くのも疲れるだろう？　声が少し嗄れているじゃないか……かわいい顔も台なしだよ」

ルイワンは腕の中のスウワンに話しかけながら、ゆっくりとベッドへ移動していった。そのままベッドに腰かけると、ずっと話しかけ続けた。

「私の腕は硬いかい？　そりゃあリューセーの柔らかい腕に比べたらそうだろうけど、大きいからゆっくりと眠れると思わないかい？　ん？　さあ、ほら泣き止んで……そういい子だ。疲れただろう？こんなに涙を流して……」

ルイワンはあやしながら、服の袖でスウワンの涙を拭ってやった。

龍聖は、しばらくその様子を心配そうに眺めていたが、少しずつスウワンの泣き声が治まってくると、ほっと息を吐いて、椅子の背に凭れかかった。

「リューセー様、大丈夫でございますか？」

食事を運んできた侍女が、心配そうに声をかける。

「大丈夫ですよ。貴方にも心配をかけましたね。これが済んだら、今日はもうお帰りなさい」

龍聖は侍女を安心させるように微笑んでみせると、コップを手に取り、水をゆっくりと飲みほした。ようやく一息つけた気がする。

龍聖はとりあえず早く食事を済ませて、ルイワンを安心させなければと思った。

料理を食べはじめてしばらくして、龍聖は驚いたように目を見開くと、持っていたスプーンを置いて、慌てて振り返った。

なぜなら聞き覚えのある歌が聞こえてきたからだ。

ベッドに座り、スウワンを抱きながら、歌を歌うルイワンの姿があった。穏やかな顔で、スウワンの体を揺らしながら、子守唄を歌っている。低く柔らかなルイワンの歌声は、聞いていてとても安らかな気持ちになった。

龍聖は思わず立ち上がると、そっと足音を忍ばせながら、ルイワンの側まで歩み寄った。ルイワンが歌いながら顔を上げ、龍聖と目が合うと微笑んだ。

ルイワンの腕の中で、スウワンがうとうとと眠りかけている。龍聖は少し体を屈めて覗き込みながら、ルイワンの歌に合わせて、一緒に歌いはじめた。

二人の優しい歌声が、重なり合って、スウワンを包み込む。穏やかな寝息を立てはじめた愛息をみつめながら、二人は顔を合わせて微笑むと、静かに歌を歌い終えた。

「ルイワン……どうしてこの歌を知っているのですか？」

龍聖が頬を上気させながら、小声で尋ねると、ルイワンがクスリと笑った。

「母がよく歌ってくれていたんだ。そなたも知っていたんだね」

「私の村でよく歌われている子守唄です。私の母もよく歌ってくれていました」

「そなたが歌っていると、母が歌っているみたいだ。私のためにもう一度歌ってくれないか？」

ルイワンにせがまれて、龍聖は恥ずかしそうにしながらも、子守唄を歌いはじめた。ルイワンは腕の中のスウワンと、優しい笑顔で子守唄を歌う龍聖を、代わる代わるみつめながら、幸せそうな顔をした。龍聖の歌声に、鼻歌を重ねると、どこからか不思議な音色が聞こえてきた。

それを聞いて、龍聖が驚いたように歌うのを止めると、ルイワンがクスクスと笑いだした。

「ジンレイまで一緒に歌いだしたようだよ」

「ジンレイが？」

龍聖が驚いて、思わず大きな声を上げてしまった。慌てて両手で口を塞ぎ、二人でスウワンを見ると、スウワンはすやすやと眠っている。二人はほっとすると同時に、クスリと笑った。

「じゃあ、スウワンのために三人で子守唄を歌おう」

「そうですね」

龍聖も頷き、再び子守唄を歌いはじめた。二人の歌声に重なるように、ジンレイの不思議な歌声が聞こえてくる。

その日、エルマーンの空には、幸せな歌声がいつまでも響き渡っていた。

龍聖はスウワンを抱いて、テラスに立ち、眼下に広がるエルマーンの景色を眺めていた。心地よい風が吹きつける。

「スウワン、お日様が気持ちいいでしょう？　この国は年中初夏のような気候で、寒い冬がないのですよ？　ふふ……そう言っても、貴方は冬を知らないのでしたね」

龍聖は腕の中のスウワンに話しかけた。金色の目を大きく見開いて、話しかける龍聖の顔を一生懸命みつめている。時々元気に両手両足をバタバタと動かすので、龍聖はそのたびに嬉しそうに笑った。

龍聖が笑うと、スウワンも真似るように笑う。その愛らしさは、いつまで見ていても飽きることはなかった。

スウワンが卵から孵って、早いもので一年が過ぎていた。この一年は本当にあっという間だった。新米母親と新米父親の子育ては、とにかく毎日が必死だった。先輩の母親であるシーフォンの女性に助けられたり、子育て経験のあるアルピンに乳母のような役目をやってもらったり、たくさんの人々に助けられて、なんとか乗り切った一年だった。

だがシーフォンの子供の成長は遅い。長命であるせいか、ゆっくりと年を取っていくようだ。人間の赤子であれば這って動きまわれ、物に摑まり立ち上がることも出来る。だがシーフォンの赤子は一年経ってもほとんど成長は見られない。首が据わったという程度だ。

しかし新米母親の龍聖にとっては、その方がありがたいと思っていた。赤子の世話で覚えることはたくさんある。焦らずにじっくりと育てることが出来る。

気持ちの上でも、少しずつ母親の自覚を持つことが出来るようになった。

「ほら、今日も竜達が、貴方に挨拶をしに来てくれていますよ」

龍聖はそう言いながら空を見上げた。たくさんの竜達が、頭上を飛びまわっている。近づきたいようだが、近づくことが出来ずぐるぐると旋回していた。

近づけないのは、竜王ジンレイが近くで睨(にら)みを利かせているからだ。

「リューセー様、よろしいかな?」

扉が開いて、立派な白髭(しろひげ)を蓄えた大きな初老の男が顔を出した。

「ガンシャン様」

龍聖が名を呼んで頭を下げると、ガンシャンも大きな体を持て余すように、上半身だけ外へ乗り出して、頭を下げた。

「どうかなさったのですか?」

「いやいや……外から戻ってくる時に、こちらに貴方様のお姿が見えたので、御子もご一緒かと思い、お顔を見に参ったのです。御子はとても人気がありますからな。毎日たくさんの者が、会いに来ているようで、わしはなかなかお顔を見れずにおりますからな」

「ああ……そんな遠慮なさらずに、いつでもお越しくださいませ」

龍聖はそう言いながら、スウワンをガンシャンに近づけて見せた。ガンシャンは年輪のように深くしわの刻まれた顔に、さらにくしゃりとしわを寄せて笑いながら、目を細めてスウワンをみつめた。

「おお、以前拝見した時よりも、また凜々(りり)しいお顔になられましたな」

「そうですか?　ガンシャン様にそう言って頂けると嬉しゅうございます」

「御子様、早く大きくおなりなされ、そしたらわしが、みっちり鍛えて差し上げますぞ」

　ガンシャンはそう言うと、わはははと豪快に笑った。スウワンはとても驚いたようで目を見開いて、ガンシャンをじっとみつめている。

「ほう……大きな声を上げても、御子は泣きませぬな」

　ガンシャンが感心したように、口髭を擦(さす)りながら言うと、龍聖がクスクスと笑った。

「この子は気の強い子のようですよ……誰に似たのでしょう？」

「それならばルイワン様に似たのでしょう」

　ガンシャンがそう答えたので、龍聖はまたクスリと笑った。

「ルイワンは負けず嫌いのところがありますから、そういうところが似ているのでしょうか？」

「そうですなぁ……ルイワン様は母君から剣術を習っておいでで、毎日二百回素振りをしておられた。あの小さな手に豆を作ってなぁ。痛くて時々、棒を落としてしまうんですよ。わしがそんなに痛いなら、今日はもうお止めなさいと言うと、母上との約束だからと言うので、別に少しくらい出来なくても、誰も告げ口はいたしませんよと言ったら、そんなのは絶対嫌だと叫んで、泣きながら素振りを続けなさるのです」

　ガンシャンは口髭を擦りながら、懐かしそうに目を細めた。

「わしが相撲をとって鍛えた時も……」

「すもう？　相撲ですか？」

　龍聖が意外な言葉に驚くと、ガンシャンがまた豪快に笑った。

「大和の国の武術だと、前のリューセー様から教えてもらったんですよ」

ガンシャンの説明を聞いて、龍聖はなるほどと納得した。

「そう、それで相撲を取った時も、何度も何度も挑んできて、絶対に参ったと言わぬのです。あんなに心優しい御子なのに、意外ですわな」

「そうなんですね」

龍聖はルイワンの幼き日の話を、楽しそうに聞いていた。

「わしは強そうに見えますか？」

「え？」

急にそう聞かれて、龍聖は驚きつつも頷いて見せた。

「見えます。お体もとても大きくて、歴戦の猛者だと伺っております」

「ルイワン様がそんなことをおっしゃったのですか？」

ガンシャンはそう言って頭をかきながら苦笑した。

「この傷やこの傷や、他にも体中あちこちに、古い傷痕があります。これを見たら、誰もがわしを歴戦の猛者だと勘違いするでしょう」

ガンシャンはそう言いながら、頬や腕にある大きな傷痕を、龍聖に見せた。龍聖もそれを見て頷く。

「不思議なことですが、これらの傷は竜だった頃に付けた傷なんですよ。人間の体に分けられても、傷が付いてきたのは、きっとこれが、わしへの戒めだからなのでしょう」

「戒め？」

「わしは昔昔、竜だった頃、それはそれは手が付けられないほどに凶暴な暴れ者でした。仲間の竜に次々と喧嘩を吹っかけて、時には相手を殺してしまうほどに、暴れまわってました。ある日喧嘩を諫めに来たホンロンワン様にまで、襲いかかる始末で……もちろん簡単に倒されました。そしてわしを『弱き者』とお叱り(しか)になったのだ。むやみに暴れまわり、力を誇示するのは、本当は弱いからだと……強き者はむやみに戦わぬ。そして傷も作らぬと……そう言って、ホンロンワン様はわしを許された。わしは恥ずかしくて恥ずかしくて仕方なかった。ホンロンワン様の言う通りだった。わしは、ホンロンワン様に従って、竜同士で仲間となり、争いを止めた。他の生き物もむやみに殺さぬようにした。わしら竜族はホンロンワン様のおかげで、繁栄を遂げたのだ。だが……」

ガンシャンはそこまで話して、深い溜息をついた。

「ご存じの通り、人間との戦争をしてしまったのだ。わしはホンロンワン様との約束を破り、仲間をけしかけ、人間の国をいくつも襲い滅ぼした。暴れまわった。怒りのままに……そして気が付いた時にはすべてが終わっていた。わしは一度死んだのですよ。神が鉄槌(てっつい)を下され、地に落ちた。だが生かされて、人間の姿になっていた。ホンロンワン様のおかげで助かったのだと、後になって知った。人間になるくらいなら、あの時死んだ方がマシだったと言う者もいた。わしも最初はそう思った。ホンロンワン様がわしらのために払った代償を知り、心から悔やんだ。自分の愚かさに……だからこの人の身に受け継いだ古傷は、わしの弱さの証明。わしへの戒め。わしがまた馬鹿なことをせぬように……となし

ガンシャンはそう言い終わると、自嘲(じちょう)気味に笑った。

「この話をルイワン様にしたことがあるのです。そしたらルイワン様は、わしのこの傷を小さな手で撫でながら『でもこれはガンシャンが生きてきた勲章なのですね』とおっしゃった。さっきの話を聞いたでしょう？　悪いことをして付けた傷なのですよ？　ともう一度言ったんだが、ルイワン様は首

を振って、その小さな手に出来た豆を、わしに見せて『母上は私のこの豆を、強くなろうと頑張っている証だと言ってくれました。だからガンシャンの傷も同じです。ガンシャンが過去の過ちを悔いるために見る傷ならば、この傷はガンシャンが頑張っている証なのです。だから立派な勲章ですよ』と……。わしは、ホンロンワン様とルイワン様という二人の素晴らしき王に救われて、今こうして生き長らえております。この恩はスウワン様でお返しせねば、死んでも死に切れませんのじゃ」

ガンシャンはそう言うと、スウワンの頬を、その無骨な指でそっと触れるように撫でた。スウワンはじっと金色の大きな瞳で、ガンシャンをみつめ、小さな手を差し出して、ガンシャンの指をぎゅっと握った。

ガンシャンは驚いたが、顔をくしゃくしゃにしながら、嬉しそうに笑った。

「ガンシャン様、どうぞスウワンのために長生きしてくださいませ」

龍聖の願いに、ガンシャンは頷いてみせた。

「ただいま戻ったよ」

ルイワンが部屋に戻ってくると、龍聖がスウワンを抱いて出迎えた。

「おかえりなさいませ」

「スウワンは、今日も元気でいたか？」

「はい、最近のスウワンはあまり泣かないので、手がかからず本当に良い子です」

「そうか、スウワンは良い子か」

ルイワンがニコニコと笑いながら、スウワンの頬に口づけた。

「今日もテラスで日向ぼっこをしたのかい？」

「はい」

「そなたがそこに立つと、母を思い出すんだ」

「龍成様もテラスがお好きだったのですね」

「ああ、あそこから見る景色が好きだと言っていた。毎日のように立っていたよ」

「私はスウワンが生まれるまで、あまりテラスには行っていませんでしたが……今は大好きで、毎日行くようにしています。景色も綺麗だし、風も心地よくて……スウワンもあそこが好きなようで、とてもご機嫌になるのです」

ルイワンは龍聖の話を微笑みながら聞いていた。時々頬に口づけると、龍聖がくすぐったいというように、首を竦める。

ルイワンは、話しながらゆっくりと部屋の奥に向かって歩きだした。

「そういえば、今日はテラスにガンシャン様がいらっしゃいました」

「ガンシャンが？　何の用だったんだい？」

「スウワンを見にいらしたのです。鍛えるから早く大きくなるようにとおっしゃっていました」

ルイワンは、奥にあるベッドの側まで歩いてくると、上着を脱ぎかけたが、それを聞いて声を出して笑った。

「ガンシャンは隠居しているけれど、子供達に体術や剣術を教えているんだ。ああ見えて、子供には優しいから人気があるんだよ」

ルイワンの話を聞きながら、龍聖が思い出したようにクスクスと笑いだしたので、ルイワンが不思議そうに首を傾(かし)げた。

「なんだい？　ガンシャンが何か言っていたのかい？」

「いえ……ただ、スウワンはルイワンに似ているとおっしゃっていました」

「私に？　姿がということかい？」

「いいえ」

龍聖は首を振りながら、またクスクスと笑った。

「なんだい、気になるじゃないか？　二人で私の悪口を言っていたんじゃないだろうね？」

「そんなことは言っていません」

龍聖があまりに笑うので、ルイワンが龍聖をひょいと抱き上げた。

「わあ……ルイワン！　スウワンを抱いているのに、危ないですよ」

龍聖が驚いたので、ルイワンはいたずらっぽく笑った。するとスウワンも「きゃあっ」と声を上げて笑ったので、ルイワンと龍聖は顔を見合わせた。ぷっと同時に吹き出すと、ルイワンは笑いながら龍聖を下に下ろした。

「スウワンが気の強い子だと思うと私が申し上げましたら、ガンシャン様がルイワン様に似ているとおっしゃったのです。それでルイワンの幼き頃の話を聞かせて頂きました」

「そう……悪口でないのならばいいよ」

「ルイワンの幼き頃の話が聞けて、私はとても嬉しかったです」

「じゃあ、そなたの幼き頃の話をしてくれないかい？」

「今までたくさんお話ししたつもりですけど……」

龍聖が困ったように答えると、ルイワンがその額に口づけた。

「些細なことでもなんでも知りたいよ。そなたのすべてが知りたい」

「さすがに記憶にない頃の話は出来ませんが……スウワンを寝かせたら、お話ししましょう」

龍聖がそう言って、二人は見つめ合うと幸せそうに笑い合った。


時の流れは早く、気が付けばスウワンが生まれてから、十年の月日が流れていた。

ルイワン王が即位してから三十年になろうとしていた。

アルピンの人口は少しずつではあるが増えてきて、六千人にまで達していた。しかしそれに反してシーフォンの数は激減していた。以前は二千人近くいたシーフォンも、今では八百人と半数以下にまで減っている。この十年で、初代のシーフォン達が次々と亡くなったのだ。城の中はとても寂しいものになっていた。

一方でルイワンが切望していた輸出のための品として、生糸や織物が調度品と共に主となるほどに、生産されるようになっていた。

パンポックの栽培は順調で、畑も広がりたくさんの収穫が望めるようになっていた。そして糸の原料となるのは、パンポックだけではなくなっていた。

かつて北の地に住んでいたという一部のアルピン達が、『ヤン』という野生の動物の毛から糸を紡ぎ、服を作っていたことが分かり、早速ヤンを数十頭捕獲してきた。その飼育に成功し、数が増えたヤンから体毛を刈って、糸を紡ぐことにも成功した。

ヤンの毛から作る糸は、絹のように艶があるが、絹の何倍も強くて切れにくかった。その上保温性に優れ、その糸で織った布は、雪の降る寒い国でも、あまり寒さを感じないほどだ。

エルマーンで使われている糸車も、機織り機も、この世界の物よりも優れていた。それは龍聖から日本で使っていた道具の話を聞き、それを元に改良し、アルピン達の精密な木工の技術で作られた機械だったからだ。さらに龍聖が教えた技術により、細くて美しい糸が紡がれ、織り目の細かい良質な布が織られた。その糸と布の品質は、極上と評価され、各国から取り引きしたいと望まれるほどにまでなっていた。

おかげで今では、結晶化した竜の体から作った宝石を、交換材料として使わなくてもよくなった。もちろん今でも宝石を望む者達は多かったが、ルイワンがそれらをすべて断った。

宝石がなければ取り引きをしないという国とは、国交を諦める方向に進めていった。それは時に軋轢を生む場合もあったが、古くから国交のある国々と長く付き合い続けられればいいと思うようになっていた。

ルイワンは、色々な国との外交により、少しずつ経験を積んで、人間達との距離の取り方を学んでいた。

「以前はもっと人間達から色々なことを学びたいと思って、がむしゃらに人間の国との国交を望んでいたが、最近はそれも考え物だと分かってきたんだ。人間は皆が我々に好意的な者ばかりとは限らない。国王も良い王ばかりとは限らない」

ルイワンはソファに座って寛ぎながら、独り言のようにそう呟いた。目の前の床には、小さな王子スウワンが、積み木のおもちゃで遊んでいた。その傍らには、龍聖が床に座り、優しくスウワンをあやしている。そんな光景を眺めるのが、ルイワンにとって日々の最高の癒しとなっていた。

「シーフォンには、神より課せられた様々な罰があります。それは竜が二度とこの世の生き物達を惨殺しないためのものではありますが……竜の力抜きで、ただの人間同士として付き合うとなると、人間とシーフォンでは決して平等な関係にはなりません。万が一、人間達がシーフォンの秘密を知り、シーフォンが決して自分達に危害を与えることがないと知れば、シーフォンにとって人間達は最大の天敵となります……どうかお気を付けください」

龍聖が心配そうな表情で、ルイワンにそう告げた。ルイワンは頷いてから、しばらく物思いにふけった。

「リューセーの世界では、人間同士の諍いは多かったのか？」

「はい、私の生まれ育った村の周辺では大きな戦はありませんでしたが、国同士の諍いは絶えませんでした。その諍いをなくすために、日の本をひとつの国に統一しようとする者が現れましたが、それを成し遂げるために、色々な所で大きな戦がいくつもありました」

「そうか……国を良くするためにも戦が起こるのだな」

ルイワンは小さく溜息をついた。国交のある友好国の中には、隣国と諍いを起こす国もあり、何度か仲裁に入ったことがある。諍いの原因などは、はたから見れば取るに足りないことのような場合もあるが、国益に関する重要な問題の時もある。

諍いが起こるのは仕方のない話だと思うが、戦争をするのは理解出来ない。人間だって、十分に野蛮な生き物ではないかと思うことがある。特に侵略戦争を行う国の噂を聞くと、心からそう思わされた。

「獣は生きていくために他の獣を殺す。食料にするためだ。だから必要以上に殺すことはない。だが人間の起こす戦争はどうだろう……富を得るための戦争など野蛮以外の何物でもないではないか……」

ルイワンはまた独り言のように呟いて、大きく溜息をついた。龍聖はスウワンを抱き上げながら、心配そうな顔でルイワンをみつめた。

「何かあったのですか？」

先ほどから様子のおかしなルイワンに、龍聖はそう切り出した。尋ねられて、ルイワンは困ったように苦笑して見せた。

「すまない……さっきから変なことばかり言って……嫌な噂を耳にしたものだからね……」

「嫌な噂ですか？」

「ああ……はるか東の方に、近年力を付けているベラグレナという国がある。大きな軍隊を持つ軍事国で、周辺の国を侵略して、どんどん勢力を伸ばしているそうだ。友好国の中には、近くまで迫っているると不安を口にする国王もいる。有事の際には、我らに救援を求めたいと言っているんだが……話し合いの通じるような相手ではないらしい。助けるとなると、戦争に巻き込まれかねない……だがそれだけは避けたいと思っている。我々は人間達と戦うことは出来ない」

真剣な面持ちでそう語るルイワンをみつめながら、龍聖もまた深刻な表情をした。

「いつものように……竜で脅しをかけることは出来ないのですか？」

龍聖の問いに、ルイワンは首を振った。

「そういうごまかしは利かないようだ」

ルイワン達は今まで色々な国の諍いの仲裁をする中で、自分達が人間に対して出来る攻撃とは、どこまでのものかを測ってきた。もちろん攻撃といっても、人間を殺したり傷つけることが目的ではない。話し合いに応じない相手への最終手段であり、ある意味自衛のためのものだ。

人間達にとって、竜が脅威であり続ける限りは、威嚇も通じるし、人間達もむやみにシーフォンへ攻撃をしてくることはない。諍いの仲裁をするためには、時にはその「威嚇」を必要とすることがあった。

攻撃的な相手を黙らせて、戦意を失わせるためだ。

シーフォンは、神から与えられた罰で、決して人間を傷つけたり殺したりしてはならない。それはそのまま何倍にもなってわが身に降りかかることになる。だが相手が殺意を持って攻撃してきた場合、何もせずにただ殺されるというわけにはいかない。

そんなギリギリの緊迫したやりとりを何度か経験する中で、ルイワン達はあることに気が付いた。

それは『シーフォンの攻撃が、直接的なものでなければ、災いは降りかからない』ということだ。

例えば火竜が吐いた炎で人間を焼き殺せば、当然ながらその火竜と人の身のシーフォンは、焼き殺した人間の何倍もの苦しみを味わいながら死ぬことになる。だが火竜の吐いた炎で木々が燃え、その火の手が家などに燃え移って、結果的にその火事で人間が死んでしまったとしても、火竜とシーフォンには災いは降りかからない。

竜の羽ばたきで巻き起こった突風に飛ばされた人間が怪我をしても、災いは降りかからない。

分かっているのはここまでだ。

では例えば、竜がその大きな足で摑んで投げた大岩で、人間を傷つけたり殺してしまった場合、それが「直接」の攻撃となるのか「間接」の攻撃となるのか……その判断は分からない。試していないからだ。

建物を破壊して、その際に巻き込まれた人間が死んだり傷ついた場合、災いが降りかかるのか降りかからないのか、それも試していないので分からない。

災いが降りかかる場合は、当然ながら恐ろしい死が待っている。そのため試す手段はなく、ルイワンもそのような無茶なことは決してしないようにと、皆に強く言い聞かせていた。

今まで人間との間で、やむにやまれず威嚇をしなければならない場合は、いつも竜の羽ばたきで人々を蹴散らしたり、人に当たらないぎりぎりの所に炎を吐いたりしていた。

大きな竜のそんな行動だけでも、人間達は恐れをなし、戦意を喪失してくれた。だから今まではなんとかなっていた。

だが噂に聞くベラグレナという国は、そういうわけにはいかないような気がしていた。

聞いた話では、たくさんの近代兵器を持っているという。以前ルイワンは他国で、『大砲』を一度だけ見たことがある。大砲は大きな鉄の玉を、火薬が爆発する力を利用して遠くへ飛ばす兵器だ。その破壊力も飛距離も、投石器による攻撃とは、比べ物にならないほどだ。

ベラグレナ国には、ルイワンが以前見た大砲よりも、さらに威力がある新型の大砲が何門もあるという。

弓矢も剣も投石も、竜の強靭な肉体にはまったく効かないが、大砲ならばどうかは分からない。

多少の傷は負いかねないと思った。

西方へ侵略を進めているというベラグレナの脅威は、エルマーンも無視することは出来なくなっていた。

不安そうな顔の龍聖に気づき、ルイワンは笑みを浮かべてみせた。龍聖には心配をかけたくない。

「大丈夫だよ。いざとなれば、南北の入口を閉鎖して、この岩山に閉じこもってしまえばいい。この山を乗り越えてくるなど、人間には不可能だ。我らは何年でも籠城することが出来る。そのうち諦めてくれるだろう」

ルイワンは手を差し伸べて、龍聖を招き寄せた。龍聖はスウワンを抱いたまま立ち上がると、ルイワンの隣に座る。その肩をルイワンはそっと抱きしめた。

龍聖の腕の中で、スウワンがうとうとと眠りはじめていた。すくすくと育っている我が子と、愛しい龍聖をなんとしても守りたいという強い気持ちがルイワンにはある。それはもちろん、王としてこの国を守らなければならないという責任とは別の気持ちだ。

「もうすぐ新しい城が完成する。あちらに住まいを変えれば、気持ちも晴れて、きっとこの危機を乗り越える算段も付くようになるだろう。案ずることはない」

ルイワンはそう言って、龍聖の頰に口づけた。龍聖は目を閉じて、ルイワンに体を摺り寄せた。


それから間もなく、エルマーン王国の新しい城が完成した。二十年余りを費やして、技術の粋を集めて造られた城は、今まで住んでいた北の城の三倍ほどの大きさがあり、見た目にもとても美しい城だった。

城の中央と左右の三カ所には巨大な塔が建ち、そこはシーフォンが竜に乗り降りするための場所となっていた。中央の最も大きな塔は竜王専用の塔で、最上部は竜王が住まいとする場所にもなっていた。

城の中には幾重もの階層が造られており、地上に近い最下層は、アルピンの兵士達が常駐する兵舎となっていた。その上には、城の中で働く侍女達の控え室や、厨房(ちゅうぼう)、機織りの作業所、調度品の製造所などが造られ、中間部の層には、他国からの来賓が出入りする玄関が設けられ、謁見(えっけん)の間や大広間などが造られた。その上の階がシーフォン達の住まいとなる。

シーフォン達の住まいは、三層にわたって造られ、城の中心となるような造りであったが、シーフォンの数が今や半数に減ってしまったため、ほとんどが空き室となっている。

シーフォン全員が新しい城へ移り住んだが、随分寂しいものになってしまった。

「リューセー、新居はどうだ?」

「はい、とても広々としていて、素晴らしい部屋です。私、この窓に嵌(は)められている物に驚きました。これは透明のガラスというものなのですね? 硬くて板のようだけど、向こう側が見えるなんて……まるで氷の板のようですね」

龍聖が瞳を輝かせ、頬を上気させながら、窓の前に立ち、不思議そうにみつめている。

「大和の国にはないのかい?」

「はい、見たことがありません。私達の世界では障子(しょうじ)になっていることが多くて……こういう木の枠に、ガラスではなく薄い紙を貼っているのです。外の明かりは通しますが、紙ですから向こう側は見えません」

　龍聖は窓ガラスをそっと触りながら、ルイワンに説明をした。

「我々も以前は知らなかったのだが、ダーロン王国の城で初めて見て、教えてもらったのだ。アビリア王国という国が、盛んにガラスを生産しているので、国交を結んでガラスを輸入したんだよ。北の城は窓がなかったけど、これでとても明るいだろう？」

「はい、スウワンも喜ぶでしょう」

　龍聖がそう言いながら、とても喜んでいる姿を見て、ルイワンは満足気に何度も頷いた。

「窓を開ければテラスに出られるから、いつでも外を眺められるよ」

　ルイワンが窓を開けてみせたので、龍聖は驚きながらルイワンと共にテラスに出た。北の城のテラスよりも一回り広い。龍聖は嬉しそうに辺りを見回した。

　左右を見ると、他の部屋のテラスが並んでいる。城の大きさを改めて実感した。

「最初は一番上の階全部を、我ら王の家族だけが住む場所にしようと思っていたんだが、人が少なくては、そなたも寂しいだろうと思い直して、この階に部屋を作ったんだ。この階には、シーズウの家族もいるし、他にも二十組の家族がいるから寂しくないだろう。それでもまだ空き部屋があるんだけどね」

　ルイワンは苦笑しながら言った。龍聖はそんなルイワンを気遣うように明るく振る舞ってみせた。

「本当に大きな城なのですね……私は迷子（まいご）になってしまいそうです。私達の部屋だって、こんなにいくつもあるなんて……この居間も以前の倍以上だし、ルイワンの書斎もあって……こちらの寝室もとても広々としているのですね」

龍聖はテラスから部屋へと戻ると、寝室を覗いて嬉しそうに笑った。

「ベッドが大きくて驚きました……四、五人は寝られるのではないですか？」

龍聖がクスクスと笑う。ルイワンも寝室へと入ってきた。

「そうだな。たとえ寝相が悪くても落ちる心配はないよ」

ルイワンも笑って言ったので、龍聖も嬉しそうに頷いた。

「これはなんですか？」

ベッドの上にある屋根のようなものを、龍聖は不思議そうに見上げた。

「これは天蓋というものだよ。まあベッドの飾りのようなものだが……こういう使い方も出来る」

ルイワンはそう言いながら、天蓋の四方の柱に巻きつけてある布を解いた。するとベッドが薄い布で四方を覆われ、中が隠されて見えなくなった。

「これなら万が一、突然侍女が入ってきても、そなたが恥ずかしがることはなくなるよ」

ルイワンはそう言いながら、龍聖の腕を掴んで引き寄せた。抱きしめて口づけをしながら、天蓋の布をめくって、ベッドへと倒れ込んだ。

「あっ……ルイワン」

龍聖が少し咎(とが)めるように眉根(まゆね)を寄せてみつめると、ルイワンは笑いながら、龍聖に覆いかぶさり、頬や首筋に口づけた。

「どうだ？　このベッドは気に入らぬか？」

「そ、そんなことはございません」

龍聖は頬を上気させながら、恥ずかしそうに答えた。ルイワンの右手が龍聖の服の裾(すそ)を捲(まく)り上げ、白い太腿(ふともも)を撫でる。

「久しぶりな気がする……君も子育てと、機織りとで忙しそうだったし……私も色々と余裕がなかった……君を抱くのはどれくらいぶりだろうか？」

ルイワンは優しく何度も口づけて、左手で龍聖の前髪をかき上げた。龍聖はほうっと甘い吐息を吐きながら、上気した顔でうっとりとルイワンをみつめる。

「ルイワンは……もう私を抱きたくなってしまわれたのかと思っていました」

「なんということを言うのだ。そんなわけはないだろう」

「でも……もう一年近くございませんでした。それ以前も、ずいぶん回数が少なくなってしまわれて……スウワンが生まれてから……」

龍聖は耳まで赤くなって、恥ずかしそうに伏し目がちに言った。それを聞いて、ルイワンはとても驚いた様子で顔を上げると、龍聖の顔をまじまじとみつめた。

「嘘(うそ)だろう？」

「本当でございます」

「なんということだ」

ルイワンは本当に信じられないという表情で、ぽつりとそう言った。思わず太腿を撫でていた手も止まる。

「確かに……毎日、そなたとスウワンの姿を見ているだけで幸せで、とても癒されて、疲れもすべて吹き飛んでしまうと……それだけで満足していた。ああ、そうだ。そなたが卵を産んでから、皆から性交を禁止されて、ずっと我慢していた。あれがいけないのだ。最初は辛かったがそのうち慣れてきて、そなたとこうして抱きしめ合って寝るだけで良いと思うようになっていた。それに卵から孵った後も、いつからまた以前のように交わって良いのか分からず……スウワンを育てるのも大変そうだから、そなたに負担をかけてはいけないと思って、なかなか手を出せずにいたのだ」

一生懸命に言い訳をする様子が、まるで子供のようだと思って、龍聖はクスクスと笑いだしてしまった。

「何がおかしい？」

「いえ、失礼いたしました。そういえば、以前は毎日のように欲情してしまうことで、どこかおかしいのではないかと、貴方が悩まれていたこともあったと思って……」

「そういえばそんなこともあったな」

ルイワンが、苦笑して頷いた。

「ただ……貴方が私を抱くのがお嫌になったのでなければいいのです。私はいつでも、貴方に抱かれたいと思っております」

「リューセー」

「以前……私が卵を身籠もって痩せてしまった時に、貴方がもう少し太らなければいけないとお叱りになったので……一生懸命太ろうとしたのですよ？　でもお手をお付けにならないので、太りすぎてしまって、お嫌になられたのかと案じておりました」

それを聞いて、ルイワンはギュッと強く龍聖の体を抱きしめた。

「太りすぎてなどおらぬ……ちょうどよい抱き心地だ。柔らかくて、でも細くしなやかだ。私の好きな体だよ」

ルイワンは優しく囁(ささや)いて、唇を重ねた。深く吸って、口の中を愛撫(あいぶ)するように舌を絡めた。太腿に置いていた右手が、再びその肌を撫でる。内腿を撫でながら、股を開かせ、その奥へと手を伸ばした。

「あっあぁあっ……ルイワン」

龍聖は息を乱して甘く名を呼ぶ。それはとてもルイワンを刺激するものだった。

ルイワンは久しぶりに、愛(いと)しい龍聖を抱いた。


「しばらく休まなくても大丈夫か？」

「はい、大丈夫です。そんなに心配なさらないでください」

二人は新しい城の中を歩いていた。龍聖が他の部屋も見てみたいと言ったからだ。ルイワンが龍聖の手を握ると、龍聖は恥ずかしそうにしたが、寄り添うように手を引かれて歩いた。

「廊下も広いのですね……天井も高いし、とても広々として良いですね」

「廊下のこちら側の部屋は、すぐ目の前が岩肌にはなるが、一応窓があるから以前よりはずっと明るいし、風も入るのだよ」

ルイワンはそう言って、廊下を挟んだ反対側の部屋の扉を開いて、中を龍聖に見せた。

「本当ですね……景色は望めませんけど……でも岩肌までは少し距離もありますし、日差しも入って明るいのですね」

龍聖が嬉しそうに言ったので、ルイワンも満足そうに笑って頷いた。

「シーフォンの皆が、居心地良く住めればいいのだが」

「居心地良いに決まっております……若い夫婦達にも、きっと早く子供が授かりますよ。そしてこの城にもまたたくさんのシーフォンが住むようになります」

龍聖が微笑みながらそう言ったので、ルイワンは何度も頷いた。

「そうだな。そうなるといいな」

「それにしても、本当に大きな城なのですね……廊下の先が見えないほどです」

「ああ、最初は二千人のシーフォンが住むことを前提に建てはじめたからね……住まいの数を考えたら、こんなに大きくなった。下の方の階には、アルピンの兵士達がたくさん常駐している兵舎があるから、それほどこの城も寂しくはないんだよ」

「はい」

龍聖は頷いてクスクスと笑った。

「後で機織りの工房を見せてやろう」

「本当ですか？」

龍聖が瞳を輝かせて喜んだので、ルイワンもとても嬉しそうに笑った。


新しい城に移り住んで、シーフォン達も随分気持ちを切り替えることが出来た。住み心地のいい部屋で、皆の気持ちに余裕が出来たのだ。

新しく夫婦となる若者も何組か出てきて、また新しい命もいくつか授かった。

ルイワンと龍聖の二人も、新婚の頃のように、再び毎晩睦み合うようになった。

そのおかげか、間もなくして龍聖も二人目の子を授かった。その知らせは、さらに人々を喜ばせた。

特にルイワンの喜びは、とても大きかった。

「スウワンに兄弟が出来るのだ……ああ、なんという幸運なのだろう……リューセー……本当に、本当にありがとう」

飛び上がるように興奮して喜ぶルイワンを見て、龍聖も涙が出るほど嬉しかった。

スウワンが生まれてから、「もうひとり」などと、ルイワンが漏らしたことは一度もなかった。だが一人でも多く子を産むことは、どの世界でも必要なはずだと、龍聖はずっと考えていた。守屋の家でも跡継ぎの問題だけではなく、次男、三男も男手として必要とされていた。

だから再び懐妊することが出来て、最も喜んだのは龍聖自身だった。

二度目の懐妊は、最初の時のような重い症状はなく、それほど高熱に苦しむこともなかった。ただ眠気がひどいのは同じで、身籠もっている五日の間、ほとんど眠って過ごしていた。

ルイワンも、スウワンの時のように狼狽えることはなかったが、それでもやはり心配で、スウワンの面倒を見ながら、出来る限り龍聖に付き添った。

五日目の朝、龍聖は無事に卵を産み落とした。

「陛下、おめでとうございます」

「ああ、無事に産まれたか……なんと嬉しいことだろう。ああ、良かった……本当に良かった」

ルイワンが涙を浮かべて喜ぶ様子を、龍聖は幸せそうにみつめていた。

「リューセー、ありがとう」

ルイワンは龍聖の手を取り、何度も礼を述べた。

二人目の御子の誕生という明るい知らせは、エルマーン王国を大いに沸かせた。それはまるで、王国の明るい未来を映しているかのようで、人々は心から喜んだ。

誰もがこのまま、幸せな日々が続き、王国が繁栄していくのだと信じて疑わなかった。

穏やかに日々は過ぎていく。

卵の育成と、スウワンの育児で、龍聖の日々はさらに慌ただしいものになった。

まだ幼いスウワンには、自分に弟が出来るのだということは理解出来ない。ただ龍聖が毎日、大切に卵を抱いていることを知り、「卵」に興味を示すようになった。

寝室のベッドの脇に置かれた卵専用の大きな木の籠に近づいて、中を覗き込もうとしているのを、龍聖が気づいて、慌ててスウワンを抱き上げた。

卵には殻がない。とても柔らかくて、繊細な扱いが必要だ。

まだ幼いスウワンには、それを言っても分かるはずもない。悪気はなくても、卵に爪を立てないとも限らないし、ましてや握ったり、投げたりしないとも限らない。

龍聖は侍女達に、スウワンを絶対に寝室に入れてはいけないと、念を押した。

ルイワンにもそのことを話した。

「そうだね、こればかりは、私達がスウワンや卵から目を離さないようにするしかないね。もう少しスウワンが大きければ、理解もしてくれるんだけどね……かわいそうだが、スウワンは寝室には立ち入り禁止だ」

ルイワンはそう言って、スウワンを膝の上に抱きながら、頭を優しく撫でた。当の本人は、まったく分かっていないようで、ルイワンに甘えている。

「寝るのは今まで通り、私達と一緒の部屋でもよろしいですよね？」

「そうだね……スウワンは一度寝たら、何があっても起きないからね。私達が愛し合っていても、龍聖がかわいい声を上げても、決して起きないからね」

「ルイワン！」

ふざけたように言うルイワンに、龍聖が赤くなって抗議した。

「ごめん、ごめん……朝はいつも私達の方が早く起きるし、私達が起きる時に、そのまま居間に連れていけばいいだろう」

「そうですね」

龍聖は、はあと溜息をついた。そんな龍聖を、ルイワンはニコニコと笑いながらみつめている。

「どうかなさいましたか？」

龍聖が気が付いて、不思議そうに尋ねると、ルイワンは膝の上のスウワンをくすぐったり撫でまわしたりしながら、楽しそうにしている。

「いや……こういうのはいいなぁと、しみじみ思ってしまっていたんだ」

「え？」

「そなたと二人で、子供のことについて悩んだり、話し合ったり……とても幸せな悩みだと思ってね」

ルイワンの思いがけない言葉に、龍聖は目を丸くした。

「幸せな悩みですか？」

「ああ、私の父と母も、私のことで何か悩んで、こんな風に二人で話し合ったりしたのかな？　とか考えたり……夫婦とか、家族とか……そういう小さな関係の中で、悩んだり、怒ったり、笑ったりって、とても幸せだと思わないかい？　私が竜王で、普段外交とか国の中の問題とかで、頭を悩ませているせいかもしれないけれど……。私は、成人前に父を亡くしてしまったから、早くから王として国政をしなければならなくて……そのせいかな……そなたと二人だった頃は、ただ部屋に戻って、そなたが優しい笑顔で迎えてくれるだけで、とても癒されて幸せだったけれど……今はこんな風に、私達家族の中に事件や問題が起きたとしても、それはそれでとても幸せなんだ」

本当に楽しそうに語るルイワンの話を聞きながら、龍聖はしばらく呆然としていたが、自分の中でずっと頑(かたく)なに、何かを押さえるように突っ張っていた棒が、カタンと音を立てて外れたような気がした。

するとみるみる心が晴れやかになっていくのを感じる。

龍聖は、物心ついた頃から『龍神様に仕える神子(みこ)のリューセー』として育てられ、普通の生活は望めず、親兄弟にも、どこかよそよそしさを感じて過ごし、愛されることに飢えていた。

この世界に来て、ルイワンに出会い、愛される喜びを知り、これほど幸せなことはないと思っていた。ルイワンも、龍聖に対して何も対価は求めず、ただ「私を愛してほしい」「生涯伴侶として寄り添ってほしい」「夫婦になってほしい」とだけ言い続けていて、それは今に至るまで、少しも変わることはない。

それなのに、龍聖自身が、自分で作った『リューセー』像に囚われていた。自分はこの世界で龍神様に尽くさねばならない。何か役に立たねばならない。そう、ずっと最初から思い続けてきた。機を織ることも、子供を産み育てることも、どちらも楽しく幸せだと思っていたが、それでもすべて、無意識に「頑張って」きていたのだ。

何ひとつ、頑張る必要などなかったのだ。ルイワンは、一度もそんなことは言っていない。ただずっと一途に愛し続けてくれて、同じようにただ愛してほしいと願ってくれていただけだ。

ルイワンは、龍聖と同じものを求めていたのだ。

『愛されたい』と……家族という小さな幸せに憧れていただけなのだ。

「ああ……」

龍聖が吐息と共に、小さく声を漏らしたので、ルイワンは龍聖へ視線を送った。龍聖はとても穏やかな顔で微笑みながら、目に涙を浮かべている。

「リューセー？　どうしたんだい？」

「ルイワン……私は貴方の言葉を理解するのに、十六年もかかってしまいました。なんて愚かなのでしょう」

「え？　なに？　私が何か変なことを言ったかな？」

「いいえ」

龍聖はとても晴れやかな笑顔を向けた。

「ただ、ただ私が愚かなのです。そうでした。貴方は本当に真っ直ぐで……出会った頃から、何ひとつ変わることはなかったのに……貴方の口癖が『大丈夫かい？』になってしまったのも、すべては私のせいだったのですね」

「え？　え？」

ルイワンは、龍聖が何を言っているのか分からなくて、戸惑うようにおろおろとしている。

「とと？」

スウワンが、きょとんとした顔で、そんなルイワンを不思議そうに見上げていた。

「ふふ……ごめんなさい。なんでもありません。ええ、ルイワン、年の近い子が二人だと、きっと笑ったり泣いたりが二倍になって、時には子供達が喧嘩をすることもあり、これから色々と問題も起きるし、賑やかになると思いますよ」

龍聖の脳裏にふと懐かしい面影が浮かんだ。兄弟のようだった清太と藤治郎。あの二人のように、子供達が仲良くしてくれればいいのにと思った。

「兄弟喧嘩をするのかい？」

ルイワンが嬉しそうな顔で聞き返したので、その反応に龍聖は噴き出してしまった。

「まるで喧嘩が見たいというように聞こえますよ？」

「見たいよ！　そりゃあ見たいさ！　私には兄弟がいないんだ。だから喧嘩もしたことがない」

「喧嘩はしない方がいいですよ。スウワンが優しい兄として、弟や妹をかわいがってくれた方がいいです」

「もちろんそれもいいけど、喧嘩しながら仲が良いならいいじゃないか……ああ、だけど次に生まれる子が女の子だったら、喧嘩をするのはあまりよくないよね。女の子には優しくしなければいけないよ」

ルイワンがスウワンに向かって言い聞かせるように言うと、スウワンは目を丸くして、ただじっとみつめている。ルイワンはそんなスウワンの額に、優しく口づけた。

「弟と妹……どちらが生まれても楽しみだ。スウワンは、逆に泣かされないようにしないとね」

「あい！」

ルイワンに言われたことの意味も分からずに、スウワンが元気に返事をしたので、ルイワンと龍聖は顔を見合わせて笑った。

龍聖はしばらく笑っていたが、はあと息を吐いた。

「本当に……本当に幸せですね」

龍聖は心からそう呟いた。

第6章　悲劇

　幸せで穏やかな日々が過ぎていく中、ルイワンは世情が決して安泰ではないことを分かっていた。万が一の時のための対策を、若い家臣達と共に、幾度も会議を開いて話し合った。

　南北にある外界との出入り口には、以前よりもさらに強固な鉄の扉を設置した。その出入り口に外から入るために作られた道にも、仕掛けが施された。いざという時落として道を断ち切れるように、丸太を組んだ偽造の道を一部に作ったのだ。

　そして城の貯蔵庫には、着々と穀物などを蓄えていた。

　人間達と戦えない以上、ルイワン達が選ぶ術は籠城しかない。どれくらい立てこもれば、相手が諦めてくれるのか分からないが、いざとなれば何年でも籠城する覚悟だ。たとえ食料が不足しても、竜で外から運び込めばいいと考えた。

　険しい岩山に囲まれているから大丈夫だと信じていた。


　その日、ルイワン達は会議を開いていた。ベラグレナ国の侵攻は止まる様子はなく、着々と西方へと進出してきている。

　すでに国交のある国がいくつか属国に下ったという情報が届いていた。滅ぼされた国もある。

　ルイワンは、万が一の時が来る前に、なんとか回避する策はないかと話し合っていた。

「話し合いに応じるとは思えないが、それでも使者を送ってみるというのはどうだろうか？」

「交渉の余地はなく、属国になるか、滅ぼされるかのどちらかしかないという話です」

「なぜそこまで野蛮なのだ」

ルイワンは眉間にしわを寄せて腕組みをすると、深く考え込んだ。

「陛下、調査の結果、少し気になることがあるので、聞いて頂けますか？」

幾度か偵察に行っているカイシンが、深刻な表情で進言した。

「ああ、頼む、話してくれ」

「はい」

カイシンは持っていた地図をテーブルの上に広げた。それは大きな世界地図だった。

「ベラグレナが、この西の大陸に進軍を始めたのは二年前です。最初はここ……海岸沿いの小国から攻めています。東の大陸から、船で最初に辿り着いた所だと思います。進軍ルートは……こうです。一年かけて海岸沿いをくまなく征服しています。ところがその後は、この国を滅ぼし、次はここを属国とし……」

カイシンは地図上の、ベラグレナの進軍ルートに印を付けていった。

「現在はこの辺りを軍が進んでいます。おそらく次の狙いは、ここか、この辺りではないかと思うのです」

「狙いの中にダーロン王国が入っているではないか」

「はい、陛下、おかしいとは思われませんか？」

「ん？」

カイシンに言われて、ルイワンは地図を真剣な眼差しでみつめた。

「この辺りから進軍の仕方が変わっているように見えるが……」

ルイワンが地図を指して言ったので、カイシンは頷いた。

「はい、一年前から急に変わっているのです。二年前の動きを見ると、恐らくベラグレナは、領土を広げるのが目的で進軍していたはずです。ですから海岸線沿いを、大小に拘わらずすべての国を征服していました。ところが一年前あたりから、進軍先が『すべて』ではなくなっているのです。ここと ここは征服されているのに、途中のこれらの国は、被害に遭っていません。一見規則性がないようですが……この一年に攻められている国には、ひとつだけ共通点があるのです」

カイシンがそこまで言ったところで、ルイワンの顔色が変わった。

「……すべて……我が国と国交のある所ばかりだ……」

「そうなのです」

「では……次に狙われるのは……」

「恐らく、ダーロン王国です」

ガタッと大きな音を立てて、ルイワンが立ち上がった。

「陛下! お待ちください!」

「陛下、今は兵を出すことは出来ません」

「陛下、まずはお座りください」

皆が一斉にルイワンを諫めた。

「しかし……」

ルイワンは動揺した様子で、そのまま椅子(いす)に座り直す。

「お気持ちは分かりますが、我々もそれどころではないのです」

カイシンがとても険しい表情で、少し身を乗り出すようにしてルイワンに告げた。

「我々の国エルマーンの位置はここですから……これまでベラグレナの進軍について、脅威は感じつつも、我が国に辿り着くまでには、まだまだ時間がかかると思っていました。世界征服でも企んでいない限りは、西の大陸すべてと戦うとも思えず、万が一そうだとしても、大陸のさらに西の辺境近くにある我が国まで、他の国々と戦いながら進んでくるには、まだ二、三年はかかるだろうと……。ですが、違うのです。この昨年以降の進軍ルートから、奴らの目的を図るとすれば……奴らの目的は、我が国なのです。そして我が国と最も近く、密な交流のあるダーロン王国が、万が一落とされた場合……間違いなく、次は我が国です」

「……なぜだ……」

ルイワンは強張った表情で思わず呟いていた。会議の場が重苦しい空気になり、静まり返る。

「それは……竜が目的なのでしょう」

「竜？　竜の牙か？　爪か？　玉か？　何を欲しているというのだ」

「陛下、恐らく『竜』そのものではないかと」

年配の家臣サガンがそう言ったので、一同がざわついた。

「サガン、『竜』そのものとはどういうことだ」

「軍事国は、更なる強い武器を求めています。竜が手に入れば、これ以上の武器はないではありませんか」

「ばかな！　我らは人間を殺せぬというのに！」

「そのような我らの秘密を知る者はおりません。だからこそ今まで我らは人間にとって畏怖すべき存在でいられたのです。そして人間達の認識では、我らは『竜使い』なのです。人と竜が対だとは思っていないでしょう。下手をすれば、我らを殺してでも、竜を奪おうとするかもしれません。ですから、奴らとの接触は出来るだけ避けるべきかと」

サガンに正論を言われて、誰も何も言い返せなくなった。

「サガン殿の言う通りです。陛下、カイシンの話が確かだとすれば、たとえダーロン王国の危機であったとしても、今、我々が下手に動くことは出来かねるかと思います」

シーズウが、静かな口調でルイワンに言った。

ルイワンは悔しげに顔を歪ませて、ぐっと両手の拳を握りしめた。

その時、会議の間に、一人の兵士が駆け込んできた。扉をノックする間もなく、ものすごい勢いで駆け込んできた兵士に、皆が驚いて、若い家臣の中には兵士を怒って罵倒する者までいた。

「へ、陛下……一大事です！」

兵士は真っ青な顔で、ひどく慌てた様子で叫んだ。

「今、北の関所にダーロン王国からの急使が到着いたしました」

「急使？　何事だ？」

「それが……その場で事切れてしまいました」

「なに!?　どういうことだ!?」

「急使がこれを……」

兵士はそう言って、震える手で書簡を差し出した。書簡は血で汚れていた。ルイワンはただ事ではないと、急いで書簡の封を切り、中を開いた。そしてそこに書かれた文面を見て顔色を変えた。

「亡くなったダーロンの使者を、手厚く葬ってやってくれ」

ルイワンは、神妙な面持ちで、書簡を持ってきた兵士に伝えて下がらせると、書簡を握りしめたまま、しばらくの間無言で考え込んだ。

「陛下！　なんと書いてあるのですか？」

家臣達が動揺した様子で、ルイワンの言葉を待った。ルイワンは苦しげに眉根を寄せると、握りしめている書簡をみつめた。

「ダーロンの王からだ……ベラグレナ国に攻め込まれている。助けてほしいと……」

「なっ……」

皆は驚きのあまり言葉を失った。

たった今話していたことが現実となったのだ。

ダーロン王国は、エルマーンが最初に国交を交わした国だった。彼の国との間には、不幸な事件もあったが、今は最も親しい友好国となっている。国王は、ルイワンが最初に盟約を交わしたニクラス王から代替わりして、息子のアンドレアスになっているが、今も友好関係は変わらない。

「ダーロン王国には、強い近衛兵団がいるだろう」

「まったく敵わないというのか？」

皆は驚いたように、口々に囁き合った。

「陛下、どうなさいますか？」

カイシンが尋ねたので、ルイワンはしばらく考え込むように目を閉じた。

「ダーロンから我が国まで、馬なら昼夜駆けても四、五日はかかる……すでに戦争状態に入っていて、不利な状況の中で助けを求めてきたのだとしたら……今から行ってももう遅いだろう……しかし何もしないわけにもいくまい」

ルイワンは苦しげな表情でそう言うと、家臣達を見回した。

「カイシン、ダイラン、ヨウエン、すぐに準備をして、私と共に来てくれ」

ルイワンは若い家臣の中から三人を選んだ。

「陛下、ダーロンに行かれるのですか？　危険です！」

「様子を見に行くだけだ。案ずるな……それよりも私のいない間に頼んでおきたいことがある。シーズウ、そなたが指揮を執ってくれ」

ルイワンはダーロンからの書状をシーズウに渡し指示を出した。するとシーズウは何人かの仲間を連れて、足早に会議の間を出ていった。ルイワンもすぐに会議の間を後にした。

急ぎ自室へ戻ると、侍女達を呼んで甲冑（かっちゅう）の準備をさせた。

「ルイワン……急なご出立ですか？」

そこへ龍聖が慌てた様子で、機織りの部屋から戻ってきた。侍女が知らせたのだ。

「ああ、しかしすぐに戻るよ、偵察に行くだけだ」

ルイワンは龍聖が心配しないように、笑顔でごまかした。龍聖は気になりつつも、それ以上は何も聞かずに、黙って甲冑に着替えるのを手伝った。竜の鱗（うろこ）を加工して作られた甲冑は、とても軽くて丈夫だ。鋼の何倍もの強度があり、剣も槍も利かなかった。これを着ていれば、何かあってもきっと大丈夫……龍聖はそう思うしかなかった。

「じゃあ、行ってくるよ」

ルイワンは龍聖の頬に口づけると、部屋を出ていった。


「みんな、何があっても、冷静でいるように。決して早まった行動を取ってはならない」

「はい」

ダーロンへ向かいながら、ルイワンは再度念を押した。彼らならば大丈夫だとは思うが、何が起こるかは分からない。ルイワンは自らにも言い聞かせるつもりで言った。

「状況次第だが……もしもダーロンが陥落しているようならば、深入りはせずにすぐに引き返そう」

「はい」

ルイワンはひどく胸騒ぎがしてならなかった。

「陛下、あれを！」

しばらくして、カイシンが声を上げて前方を指さした。はるか遠くに黒い煙が見える。方角からダーロンではないかと思われた。

「やはり遅かったか……」

ルイワンは眉を寄せて舌打ちをした。

次第に近づくにつれ、立ち上る黒い煙が、ダーロンの王都から上がっているのが、間違いなく確認出来るようになった。城下町のあちこちから、煙が幾筋も上っていた。

国を取り囲むようにいる、敵の兵団の姿も確認出来た。

ルイワン達は、ダーロンの兵に気づかれぬように、高度を上げてかなり上空から様子を窺った。

「陛下、どうなさいますか」

「敵を威嚇してくる……そなた達は離れていろ」

「陛下！　危険です」

「ジンレイならば大丈夫だ。だがそなた達は近づいてはならぬ、分かったな」

ルイワンはそう告げると、ジンレイと共にダーロンの王都を目指して、急降下を始めた。

「ジンレイ、大砲の弾に気を付けろ……あの軍隊を、そなたの翼で跳ね飛ばしてやれ」

ジンレイは答えるように、オオォォォォオォッと咆哮を上げた。そのまま急降下して、王都の周囲を取り囲んでいる軍隊の真上まで降りると、その大きな翼を羽ばたかせて、強風を巻き起こした。

突然現れた巨大な竜の姿に、敵の兵士達は驚愕し、散り散りに逃げ惑った。だが猛烈な突風が巻き起こり、兵士達は塵のように吹き飛ばされていった。各隊の隊長らしき者達が、必死に号令をかけているが、誰も聞いていないようだ。人も馬も大砲も、風に煽られて飛ばされていた。

ドーンとどこからか大きな音がした。ヒュルルルッと風を切って唸りを上げる音も聞こえる。

「ジンレイ！　大砲の弾だ！　よけろ！」

ルイワンの命令に、ジンレイは大きく二、三度羽ばたくと、一気に空高く舞い上がった。さすがに大砲の弾は届かない。ルイワンは目を凝らして辺りを見回した。右舷に別の隊が見える。そこから発砲しているようだった。

「あんな距離からでも弾が届くのか……やはり大砲の威力は侮れないな……」

ルイワンは驚いたように呟いてから、右舷へと降下させた。

「大砲に気を付けながら、あいつらも蹴散らしてしまえ」

ルイワンの指示に、ジンレイは再び咆哮を上げた。敵の兵士達は、この竜の咆哮だけでも十分に恐れるはずだ。

案の定、向かってくる巨大な竜の姿に、兵士達が恐れをなして逃げ惑う姿が見えた。しかしドーンと大砲が何門か、唸りを上げる。ジンレイは弾を交わしながら近づくと、大きく羽ばたいて、突風を巻き起こした。兵士達が悲鳴を上げながら飛ばされていく。

飛ばされた大砲が、地面に落ちて破壊される様子もしっかりと確認した。敵の部隊は完全に壊滅したと思う。

「ジンレイ、もういい、行こう」

ルイワンはジンレイにそう告げると、空高く舞い上がり、その場を離れていった。

「ダーロンの美しい街並みが……」

遠ざかる王都をみつめながら、ルイワンは苦しげに呟いた。

「陛下、大丈夫ですか？」

皆の元へ戻ってきたルイワンに、心配そうに声がかかる。

「ああ、大丈夫だ……大砲をいくつか壊せたし、敵に我ら竜の脅威を見せつけることが出来たと思う……これで進軍を諦めてくれればいいのだが……」

ルイワンはそう言いながらも浮かない表情だ。無残な姿となったダーロン王国の王都が目に焼きついて離れない。国民はどうなっているのだろうか？　王は無事なのだろうか？　それを確かめる術はないのかと、苦悶(くもん)の表情で考えていた。

「とにかく……戻ろう」

「はい」


ダーロン王国・王城の地下牢。

暗い牢のひとつに、手足を鉄の枷(かせ)で繋(つな)がれて、壁に磔(はりつけ)になっている男の姿があった。衣服は所々破れ、血が滲(にじ)んでいた。牢の前には兵士が四人立って見張っている。

壁に磔にされた男は、拷問を受けたのか、疲れ切った様子で目を閉じて項垂(うなだ)れていた。

男はかつてこの国の王であったアンドレアスだ。ベラグレナ国との戦いに敗れ捕らわれの身となっていた。

ダーロン王国に、ベラグレナ国の使者が来たのはほんの七日前のことだった。それはベラグレナ国の属国に下れというもので、属国になればダーロン王国の存続は確約されるが、交換条件がとても厳しいものだった。
一、すべての軍をベラグレナ国に引き渡すこと
二、毎年の国益の半分をベラグレナ国へ上納すること
三、竜の国の情報を引き渡すこと
アンドレアス王は、この三つの条件を見て激怒した。これは交換条件と呼べるものではない。近臣達とも何度も話し合いの場を設けたが、なかなか結論が出ることはなかった。

「ここまで馬鹿にされて、戦わぬわけにはいかぬだろう」

「だがベラグレナ国の軍事力は強大だ。今まで滅ぼしてきた国や属国とした国の兵までも取り込んで、今や二十万以上の兵を持つと聞く……我が国の軍は四万……とても太刀打ちできません」

「しかし属国になったとしても、これでは奴隷と同じではないか……兵力を取り上げられ、国益の半分を上納しろとは……陛下、たとえ国が滅びようとも、戦うべきです」

家臣達が論争する中、アンドレアスはずっと腕組みをして考え込んでいた。

「陛下、ここはもうエルマーン王国へ助けを求められた方がよろしいのでは……」

一人の家臣がそう進言したので、一同は様々な思惑を抱えながら、「おお」と声を上げた。それは良しとする者と、否とする者に分かれた反応だった。

「それはならん」

ようやくアンドレアス王が口を開いた。

「しかし陛下……」

「今までのような、いざこざを仲裁してもらうのとは訳が違う。ここで助けを求めては、この戦争に巻き込むことになる。それだけはならぬ。我が国の尊厳にかけても、それだけはならぬ」

断固とした口調で、アンドレアスが述べたので、家臣達は何も言い返すことが出来ず、会議の場は静まり返った。

アンドレアスは目を閉じて、ふとあることを思い出していた。

父であるニクラス王が亡くなる前に、アンドレアスは病床に呼ばれた。人払いをし、二人だけになったところで、父王よりとても重要な秘密を知らされた。

それはエルマーン王国の秘密だった。

彼らはかつて竜として生きてきたが、その凶暴で残虐な所業に神が罰を与えて、今のように人の姿で生きなければならなくなったということ。

そして彼らが決して人間を傷つけたり、殺(あや)めたりすることが出来ないということ。

それが神から与えられた罰なのだということを知らされた。

まるでお伽噺(とぎばなし)のようで、普通ならば到底信じられるものではないが、エルマーンの人々ならば、それもありうるかもしれないと思わされる。

赤や青など、人間にはありえないような髪の色や、美しい容姿、何より伝説の生き物である竜を従えているのだ。彼らが人間ではないと言わたら、納得するしかない。

アンドレアスは驚きつつも、なぜ父王がそのような話をするのかと不思議に思った。

父王はそれらを話し終えると、とても静かな表情でアンドレアスをみつめた。

「息子よ……そなたは彼らのことをどう思う」

「私は……私はルイワン王が好きです。民を愛し、家臣を大事にし、国を思い……王として尊敬すべき方だと思っています」

「かつて我らがルイワン王に与えた不義理を知っているな」

「はい……だからこそ……その話を知ってからなお、ルイワン王を尊敬するようになりました」

ニクラス王は、そう話す息子の顔を静かにみつめた。

「ルイワン王がなぜ、このような重大な秘密を私に教えてくれたと思う？　私はこれこそが、何よりの盟約の証だと思ったのだ。彼らは自らの最大の弱点を、私に教えたのだ。それは我らを心から信頼してくれている証だ」

ニコラス王はそう言ってから、大きく深呼吸をした。苦しいのか時折顔を歪めている。

「もしも我が国が他国と戦争になった時、エルマーン王国は戦争に加担してはくれないだろう。だがそれは彼らがやりたくても出来ないからだ。しかしルイワン王は、それでも何かしら、我らの力になりたいと言ってくれるだろう。だが我らは決して、エルマーン王国を頼ってはならない。分かるな」

「はい、父上」

ニクラス王は苦しげに息継ぎをしてから、アンドレアスの手を強く握った。

「この話は、ルイワン王が私にだけ明かしてくれた秘密だ。私は誰にも決して話さないと約束をした。だからこのままあの世へ持っていくつもりだった……だが、死が近づくにつれて、色々と考えるようになった。我が国とエルマーン王国のこれからのことを考えれば……やはりそなたには打ち明けておくべきではないかと……そなたが無能な跡継ぎならば、こんな話をしようとは思わなかった。だがそなたにならば、この話をするべきだと思った。我らはこれからもエルマーン王国の友好国でありつづけなければならない。そのためにも、そなたが決して彼らとの信頼関係を裏切らないように……この話を心に刻みつけるのだ」

「父上……」

「よいな……友として、決してルイワン王を裏切ってはならぬ……その約束を守れれば、彼らは誰よりも頼りになる友となってくれるだろう」

「陛下」

声をかけられて、アンドレアスは我に返り目を開けた。声をかけてきたのは、古参の家臣であった。

「陛下……陛下は戦うおつもりでしょうか？」

改めて聞かれて、アンドレアスは即答出来ずに、黙ってしばらくその家臣をみつめた。父王の代から仕える忠臣だ。

「皆の意見を聞いてから考えたいと思っている」

アンドレアスは敢えて遠回しな返答をした。しかし古参の家臣は、その答えには納得していないという表情で、アンドレアスをみつめ返してきた。アンドレアスは、少しばかり眉根を寄せて苦悩した。正直なところ、まだ決めかねていた。交換条件を突きつけられて、それには従えないとすぐに決断した。しかし戦えば、確実にこの国は負け、滅びるだろう。王として家臣や民のことを思えば、それが正しい判断と言えるかどうか、まだ迷っていた。

アンドレアスは小さく溜息をついた。

「属国になっても、それで本当に我が国が助かるとは到底思えない。選択はひとつしかないと思っている。しかし民のことを思えば、私はこの国の王として、戦うことを決断しかねている」

何も隠さずに心の内を正直に話した。するとそれまで賛否両論で争っていた家臣達の雰囲気が一変した。皆の表情が変わった。一斉にアンドレアスへ視線が集まる。

「陛下が戦う覚悟をお持ちでしたら、我らも戦います」

皆が口々にそう言いだした。それに驚いたのはアンドレアスだった。自分の心の迷いから、皆の意見を聞いていたが、ふたつに意見が分かれていたため、さらに決断出来ずにいたのだ。それが突然ひとっくにまとまったのだ。これが驚かずにいられるだろうか。

「国が滅びるのだぞ……勝ち目がないことは皆も承知しているだろう」

アンドレアスが驚きながら、そう改めて問い返したが、皆は真っ直ぐに王をみつめ返していた。

「我々は陛下と同じ気持ちなのです」

「同じ気持ち」

「このような卑劣な脅迫には屈するつもりはありません。国のために戦って散る覚悟はあります。しかし民を巻き添えにすることに、躊躇(ちゅうちょ)があることも確かです」

家臣達の言葉に、アンドレアスは深く頷いた。

「陛下、私に考えがございます」

古参の家臣が改めて口を開いた。

「考えとは？」

「エルマーン王国へ助けをお求めください」

「だからそれはならぬと申したはずだ」

アンドレアスはここに来て、まだそのようなことを言うのかと、少しばかり失望した。古参の家臣を睨みつけると、彼は不敵な笑みを浮かべていた。

「陛下、話は最後までお聞きください」

「なに？」

「エルマーン王国へ助けをお求めください。お后(きさき)様とお子様方を匿(かくま)って頂けるように、使者をお送りください。きっとルイワン王ならば、快く引き受けてくださり、そして皇太子(こうたいし)の後ろ盾となり、我が国の再興に力を貸してくださることでしょう」

彼の言葉に、一同が感嘆の声を漏らした。

「おお、それがよい」

「そうだ。ルイワン王ならば、きっと皇太子殿下(でんか)の後見人になって、援助してくださるに違いない！」

「それならば、我らも安心して戦って散れるというものだ」

皆の表情が明るくなる。

「いかがですか？　陛下」

「それは良い考えだ」

アンドレアスは心からそう思って頷いた。ルイワン王ならば信頼出来る。后達を預けるのに、これ以上頼りになる相手はいない。

ダーロン王国には、他にもいくつかの友好国がある。だがこのような窮地の時に、絶対に引き受けてもらえるという信頼があるのは、エルマーン王国のルイワン王だけであった。

「それならば一刻も早く支度(したく)をいたしましょう。ベラグレナの大軍がそこまで迫っています。囲まれてからでは遅い」

「陛下、民へ布令を出しましょう。これから戦争になるため、兵士でない者は、皆国外へ逃げるように」

「逃げる民達に紛れて、お后様達を逃がしましょう」

家臣達が次々と意見を述べ、アンドレアスは決意を固めた。

「我々は、ベラグレナの属国には下らない。命を懸けてこの国のために戦い抜く」

アンドレアスは、語気を強めてそう宣言した。家臣達は奮い立ち、おおっ！ と声を上げた。


ふとアンドレアスは目を開けた。そこは決起に震えた会議の間ではなかった。じめじめとした暗い地下牢の中だ。夢を見ていたのかと苦笑して、小さく息を吐いた。口には舌を噛まぬように、猿轡を噛まされている。

ベラグレナとの戦いには敗北した。ベラグレナは八万の大軍で侵攻してきた。あの大軍を相手に、敵の半分の兵力で三日も凌いだのは、実によく戦った方だと思う。兵も家臣も皆、命がけで戦ってくれた。

民達には逃げるように布令を出したが、女子供だけが逃げて、男達はほとんどが残っていた。町を、家を守るため共に戦ってくれた。そんな民達にこのような王ですまなかったと、ただ詫びの言葉しか浮かばない。

階段を下りてくる複数の足音がした。足音はアンドレアスの牢の前で止まり、鍵を開ける音がした。

「アンドレアス王よ……そろそろ吐く気になったか？」

低いざらざらとした声がそう話しかけてきた。アンドレアスは、少しだけ顔を上げて、じろりとその相手を睨みつけた。

黒く長い顎鬚を蓄えた大きな体の男だった。切れ長の目が眼光鋭くギラギラとしている。最初に見た時、獣のような目だと思った。こんな所業をする男が、まともな人間のはずはなかった。

「なぜそこまで、竜の国を庇い立てするのだ？　他の国は、さっさと場所を教えてくれたというのに……。だがこの国が最も交流が深いことは分かっているのだ。竜の国の情報を色々と教えてくれてもいいではないか」

そう嘲笑を浮かべながら、男はアンドレアスに言った。この男こそ、ベラグレナ国の王グレゴリオだった。

「そうそう……その竜の国だが……待っても助けは来ないぞ」

グレゴリオはそう言ってニヤリと笑うと、アンドレアスの目の前に、血に染まった一束の書状を差し出した。

「そなたからの書状を持った騎士は、残念ながら竜の国を目前にして、我らの追っ手に殺されたよ……まあおかげで、竜の国の正確な場所まで導いてくれたのだから、我らとしては感謝しなければならないなぁ」

グレゴリオはそう言って、大きな声で笑った。地下牢に厭らしい笑い声が響き渡る。アンドレアスは苦渋の表情で、その血に濡れた書状をみつめていた。

「さあ、もう助けは来ないのだ。諦めて我らに竜の国の情報を教えるのだ。そうすれば、そなたの命も、生き残った家臣達の命も助けてやろう。さあ、そなたは知っているはずだ。竜使い達には弱点があるのだろう？　我らの目的は、伝説の竜を手に入れることなのだ。だから戦わずに無傷で手に入れたいのだよ。分かるだろう？」

グレゴリオの厭らしい声音に、アンドレアスは眉根を寄せた。今更命乞いなどするつもりはない。ただ使者が殺されたというのがショックだった。

使者に出ると、自ら志願したのは、若い近衛騎士のヴィルマーだった。彼は父ニクラス王の代に猛将と言われたエーリヒ将軍の孫だ。ヴィルマー自身も祖父の血を引き継ぎ、剣技に長けた優秀な騎士だった。

すでにベラグレナに見張られている恐れがある中、一般の民ならともかく、騎士が馬で国を出立したとなれば、どこかへの使者だと疑われ、追われる恐れもある。危険を伴うことを承知で、彼はこの任を引き受けた。

「追っ手など、私が返り討ちにしてやりますよ」

そう言って笑った彼の顔を思い出して、アンドレアスは苦しげに顔を歪めた。

「陛下！　グレゴリオ陛下！　大変でございます！」

その時、階段を転がり落ちるような勢いで、兵士が慌てて飛び込んできた。

「何事だ！」

「りゅ……竜が！　竜が我らの軍を襲いました！」

「なに!?」

「本物です！　本物の竜が現れたのです!!　本物の竜が！」

兵士は興奮した様子で、何度も同じ言葉を繰り返していた。

「陛下!!　大変でございます!!」

そこへ別の兵士が同じように、慌てふためいた様子で、階段を転がり降りてきた。

「今度は何事か！」

「きょ……巨大な金色の竜が、あっという間に……ふたつの大隊を壊滅させてしまいました!!」

「なんだと!?　それで？　それで我が軍は竜と戦っているのか!?」

「いいえ、強くてとても太刀打ち出来ません。我らの隊を襲うと、あっという間に飛び去ってしまいました」

兵士の報告に、グレゴリオは顔を真っ赤にして怒りまくった。だがアンドレアスは、一人笑いが込み上げてきていた。

ヴィルマーは、無事に任を全うしたのだ。きっとそうに違いない。本物の書状が、ルイワン王の手元に届いたのだ。そう思うと安堵した。

ヴィルマーは出立の前に、書状を二通書いてほしいと言ってきた。ひとつは万が一の時のための偽の書状。助けを求める文面の書状だ。そしてもう一通は、本当の願いを書いた書状。本物は絶対にみつからないように隠し持つと言っていた。

ヴィルマーは追っ手に、偽の書状を掴ませたのだ。

アンドレアスが、何かを唸ったので、グレゴリオはイラついた表情で振り返った。アンドレアスがグレゴリオを睨みつけながら、何かをしきりに唸っている。

「なんだ。何か言うことがあるのか？」

グレゴリオが顔をしかめて尋ねると、アンドレアスは頷いてみせた。グレゴリオは側にいた兵士に指示して、アンドレアスの猿轡を外させた。アンドレアスは、一度大きく深呼吸をすると、ペッと床に唾を吐いた。唾は血のように赤かった。口の中が切れていたので、血が溜まっていたのだ。

「なんだ？」

グレゴリオがもう一度尋ねたので、アンドレアスは顔を上げて、じっとグレゴリオをみつめた。

「我が使者を追っていたというそちらの兵士は、使者にとどめを刺さなかったのか？　首は持って帰らなかったのか？」

アンドレアスの問いに、グレゴリオは眉間にしわを寄せた。黙ったまま側にいた側近を睨みつけた。側近はびくりと震えて、グレゴリオとアンドレアスを交互に見た。

「そ……それが、我が方の追っ手も、三人が殺され、二人が深手を負わされて……息も絶え絶えに、なんとかこの書状を奪って戻ってきた次第で……殺したとは申しておりましたので、それ以上は……」

側近は、目の前でみるみる王が怒りの表情に変わっていくのを見て震え上がり、最後の方はぼそぼそと小さな声で呟くのみになっていた。

「その書状を開いて見せてくれ」

アンドレアスは、続けてそうグレゴリオに言った。グレゴリオは怒りの表情のままで、アンドレアスを睨み返した。

「開いて見せてくれるだけでいい。そうすれば私の知っていることをすべて話そう」

アンドレアスは静かにそう言った。

グレゴリオは気色ばんで書状を開いてみせた。それは『偽の書状』の方だった。アンドレアスは、深い溜息をひとつついて、一度項垂れるように下を向いた。冷たい石の床をみつめながら、アンドレアスは安堵した表情で小さく呟いた。

「ヴィルマー……ありがとう」

「何か言ったか？」

グレゴリオは苛立(いらだ)った様子で尋ねてきた。アンドレアスは顔を上げると、グレゴリオをみつめた。

「そなたは竜をその目で見ていないだろう。竜は神の使いだ。尊厳に満ちたあの偉大な生き物は、そなたなどにどうにか出来る相手ではない。竜を見たそなたの兵士達は、震え上がり、腰を抜かし、二度と戦うことなど出来ぬだろう……自分がいかに小さき存在か思い知るが良い」

「なんだと！」

グレゴリオは激昂(げっこう)して、腰の剣に手をかけた。それを見たアンドレアスはニッと不敵な笑みを浮かべた。そしてグッと唸った後、そのままガクリと頭(こうべ)を垂れた。側近が慌てて駆け寄り、アンドレアスの様子を確認した。

「陛下、舌を噛み切って自害しております」

側近の言葉に、グレゴリオは耳まで赤くなって、怒りにわなわなと肩を震わせた。

「忌々(いまいま)しい男め……首を斬り落とし、城の門前に晒(さら)せ！」

グレゴリオは吐き捨てるように怒鳴って、ずかずかとその場を後にした。


「陛下！」

グレゴリオが地下からの階段を上がり、城の広間に現れると、近臣達が慌てた様子で駆け寄ってきた。

「状況はどうなのだ？　我が方の被害を正確に伝えよ」

怒りに満ちた様子の王を前に、近臣達は思わず顔を見合わせながら、恐る恐るという様子で王に報告をした。

「ドメニコ将軍の大隊一万は壊滅、大砲十門のうち六門破損。ファビオ将軍の大隊一万は壊滅、大砲十門のうち八門破損……となっております」

「壊滅!?　全員殺されたのか」

「いえ……恐らく怪我だけで、死んだ者はいないかと思いますが……兵士達は竜に恐れをなして、戦場から逃げ出してしまいました」

「逃げ出しただと!?」

グレゴリオはさらに激昂して、大きな声で叫んだ。近臣達は身を竦めて怯えながらも、必死で弁明した。

「へ、陛下は地下におられたのでご存知ないのです……私もこの城の中から見ただけですが、それはとても大きな……この城よりも大きな黄金の竜で……空気を切り裂くような咆哮を発しながら襲い掛かってきたのです……殺されなかったのが奇跡としか思えません」

「もうよい！」

グレゴリオは一喝した。怒りで腸が煮えくり返っていた。

「後続の本隊に使者を送れ」

静かな口調でグレゴリオが言ったので、近臣達はびくびくとしながら続く言葉を待った。

「全軍を出立させよ。大砲もすべてだ。我が軍総勢三十万で、竜の国を叩く。たとえ竜が相手でも容赦はせぬ……恥をかかせた代償を払わせるのだ！　すぐだ！　すぐに使者を出せ！」

グレゴリオの怒号が響き渡った。

ルイワン達が国に戻ってくると、家臣達が出迎えて、無事な様子に安堵の表情を浮かべていた。

ルイワンはジンレイから降りると、すぐにシーズウの姿をみつけて歩み寄った。

「シーズウ、頼んでいた件はどうだ」

「はい、無事に保護して、お連れしております」

「分かった。お会いしよう」

ルイワンは頷くとシーズウと共に城の中へと戻っていった。

「民達の方はどうだ」

歩きながらルイワンがシーズウに尋ねた。

「はい、それが混乱の中、散り散りに逃げたようで、ひと所には集まっておりませんでした。とりあえず確認が出来た者は、我が国へ避難するように誘導しております」

「そうか」

二人はやがて、ひとつの扉の前で足を止めた。扉をノックすると返事が返ってきたので、シーズウが扉をゆっくりと開いた。

部屋には美しい女性と子供が三人、ソファに身を寄せ合って座っていた。女性は、ルイワンの顔を見るなり、安心したのかポロポロと涙を流しはじめた。側にいた子供達が心配そうに、そんな母をみつめている。

「ディアナ様、よくご無事で……もう大丈夫です。我らが貴方がたをお守りいたします」

ルイワンは笑顔でそう言いながら歩み寄ると、ディアナは涙を零しながら何度も頷いた。

「ルイワン様……ありがとうございます」

ディアナは、ダーロン王国の后だった。二人の王子と姫を一人伴っていた。ダーロン王国の使者が命がけで届けた書状には、ダーロン王国がベラグレナ国に攻め込まれるため、ある場所に后達を逃がすから匿ってほしいというアンドレアス王の願いが書かれてあった。

ルイワンはすぐにシーズウに指示をして、后達を保護するために向かわせたのだ。

ルイワンはディアナの向かいに座ると、子供達を優しい眼差しでみつめた。

「ヴォルフ殿下、少し見ない間に、随分立派になられたのですね。父上によく似ておいでだ」

皇太子はまだ十五歳くらいだったが、凜とした様子で、弟達の手を握っていた。

「陛下、このたびは助けて頂きありがとうございます」

「礼には及びませんよ……父上とは旧友なのですから、困った時は助け合うのが当然です。どうぞここを我が家と思って、お寛ぎください」

ルイワンが優しくそう言うと、それまで緊張していたのか、皇太子はホッとした様子で少し顔を綻ばせた。

ルイワンがシーズウに目配せをしたので、シーズウは頷き返した。

「殿下方、お菓子の用意が別の部屋に出来ております。そちらでお召し上がりになってください」

シーズウが促すように言ったので、王子達は顔を見合わせた。

「さあ、せっかくですから頂いていらっしゃい。私はここにいますから」

母にそう促されて、ようやく王子達は立ち上がると、シーズウに連れられて、隣の部屋へと向かった。皇太子だけが立たなかったので、ディアナが「あなたも」と促したが、皇太子は首を振った。

「私にもお聞かせください……国の様子をご覧になったのでしょう？」

皇太子が落ち着いた様子でそう尋ねたので、ルイワンは勘の鋭い賢い子だと感心した。

「分かりました」

ルイワンは頷いて、ディアナを一度見た。ディアナも覚悟をしたように頷いて、皇太子の手を握った。

「我々が駆けつけた時には、すでに王都は陥落しておりました。周囲を、ベラグレナの大軍が取り囲み、王都のあちこちから黒煙が立ち上っていました。ダーロンの兵士の姿は、ほとんど見られませんでした」

ルイワンは沈痛な面持ちで見てきたことを伝えた。ディアナは思わず、皇太子の手を強く握っていた。

「陛下は……夫のアンドレアスの安否は分かりませんか？」

「申し訳ありません……そこまでは……。王都を取り囲んでいた大隊を蹴散らしはしましたが、ベラグレナの兵は他にもっといると思われますから、それで引くとは思えません……偵察を送り、近づく機会があれば、くわしく調べたいと思います」

ルイワンが宥（なだ）めるようにそう言ったので、ディアナは涙を浮かべながら、「お願いします」と小さく呟いた。そんな母の手を、皇太子がぎゅっと握りしめた。

「ルイワン陛下、私はもう覚悟が出来ております。父は私に言いました。私が後の世で作る新しいダーロン王国のためにも、父はここで戦うのだと……命を賭して戦うのだと……だから父が、卑劣な敵に対して命乞いをするとは思いません。敗れたのであれば、父ももう生きてはいないでしょう」

　凜としてそう語る皇太子の姿に、ルイワンは心打たれた。ディアナはとても驚いた様子で、隣に座る我が子をみつめていたが、何かを悟ったように涙を浮かべながら頷いた。

「ルイワン陛下……ヴォルフの言う通りです。王都が陥落していたというのならば、あの人はもう……むざむざと敵の捕虜になるはずがありません。この子を立派に育て上げ、いつかかならず王国を再建いたします」

　ディアナの言葉に、ルイワンは大きく頷いた。

「私に出来ることがあればなんでもお手伝いいたします。とにかくどうぞ気兼ねなく、ここでいつまででもお過ごしください。部屋はたくさん余っておりますので……。後で私の妻にもご挨拶させましょう」

「ありがとうございます」

　ディアナとヴォルフは深々と頭を下げた。


「皆に集まってもらったのは、これからのことについてもう一度話をしたかったのと、それから……皆に謝らなければならないことがあるので聞いてほしい」

　ルイワンは大広間にシーフォンの子供を除く男性を全員集めた。すでに政務などから退いた年老いた者も含めて成人した男性は約四百人近くになる。

「皆も話には聞いていると思うが、今、世情は戦乱ばかりのかなり緊迫した状況にある。東方の大国ベラグレナが、西方に勢力を広めているのだ。ベラグレナは外交などという形で勢力を広げているわけではない。力で他国を支配している。服従せぬ国は、すべて攻め落としているのだ。先日、とうとう我が国の古くからの友好国であるダーロン王国が滅ぼされた。今、お后と王子達を我が国に匿っている」

ルイワンはそこまで話して皆の顔を一様に眺めた。皆はとても真剣な顔で聞き入っている。

「これは他人事ではない。我が国にもベラグレナの侵攻が迫っていると考えた方が良い……そして私が皆に謝らなければならないことは……。ダーロン王国に救援に向かった際、すでに王都は陥落していたが、そこにいたベラグレナの軍隊を威嚇してきてしまった。あの者達が、竜の力を恐れて引いてくれればいいと思ったのだが……早まったことをしたのではないかと思っている。すまなかった」

ルイワンがそう言って、深々と頭を下げたので、皆はとても驚いてざわめいた。

「陛下、どうか頭をお上げください！」

「威嚇したことは正しかったと思います。きっと我らの力を恐れたことでしょう」

皆が口々に、ルイワンの行動を肯定する発言をしたので、ルイワンは眉を寄せて首を振った。

「いや、私が浅はかだったのだ。敵のことをまだよく知りもせず、うかつなことをしたと思う。……ダーロン王国の后であるディアナ様から聞いた話だが……ベラグレナ国には、二十万以上の兵力があるそうだ。そして何門もの大砲を所持している。私も実際に大砲の威力を間近で見たが、投石器とは比較にならないほどの威力だ。あれに当たれば、皆の竜ならば、傷を負ってしまうかもしれぬ……それに二十万という数の兵士など、我らには到底想像もつかない……もしもそのような大軍団に攻め込まれたら、我が国もどうなるか分からぬ……籠城で耐え凌げられるかどうか……」

ルイワンの話を聞いて、皆の間に動揺が起きた。ざわつく大広間で、ルイワンはしばらくの間、皆の様子を見守っていた。

ふと、なぜか父ホンロンワンが逝去した時のことを思い出していた。あの時、シーフォン達は皆、この世の終わりのように、絶望し泣きわめいていた。あの時と比べて、今はなんと皆が理性的なのだろうと思った。

今、エルマーン王国にとって、最大の危機が訪れようとしている。人間との戦争……誰がそんなことを想像していただろうか。

竜族にとって、人間など弱い下等な生き物だと思っていた。それが今では、最大の敵となりうる相手になっている。

残虐な竜を罰した神は、ベラグレナという残虐な人間の国を罰しないのだろうか？　と思うこともある。だがそういう者は、この世界に何百万、何千万といる人間の中のほんの一部でしかない。彼らがどんなに残虐な行為をしたとしても、百年にも満たない短い寿命の中で、限られた期間、限られた地域、限られた世界の中で起こることでしかないのだ。

人間とはやはり弱い生き物で、そして愛すべき存在であることに違いはない。憎きベラグレナも、大好きなダーロンも、どちらも同じ人間の国なのだ。

かつてこの世のすべての生き物を殲滅しようとした竜族とは、その罪の重さにおいて、比べ物にならないのだろう。ならばこうして人間に滅ぼされるのが、我らシーフォンという一族の結末だというのだろうか？　そのために、神は我らを人の姿にしたというのだろうか？

「陛下！　我らはどうすれば良いのですか？」

呼びかけられて、ルイワンはハッと我に返った。

「正直なところ、私にも分からない……だが皆を死なせはしない。生き延びるためならば、この地を捨ててでも生き延びたいと思っている」

ルイワンの言葉に、皆は一筋の光を見たような、そんな思いに包まれた。

「逃げるなど……みっともないだろうか？」

「いえ、我らの生きる場所は、竜王のいる場所ですから……この地でなくとも構いません」

誰かがそう叫んだ。それに皆が賛同した。

「ありがとう……もう少し考えることにしよう」

ルイワンは再び皆に頭を下げた。


「あっ……ルイワン」

ベッドでスウワンを寝かしつけていた龍聖の下へ、ルイワンが戻ってきた。思わず声を上げた龍聖に、ルイワンは微笑みながら、指を口の前で立ててみせた。そして側まで歩み寄ると体を屈め、小さなベッドに安らかな寝顔で眠るスウワンを覗き込んだ。その愛らしさに、思わず顔が綻ぶ。ルイワンはそっとその柔らかな頬に軽く口づけてから、側にいる龍聖の頬にも口づけた。

ルイワンは立ち上がると、龍聖の手を取って立ち上がらせた。スウワンの元から離れると、そのまま手を繋いで、二人のベッドへと移動した。

「大変な一日だったようですね」

「ああ、偵察から戻ってから、そのまま会議をしていた。そなたに戻ったと言いに来れなくてすまなかった」

「お帰りになったことは聞いていましたから……無事に戻られたのならばそれでいいのです」

ルイワンは龍聖の体を優しく抱きしめながら、ベッドに腰を下ろした。しばらくの間、髪を撫でながら、龍聖を黙って抱きしめていた。龍聖は大人しくされるがままでいた。ルイワンがこういう様子の時は、何か辛いことがあった時だということを、龍聖は知っていた。だからルイワンが、何かを言い出すまでは、何も聞かずに、ただルイワンのするに任せていた。

「せっかくこの新しい城に慣れてきたというのに……もしかしたらこの地を去らなければならないかもしれないんだ」

ようやく口を開いたルイワンは、ポツリとそれだけ呟いた。龍聖はすぐには返事をせずに、しばらく考えていた。

「私は失敗ばかりのダメな王だ」

また独り言のようにポツリと呟いた。

「誰かがそう言ったのですか?」

龍聖が優しく尋ねた。

「え?」

「誰かが貴方をダメな王と言ったのですか?」

龍聖は優しく繰り返し尋ねた。ルイワンはしばらく黙っていたが「いや」と小さく答えた。

「誰もそんなことは言わないよ……皆、私に優しいから、決してそんなことは言わない」

すると龍聖がクスクスと笑った。ルイワンは驚いて、龍聖の体を少し離すと、顔を覗き込んだ。

「なにがおかしい？」

「だって……誰も言っていないのに、貴方が一人で勝手にそう思っているだけなのでしょう？　それがなんだかおかしくて……申し訳ありません」

龍聖はルイワンをみつめながら、優しく微笑んでそう答えた。ルイワンは少しだけ眉根を寄せると、困ったような顔をして黙ってしまった。

「気を悪くなさいましたか？」

「いや……そなたも優しいから、私をダメな王だと言わないだけだよ」

「私は一度も貴方をダメな王だなんて思ったことはありません」

龍聖が驚いたように目を丸くして言ったので、ルイワンはさらに困ったような顔になった。

「私を信じないのですか？」

なおも龍聖が問い詰めるので、ルイワンは首を竦めてみせた。

「別にそなたを信じないと言っているわけじゃない」

「では何なのですか？」

「……実際にダメな王なのだから、別にそう言っても構わないよと言いたかっただけだ」

「そんな……ダメかそうでないか、私の言葉は私が自分で決めます……貴方自身はそう思っていらしても、私は貴方がダメな王だなんて、まったく思っていませんから言わないだけです。皆だってそうだと思いますよ」

「そなたは知らないからそんなことを言うんだ」

「何を知らないと言うのですか？」

問い詰められて、ルイワンはさらに困ってしまった。仕方なくベラグレナとダーロンの一件を語って聞かせた。ダーロンのことはともかく、心配させたくないから、ベラグレナのことはあまりくわしく話したくなかった。だが話さざるをえなくなってしまった。

一通り聞いて、龍聖はしばらく考え込んでいた。そして顔を上げると、じっとルイワンをみつめた。右手を上げて、そっとルイワンの頬を撫でる。

「それはとてもお辛いことでしたね」

龍聖が辛そうな顔でそう言ったので、ルイワンは少し胸が熱くなった。強く龍聖の体を抱きしめる。

「なぜ人は争いを起こすのだろうか」

「人間の業なのです。きっと仕方のないことなのです」

ルイワンは、龍聖に話をすると、いつも心が癒された。どんなに辛いことがあっても、どんなに怒りに震えることがあっても、龍聖に話を聞いてもらい、龍聖の言葉を聞けば、すべてが中和されて、心を占めていた辛さも怒りも悲しみも、自然と消えてなくなっていくのだ。とても不思議だ。

「我らは人間に殺される運命なのだろうか？　それが神が与えた本当の罰なのだろうか？」

「そんなことはありません。神はシーフォンに生きる機会を与えてくれたではありませんか……滅びろと言うのならば、とっくに滅ぼされていたはずです。神は竜族に生きてほしいと願っているはずです。人間を殺してはならないという罰を与えたのは、命の尊さを知ってもらうためだと思います」

「命の尊さ？」

　ルイワンが不思議そうに問いかけたので、龍聖は頷いてルイワンの腕の中から逃れると、ルイワンの両手を自分の両手で包み込むように握った。

「竜の力はとても強い……でも人間は弱い生き物です。たとえそのベラグレナという軍事大国であっても、一人一人の人間はとても弱く脆いものです。シーフォンは、人の体にはされましたが、竜の体を失ったわけではありません。強い力を持ったまま、枷を与えられて、命の尊さを知る機会を貰ったのです。もしも口約束だけで、二度と人間を殺さないと誓ったとしても、きっとまた過ちを繰り返すでしょう。でも人を殺したら、その何倍もの痛みと苦しみを味わいながら自らも死ななければならないとしたら……シーフォンはそれを恐れて、人間を殺せなくなりましたよね？　それは死を怖いと思えるようになったからです」

「死を怖いと……」

「はい」

　龍聖は頷いた。話をしながら、ルイワンをみつめる龍聖の眼差しは慈愛に満ちていた。ルイワンは癒されながら、ただ黙って龍聖の話を聞いていた。

「自分の命を失いたくないと思えるようになったのでしょう？　そして愛する者の命を失いたくないとも……それは竜だった頃にはなかった気持ちではないのでしょうか？　そのようなことを、以前スウジィンから聞かされたことがあります」

　龍聖の言葉に、ルイワンは父のことを思い出した。それに似たようなことを言っていたように思う。竜だった頃は『心』がなかったと……。

「大切な友を失って、命を奪った相手に怒りを感じてしまうのは、人間ならばごく自然な感情です。ルイワンがダーロン王国でやってしまったと言っていた威嚇は、人間としてとても当たり前の行動なのです。だからどうか失敗などと言わないでください」

「リューセー」

「死にたくないと思う気持ち、愛する者を失いたくないという気持ち、そしてダーロン王のように愛する者のために、自分の命を投げだすというのも、また同じように命を尊ぶことなのです……神は、シーフォンがそういう感情を持つ生き物になることを、期待しているのではないでしょうか？」

ルイワンはしばらくの間微動だにせずに、ただ目の前の龍聖をじっとみつめていた。色々な思いが胸に込み上げてきていた。包み込むように優しく握られていた手を、強く握り返した。

「リューセー……ありがとう」

ようやくそれだけの言葉を言うことが出来た。

◆

翌日から、ルイワンは家臣達と共に、万が一の時について話し合いを重ねた。この地を捨てて逃げる場合、アルピン達をどうするかについても話し合われた。

馬車のような人を乗せる籠を作って、アルピン達を運べないかと検討された。一台に二十人近く乗せることが出来れば、竜で国民全員を一度に運ぶことが可能だとなった。

急いで人を乗せる籠の製作が開始された。それと同時に、移住先の検討も始まっていた。皆が移り住めるような土地を探した。だがそちらはなかなか上手くいかなかった。

そうしている間に、日々は刻々と過ぎていっていた。もしかしたらこのままベラグレナは攻めてこないのではないかと、人々が少しばかり思ってしまえるほど、何事もない平和な日々が過ぎていた。

だが皆がそう思っているだけで、決して現実はそうではなかったと思い知らされる日がやってきた。


「陛下……気になることがあるのですが」

カイシンが深刻な顔でルイワンの元へとやってきた。

「なんだ？」

「ここ数日、他国からの使者や来賓が一人もありません」

「このような状況なのだ。どの国も、ベラグレナを警戒して、外交を控えているのだろう」

「旅の隊商も来なくなりました」

「それはいつからだ？」

「もう七日ほど前からになります」

ルイワンはふいに嫌な予感がした。胸騒ぎがしてならない。

「誰か周辺の偵察に行ってくれないか？」

「はい、では私が何人か連れて、行って参ります」

カイシンはそう言うと一礼をして去っていった。

「陛下！　大変です！」

数刻後、偵察から戻ってきたカイシンが、顔色を変えてルイワンの下に駆け寄ってきた。

「戻ったか……それで何か見つけたのか？」

「はい……ベラグレナの軍隊が、我が国を目指して進軍していました」

「なに!?」

「それも見たことのないようなものすごい数の軍隊です……荒野が黒く見えるほどに、たくさんの兵士を引き連れていました」

カイシンの報告に、ルイワンは狼狽した。

「そんなに……たくさんなのか……」

「東方からの大軍が街道を塞いでいたため、隊商が来れなくなっていたのでしょう……もうそれほど距離はありません。あと一日……いえ、遅くとも明日の朝には、我が国へ到着するでしょう」

「すぐに皆を集めてくれ……それから外に架けられた道を落とし、南北の関は封鎖しろ」

「はっ！」


会議の間は、緊迫した雰囲気に包まれていた。今はまだ全員の招集はかけず、政務の中心となっている近臣だけを集めてのいつもの会議だったが、皆が一様に緊張した面持ちで、何も発言せずにじっと椅子に座っていた。

ルイワンもまた難しい顔で腕組みをしたまま考え込んでいた。

「陛下……時間があまりありません。移動の準備を始めますか？」

「いや、それはまだ待て」

ルイワンは腕組みをしたままそう答えた。

「移住先もまだ見つかっていない。全国民の移動なのだ。むやみに動くのは危険だ……移住はあくまでも最終案にすぎないことを、皆も心に留めておいてほしい」

「陛下、しかしあんな大軍……とても籠城では凌ぎきれません」

カイシンが切羽詰まったように進言した。皆の間にも動揺が走る。

「私もあれからずっと考えていたのだが……逃げるしか我らには生き延びる方法が思いつかないのは事実だ。だがそれにはいくつもの危険性があることにも気づいた。我々のこれから先のことを考えれば、更なる敵を増やしかねないことにも気づいたのだ」

「更なる敵ですか？」

聞き返されてルイワンは深刻な面持ちのまま頷いた。

「ベラグレナから逃れるためには、ここよりもさらに西方か、北か南に逃げるしかない。だが我々の今までの行動範囲は、ここよりも東方だ。ここより西はまだはるか先まで荒野が続き、大きく発展している国はない。小さな部族がいくつもあるだけだ。北と南は、まったく分からない……それがどういうことか分かるか？　我らが行ったことのない場所ということは、そこに住む者達にとっても、竜は見たことのない生き物だ……恐れを抱いた人間達は、我らに敵意を向けるだろう。我々が初めて、ダーロン王国と国交を交わそうと尽力した時と同じように、また何年もかけて、人々と共存する方法を考えなければならない。環境や気候の面からも、今と同等の地を探すのは困難だ。環境や気候が今よりも厳しいものとなれば、アルピン達が生き延びるのが難しくなる……それになにより、ベラグレナが追ってこないとも限らない」

ルイワンはそう言って、テーブルに両手をつき、苦悩に満ちた表情で項垂れた。

「陛下……しかしこのままでは……」

「分かっている……分かっているのだ。決断しなければならないことは……」

ルイワンは独り言のように呟いた。しばらくの間、沈黙が流れた。家臣達もルイワンの言葉を反芻するように何度も考えた。

「皆……困難を承知で、新しい土地で生き延びることを選んでくれるか？」

随分悩んだ末に、苦しげな声でルイワンがそう尋ねた。皆は一瞬答えに詰まった。互いの顔を見合わせる。困難を恐れているわけではなかった。竜王の苦しみを思うと、可か否か、どちらを答える方が良いのか迷ったのだ。

「陛下のお苦しみは……何のせいなのですか？」

シーズウにそう尋ねられて、ルイワンは顔を上げた。皆がルイワンをみつめていた。

「私は……この国を良き国にして……シーフォンもアルピンも、幸せに暮らせる国にしたいと願っていた。それなのに、また一から国を造らねばならなくなって……皆に苦労をさせてしまうのがいたたまれないのだ」

ルイワンは沈痛な面持ちで、胸の内を語った。それを聞いて、皆は顔を見合わせると、互いの気持ちが同じであることを確信し、頷き合った。

「陛下、たとえ困難な道であっても、生き延びる道を選んだ陛下に、我々はどこまでもついていきます。陛下は何も諦めてはいないではないですか。我らにここで死ねとはおっしゃっていない。なんとしても生き延びる術を模索しておられる……陛下が諦めない限り、我々は明るい未来を信じて、どこまでもついて参ります」

そう語ったシーズウも、他の若いシーフォン達も皆明るい表情をしていた。その言葉と、彼らの前向きな様子にルイワンは心を動かされた。

「分かった……皆いつでも出発出来るように準備を始めてくれ……カイシン、偵察に発ち、皆が安全に移動出来る方角の確認をしてきてくれ」

「はい」

全員が立ち上がり、動きはじめた時だった。どこかでドーンという大きな音が鳴り響いた。

「今のはなんだ？」

ルイワンがそう言ったのと同時に、またドーンと大きな音がした。そこにいた皆がざわめいた。外で竜達の騒ぐ声が聞こえる。

窓の外へと目を向けるが、そこからは何も見えなかった。ただ竜達が次々と空に舞い上がる姿が見えた。

「陛下！」

兵士が駆け込んできた。

「どうした？」

「敵です！　敵の襲来です！」

「なんだって⁉」

ルイワンは驚愕した。先の偵察からの報告では、大軍の到着まで一日近くの猶予があるはずだった。それからまだ二刻ほどしか経っていない。早すぎる。

「陛下！」

続けて別の兵士が駆け込んできた。

「敵の先鋒隊です！　数はそれほど多くありませんが、戦車を引いた騎馬隊です。戦車には大砲が積まれています」

「我々に脅しをかけにきたのだ……これから大軍が来ると……」

ルイワンは顔面蒼白になって呟いた。


ベラグレナの先鋒は、騎馬隊一万。エルマーンの近くまで辿り着くと、隊は二手に分かれた。険しい山々の周囲を取り囲むように散らばると、峰々の赤い岩肌に向かって大砲を打ち鳴らした。

雷鳴のような爆音と共に、黒い鉄球が唸りを上げて空へと飛んでいく。高い峰を越えることはなかったが、岩肌に当たると、激しい音と共に頑強な岩を削るように破裂し、粉塵が舞い上がった。

竜達が驚いてギャアギャアと騒ぎはじめた。その恐ろしい鳴き声に、ベラグレナの兵達は一瞬怯んだが、隊長が鼓舞するように、大砲の発射の号令を叫んだので、次々と轟音が鳴り響いた。

『ジンレイ！　竜達を鎮めてくれ』

ルイワンは目を閉じて、半身であるジンレイに指示を送った。塔の上にいた黄金の竜は、その大きな体を起こすと、首を高く空に向けて、オオオォォォォォォッと咆哮を上げた。それは大砲の轟音さえもかき消えるほどの咆哮だった。一瞬大砲が止んだ。そして竜達も静かになり、次々と大人しく地上に降りていった。

「一刻の猶予もない。すぐに出立の準備をしろ！」

ルイワンは家臣達に向けて叫んだ。だが内心は、かなり動揺していた。数は少ないとは言っても、これほど続けて大砲が撃ち込まれていては、人を乗せた籠を持って飛び立つ竜達が、狙い撃ちにされるのではないかと考えたのだ。

皆を無事に発たせるまで、ジンレイで敵の兵を威嚇し続けるしかないと考えた。

「陛下も早くお支度を」

「私は最後で良い……それよりもリューセー達を頼む……それからダーロン王国のディアナ様達もだ」

混乱する家臣達に、ルイワンは指示を出した。

「陛下！」

その時、一団が会議室へと入ってきた。甲冑に身を包んだ老齢の家臣達だ。

「皆様方、そのお姿はいかがされたのですか？」

ルイワンは驚いて、彼らの元へと歩み寄った。

先頭に立っていたのはガンシャンだった。ガッシリとした大きな体格の通り、豪放磊落な人物だ。ホンロンワンと共に、エルマーン王国をこの地に建国することに尽力した初代のシーフォンである。

青かった豊かな髭はもう真っ白になっており、顔には深いしわが刻まれていた。

「陛下、お暇を告げに参りました」

「……どういうことだ？　共に新しい地へ行ってはくれないのか？」

「今こそ我らの出番でございます」

「何の話だ？　どういうことだ」

ルイワンが不思議そうな顔で彼らを見回した。二十六人の老シーフォンが揃っている。皆、甲冑を身に着け、かつての勇姿を思わせた。

「我らはこれから敵と戦いに参ります」

「戦い!?」

ルイワンが驚いて、思わず大きな声を上げた。部屋にまだ残っていた数人の若いシーフォン達も驚いた様子で、手を止めてこちらを見ている。

「我らが天罰を受けて三百年近く、姿を隠し、大人しく静かに暮らしている間に、人間達は竜を伝説の生き物へと変えていった。そして新しい武器を持ち、この世で一番強い生き物だと勘違いをする連中までが出てくる始末……。昔、我ら竜族がこの地で暴れていた頃、人間達は竜を殺す兵器を作り、我らに戦いを挑んだ。我らはそれをすべて破壊し焼き尽くした。人間の文明が絶えてしまうほどに、世界を破壊した。だが人間は今再び、我らに挑もうとしている。鉄を手に入れ、火薬を手に入れ、強い武器を作り、竜にさえも勝てると勘違いしている。ここはもう一度人間達に、竜は恐ろしい生き物だと思い出させる必要があるのだと思うのです」

ガンシャンは穏やかな表情で、そう静かに語った。ルイワンは目を見開いたまま、彼が何を言っているのか理解出来ずに聞いていたが、ようやく口を開く。

「ガンシャン……そなたは何を言っているのだ」

「人間達が、千年先まで、我らシーフォンに刃を向けることのないように、新たな伝説を作りましょう」

ガンシャンはそう言うとニッと口の端を上げた。

「ま、待て、何を言い出すのだ。それではまるで、奴らを殲滅しに行くと言っているように聞こえるではないか」

「その通りです。陛下」

「ばかな！　人間を殺したら天罰が下るのだぞ!?　そなた達がどれほど苦しんで無残な死を迎えるか……分かっているのか？」

ルイワンは顔色を変えて、必死に説得を始めた。だがガンシャンはとても落ち着いた様子で首を振った。

「あれは人にして、人に非ず……力を誇示し、同じ人間同士を無残に殺し尽くした悪党です。……そして今、我らまでも殺そうとしている……そのような者達を殺しても天罰は受けませんよ」

「ガンシャン！」

「仮に……我らが死ぬことになっても、どちらにしても、我らは間もなく命が尽きる身。その命を、この国のために使って死ねるというのならば……これほど良き死に方が他にありましょうや」

「ならぬ！　そのようなことは、私が許さぬ！」

「陛下」

ガンシャンは、そっとルイワンの手を握った。ルイワンの手は震えていた。怒りとも悲しみともつかぬ感情を爆発させて震えていた。

「陛下と我々は違う生き物なのです」

「え？」

「我らは残虐な竜だったもの……竜であった頃に、散々人も獣もこの手で殺してきたのです。……だが貴方がたは違う。神が我らに与えた罰によって、人間よりも綺麗な手をしている。絶対に誰も傷つけない手です。この世の何よりも強い力を持ちながら、決して誰も傷つけることのない美しい種族……それがシーフォンであり、神が生きることを許した種族なのです。ですから……血に汚れた残虐な生き物である竜は、我らが最後。……その忌まわしい記憶は、このまま我らが持ち去りましょう」

そう語るガンシャンの表情はとても穏やかで優しかった。

「陛下、わしらは神の天罰を呪い、恐れながら生きて参りました。死ぬのが怖いと……死にたくないとずっと思っておりました。それは竜だった頃には持っていなかった感情です。だが今は、少しも怖くないのです。愛する我が子、愛する陛下、愛するリューセー様、そして愛するこの国を守るために死ねると思うと、少しも怖くない。むしろ喜びに満ちております」

ガンシャンの隣に立っていたこの中で一番長老のウーダンが、そのしわの多い顔を綻ばせて、嬉しそうに語った。その言葉に、老シーフォン達が頷き合う。皆とても優しい表情をしていた。

「久々に暴れられると思うと、武者震いがいたしますよ」

「まだまだ若い者には負けません……いや！　若い者達は戦ったことなどなかったですな。やはりここは我らの出番じゃ」

老シーフォン達は、まるで若者のように、ウキウキとした様子で、口々に言い合っている。

ルイワンは言葉が何も出てこなかった。悟りきった彼らを前にして、説得する言葉が何ひとつ見つからないのだ。ただただ「死んではダメだ」と子供のように泣いて頼みたくなる感情だけが、胸に込み上げてきていた。

その両目に溢れんばかりに涙を湛えるルイワンを見て、我が子を愛しむような表情で、彼らは次々とルイワンの肩をポンッと優しく叩く。

「陛下、わしらの勇姿を見守っていてくだされ……そしてどうかこのような争いを起こさぬように、後の世に語り継いでくださいませ。貴方ならきっとこの国を繁栄させてくださるでしょう。……スウワン様を鍛えてやれぬのは残念だが、スウワン様が治める未来のエルマーン王国を、わしらが守り抜きましょう……ルイワン様、どうか人間を嫌いにならず、貴方は変わらず優しい王でいてください」

ガンシャンが最後に優しくルイワンの肩を叩いた。

彼らは部屋を後にした。ルイワン達はそれを見送るしかなかった。


「撃て！　山の形が変わるまで撃ちつづけよ！」

先鋒の軍を指揮する男が、兵達を鼓舞するように、馬を走らせながら叫んでいた。大砲は休むことなく轟音を響かせて、岩山に向かって弾を発射している。

「間もなく第二陣が到着するはずだ。それまで弾のある砲は、ひたすら撃ちつづけろ！」

そう令を発した時だった。ざわっと兵士達に動揺が走った。岩山の峰の向こうに、何頭もの竜が姿を現したからだ。

ほとんどの兵士が、竜をその目で見るのは初めてだった。次々と空に舞い上がる竜達の姿に、兵士達は動揺し後ずさりをした。

老シーフォン二十六人が、竜の背に乗って空に飛び立った。全員が揃ったところで、互いに顔を見合わせると、一斉に竜達は大きく口を開いて、空に向かって咆哮を響かせた。

地の底から響き渡るような恐ろしい鳴き声だった。空気が裂け、大砲の音をかき消す、雷鳴のような怒号だった。

そこにいる人間達が初めて聞く鳴き声。それは鳥や獣の鳴き声とは比べ物にならない、鳥肌の立つような恐ろしい咆哮だった。

思わず逃げ出す者、その場に腰を抜かして座り込む者、一万の大隊が混乱に陥った。

さすがの指揮官も、空を仰(あお)いだまま言葉を失い立ちすくんでいる。

「ここはわしに任せろ」

一人のシーフォンがそう言ったので、皆は一斉に頷いた。

「頼むぞ」

皆は一言だけ残し、翼を大きく羽ばたかせ、エルマーンの外へと飛び立った。

「さて、暴れるか」

残った一頭の竜は、上空からジロリと山の麓にいる一万の大軍を睨みつけ、また一声咆哮を放つと、急降下を始めた。

　真っ直ぐに向かってくる大きな竜の姿に、兵達は悲鳴を上げて逃げ惑った。

「撃て！　何をしている！　大砲を撃て!!」

「た、弾がありません！」

　悲痛な叫び声を上げる者、混乱して大砲を違う方向へ撃ってしまう者、ベラグレナの軍隊は、すっかり機能を失ってしまっていた。

「我らに刃を向けたこと、決して許しはせぬよ」

　竜の背で独り言を呟き、一度エルマーンの峰へ視線を向けてから、また敵へと向き直る。

　オオオォォォォォォッという咆哮と共に、竜はその口から紅蓮の炎を吐き出した。炎は次々と兵士達を焼き尽くしていった。大砲が炎に巻かれて大きな爆発を起こし粉々に破壊される。あっという間に、あたり一面が炎の海へと変わっていった。人も馬も、すべてが炎に巻かれていく。

　竜は容赦なく炎を吐き続け、一万の兵を焼き尽くすと、力尽きたかのように、ゆっくりと降下し、そのまま火の海の中へ身を沈めた。

　ズンッという地響きが聞こえ、先へと飛び立っていた竜の一団が振り返ると、一頭の竜が炎の中に落ちるのが見えた。彼らはそれを誇らしげにみつめてから、前に向き直り先へと急いだ。

　しばらく進むと、前方に軍団が見えてきた。二陣と思われるその軍団は、五万ぐらいはいるように見える。

　間に合ったと、彼らは安堵した。

「行ってくるよ」

後方からそう声をかけられ、先頭を飛ぶガンシャンが振り返ると、四頭の竜が、群れから離れていくのが見えた。

「任せたぞ！」

ガンシャンはそう叫ぶと、先へと急いだ。

四頭の竜は、五万の軍隊に向かって、一斉に咆哮を上げながら、急降下をしていった。

突然現れた竜の姿に、兵士達は大混乱となり、一気に陣形が崩れた。悲鳴と怒号が渦巻く。進軍中だったため、大砲を撃つ用意が出来ていなかった。

「これ以上、エルマーンには行かせぬ！」

一頭の竜の背に立つ老将が叫び、それに呼応するように竜が咆哮を上げ紅蓮の炎を吐いた。炎は地を這い、戦車を破壊し、人々を焼き尽くす。その近くには、鋭い爪で馬ごと戦車を軽々と掴み握りつぶすと、その塊を周囲に投げて、兵士達を薙(な)ぎ払う竜がいた。大きな翼が突風を引き起こし、兵士も戦車も吹き飛ばし、大きな鞭(むち)のようにしなる尻尾が、兵士達を薙ぎ倒す。

竜達は次々と戦車を襲い、大砲をすべて破壊していった。

容赦なく殺戮(さつりく)する竜の姿に、兵士達は抵抗することも忘れ、悲鳴を上げながら散り散りに逃げ惑った。剣も弓矢もまったく歯が立たない。大砲を失っては、もうなす術がなかった。

一人の兵士が、震えながら地に膝をつき、両手を合わせて祈りながら空を仰いだ。目の前でたくさんの仲間が、あっという間に死んでいった。竜の鋭い爪と牙は、兵士達の体を一瞬で切り裂き、頑丈な鋼の甲冑を身にまとった隊長も、ひと握りに踏みつぶされた。

「神よ……」

涙と血に濡れた顔で、救いを求める兵士の目の前に、今にも襲いかからんとする竜の姿がある。その背に立つ老将と視線が合った。老将は苦し気に咳き込み吐血したが、血に濡れた口元を、ぐいっと手の甲で拭うと、真っ直ぐに兵士を睨みつけた。

「神に祈るか、憐れな人間よ……同じその手で、無抵抗な人々をたくさん殺めてきたのではないのか？」

憤怒に燃える瞳で見据えると、竜の牙が容赦なく兵士を襲った。

「わしは神に慈悲など求めぬ！　神の力を借りずとも、この命に代えてエルマーンを守り抜く……天罰などくそ喰らえじゃ！」

竜は咆哮を上げながら、最後の力を振り絞り、周囲の残党に襲いかかると、やがて力尽きてその場に倒れた。

「あれが本隊だな」

しばらくして前方に、荒野を埋め尽くす黒い絨毯のようなものが見えてきた。ベラグレナ軍本隊二十五万。異様な地響きと共に、エルマーンの方角へ進んでいた。

「派手にやろう！」

「我らを敵に回したことを後悔させよう！」

「手を抜くなよ！」

長き時間を共に過ごした仲間が、笑い合いながら別れの言葉を交わした。

「エルマーンのために！」

「エルマーンのために！」

全員がそう叫ぶと、左右に大きく分かれていった。

ガンシャンは、荒野の地に巨大な岩を見つけると、竜を降下させて、その強靭な足で摑み上げた。人間からすれば、小山のように大きな岩だ。めりめりと音を立てて、地面から剥がされていく。

「これくらいまだまだいけるだろう？　相棒」

ガンシャンが叱咤するように叫ぶと、竜は咆哮を上げながら、翼を大きく羽ばたかせ、岩を摑んだままゆっくりと上昇していった。

突然現れた二十一頭の竜の姿に、さすがの大軍団にも動揺が走り、進む足が止まる。

「あれが……竜か……」

大軍団の最後方にいたベラグレナ国の国王グレゴリオが、目をらんらんと輝かせ、嬉々とした様子で呟いた。

「あれを飼い馴らすことが出来れば、我が国は本当に無敵になるぞ！」

グレゴリオはそう叫んで立ち上がると、高らかに笑い声を上げた。

伝説の生き物だと思っていた。この世で一番残虐で、最強の生き物……竜。それが西方の地にいるという噂を聞いた。

竜使いのような種族の王国があると……それはグレゴリオにとって、夢のような話だった。なんとしても竜を手に入れたい。

東の大陸の小さな国でしかなかったベラグレナは、精度の高い大砲の開発に成功し、一気に強国へと変わっていった。様々な国が次々と足元にひれ伏していく中で、グレゴリオは力を求め、軍を大きくし、勢力を拡大することに夢中になった。

大国が簡単にひれ伏すさまも楽しいが、抵抗する相手を攻め落とすことも楽しかった。戦争をゲームのように楽しみ、人の命をなんとも思わなかった。ただただ力を欲していた。

二十一頭の竜は、それぞれが黒い絨毯のような大軍団へと突っ込んでいった。

地面に降り立ち、兵士を踏み潰し、爪で引き裂き、口で噛み殺し、尾を振りまわして暴れる竜。紅蓮の炎を吐き、兵を焼き尽くす竜。それは地獄絵図のようだった。

ガンシャンは大軍の真ん中に、摑んでいた巨石を投げ落とした。大きな地響きと共に、巨石が転がりたくさんの兵士達が下敷きとなって死んだ。

ドーンという轟音がいくつも響き、大砲の弾が竜を狙って飛んできた。弾が当たると、さすがの竜も倒れそうになりよろけたが、傷は負わなかった。

落とした巨石の上に乗り、尾を振りまわすガンシャンの竜を目がけて、大砲が撃たれた。弾は竜の背中に当たり、ギャアォッと竜が一声鳴いた。しかし弾は弾(はじ)かれて、大軍の中へと落ちた。

「大丈夫か？　傷は付いていないか？」

自身の竜に声をかけると、竜は体勢を持ち直して、再び尾を振りまわして、兵士達を薙ぎ倒す。太く強靭な竜の尾は、一振りで何百人もの兵を薙ぎ倒し、地面に叩きつけて殺した。

咆哮を上げながら殺戮をする竜の姿は、かつての残忍な竜の姿を思わせた。次々と戦車が襲われ、容易(たやす)く大砲を破壊するその竜の力に、次第に兵達は士気を失い、悲鳴を上げて逃げ惑いはじめる。

だがあまりにも大勢の集団が混乱を起こすと、それだけで致命的なことになった。錯乱し逃げ惑う兵達は、行く手を阻む仲間の兵を、邪魔だと剣で斬りつけた。そこへ竜の爪が下り、仲間を斬った男を殺す。凄惨な光景であった。

やがてドスンッと大きな音を立てて、一頭の竜が力尽き息絶えた。また別の所で一頭……。だがすでにその場は、混沌とした修羅の場となっていたので、竜が息絶えたことにも、兵士達は気づかずに、恐怖に錯乱し、仲間の屍の上で泣き叫んでいた。

「何をしている！　竜を生け捕りにするのだ!!　大砲を撃て！」

輿の上に立ち上がり、グレゴリオは額に血管を浮かべて叫んでいた。しかしグレゴリオを守るべき親衛隊達も、混乱に紛れ散り散りになってしまっていた。輿を引く兵の姿もなく、前方から迫りくる竜から逃れようと、剣を振りまわし、泣き叫ぶ兵士達が、周囲を駆け抜けるばかりだ。

グレゴリオの怒号は、虚しく戦場で空回りしていた。

体中を襲う激しい痛みと苦しみに、胸を押さえて息も絶え絶えになりつつあったガンシャンの耳に、そのグレゴリオの叫びが届いた。顔を上げて前方を見ると、逃げ惑う兵の中、輿の上に仁王立ちに怒鳴り散らしている大きな男の姿があった。

「あれが……敵将か……」

ガンシャンは呟くと、ガハッとむせび吐血した。だが力を振り絞って立ち上がると、半身に声をかけた。

「相棒……まだだ……死ぬのはまだ早いぞ……どうせなら敵将の首を取っていこう」

すると力尽きて地に伏していた竜が目を開き、ゆっくりと首を持ち上げた。

その目にグレゴリオを捉えると、竜は力を振り絞り体を起こした。

数歩歩いてグラリとよろけそうになると、翼を大きく広げて、力の限り咆哮を上げた。空気がびりびりと鳴り、周囲の兵士達は腰を抜かして、その場にひっくり返った。

さすがのグレゴリオも、叫ぶのを止めて、思わずその竜をみつめた。竜もこちらを見ている。グレゴリオはニヤリと笑みを浮かべたが、すぐに笑みはかき消えた。

竜はドスドスと、足音を響かせながら、グレゴリオに向かって突進してきたかと思うと、大きく口を開けて、ガブリと頭からかぶりつき噛み殺した。そしてそのまま地にゆっくりと倒れた。

❖

金色の巨大な竜が静かに飛んでいた。眼下には、凄惨な戦場の跡が残っていた。たくさんの人間の屍が積み重なるように転がっている。そのたくさんの人間の屍の中に、大きな竜の亡骸も転がっていた。

金の竜の背に立つルイワンは、涙を流しながらその光景をみつめていた。こんなに悲しい光景は見たことがなかった。胸がはち切れんばかりに悲しかった。涙が止まらない。

やがて最も無残な戦場へと辿り着いた。見たこともないほどに、大勢の人間が死んでいた。地を埋め尽くすほどの屍の数だった。所々にまだ炎が立ち上り、黒い煙が空に上っていく。

やがてルイワンはガンシャンを見つけた。死闘を思わせる傷ついて倒れた竜の背に、老将も倒れている。ジンレイはゆっくり降下すると、その大きな足で、ガンシャンと彼の竜の亡骸を掴み、再びゆっくりと空へと舞い上がった。

周囲には他のたくさんの竜達が飛んできて、仲間の竜の亡骸を、二、三頭ずつで持ち上げて運んでいく。

勇敢に戦った仲間を、エルマーンへ連れて帰るために……。

第7章　千年の希

エルマーン王国は、悲しみの中にあった。

ベラグレナ国からの侵略という王国の危機は、二十六人の勇敢な老将達の犠牲によって救われたが、その代償はあまりにも大きく、誰一人として無事に王国が守られたことを、素直に喜べる者はいなかった。人々の悲しみは深く、立ち直れないのではないかとさえ思えるほどだった。

固く閉ざされた南北の扉は、半年が過ぎても開かれることはなく、またエルマーン王国を訪れる人間の姿もなかった。

ルイワンはひどく傷つき、一時は悲しみのあまり床に臥してしまうのではないかと危ぶまれたが、竜王であることの責務を思い出し、自身を奮い立たせて、必死になって国の立て直しに尽力した。

龍聖は、まだ幼い我が子のため、悲しみをごまかし、笑顔でいるように務めていた。

静かに日々は過ぎ、日常は淡々と送られていたが、誰もがどうすれば元通りの王国になるのか分からなくなっていた。悲しみの中にありながら、皆がなんとか元に戻りたいと、救いを求めていた。

そんな中で、小さな変化が起きようとしていた。


ルイワンと龍聖は、息を殺してじっと待っていた。視線の先には、大きな卵が今にも孵らんとしている。時折ゆらゆらと揺れながら、殻の表面にいくつものひび割れを作っていた。

ピシピシッと大きな亀裂が入り、やがてポロリと破片が落ちて、殻に穴が開いた。

ルイワンと龍聖は、喜びに顔を輝かせて、割れた穴に手をかけて、殻を割りはじめた。半分ほど取り去ると、卵の中の赤子が姿を現した。

「ああ……」

二人は同時に感嘆の声を上げた。

「男の子だね」

「はい、なんと愛らしいのでしょう」

ふくふくとした赤子を、卵の中から龍聖が抱き上げた。

「この子も卵を持っているのですね」

「ああ、半身の竜の卵だよ」

ルイワンがそう言って、赤子が胸に抱えているもうひとつの卵を取り上げた。するとそれまですやすやと眠っていた赤子が、顔も体も赤くして、大きな産声を上げた。

「元気な子ですね」

「元気な子だ」

二人は赤子の誕生を心から喜び合った。

久しぶりに心から笑ったような気がした。悲しみの日々に、一筋の光が差し込んだように思えた。

「名前はお考えなのですか？」

「……ファーレンと付けたいと思っている」

「ファーレン……元気な子だからですか？」

龍聖が笑みを零しながら尋ねると、ルイワンは笑いながら頰をかいた。

「そうだね……元気な人という意味もあるけれど、自ら力を発するとか、輝くとか、そういう意味もあるから……この子がどんな困難にも負けない、周囲の人々にも力を分け与えてくれるような、そんな人物に育ってほしいと思ったんだ」

「スウワンも支えてくれるような？」

「そうだね」

ルイワンは、赤子の柔らかな髪を撫でながら、しばらくの間黙って愛しいその顔をみつめていた。龍聖も同じように赤子をみつめる。

「こんな混乱の中で生まれるなんてかわいそうだと思ったけれど、むしろ私達に希望を与える存在になるような気がするよ」

「はい、この子の成長と共に、この国が立ち直っていくことでしょう」

「子供の成長はゆっくりだ」

「ゆっくり時間をかけて立ち直れば良いと思います」

ミンヤオが、産湯で赤子を洗っているのを、二人は見守りながら、そう語り合った。

二人の言葉通り、第二王子の誕生の知らせは、暗く沈み切ったエルマーン王国内に、明るさを取り戻してくれた。

アルピン達の町には、家の軒先や道沿いに花が飾られ、「おめでとう」と言う明るい声が、あちらこちらから聞こえてきた。

部屋に閉じこもっていたシーフォン達も、ルイワン達に祝いの言葉を言うために部屋を出て、王子の話をしている時には、皆の表情が明るくなった。

ずっと静かだった空には、竜達が賑やかに鳴きながら舞っている。

悲しみを簡単に忘れることは出来ないが、皆が心の救いを求め、明るい希望に縋った。

龍聖は、そんな人々のために、スウワンとファーレンを連れて、毎日城の中を散歩するようになった。廊下で出会った者達は、皆が生まれたばかりの愛らしいファーレンの姿に癒され、スウワンの元気な様子に励まされた。

シーフォンばかりではなく、城で働くアルピン達も同じように癒され、励まされ、彼らは王子達の元気な様子を家に戻って家族に話し、町の人々も喜びに包まれた。

少しずつ皆が元気を取り戻し、畑を耕し、木工細工を作り、機を織り、ゆっくりと時間をかけて、元のエルマーン王国へと戻っていった。


時は静かに流れた。

悪夢のような惨劇から十五年の月日が流れていた。

あの戦争は、人間達の心に深く『竜は地上最強の恐ろしい化け物』だということを刻みつけた。竜を恐れ、シーフォンを忌み嫌う者も多く現れた。だがそれと同時に、ベラグレナの大軍を滅ぼし、グレゴリオを討ったことを称賛する者も多かった。

グレゴリオによって国を滅ぼされた者や圧政に苦しめられた者達は、心からエルマーン王国に感謝した。だが喜び感謝しても、竜の強さに畏怖の念を抱いていることに変わりはなかった。

最初の一年は、隊商はおろか誰一人としてエルマーン王国に近寄る者はなかった。だがルイワン達は、静かに粛々と日々を過ごし、国交のあった友好国と書簡を交わし、少しずつ会話を重ねていき、信頼を取り戻す努力をした。

エルマーンからの使者を拒絶する国もいくつかあった。書簡を受け取っても返事をしない国も多かった。国交を断ってきた国には、それ以上は求めないこととし、返事のない国には、誠意を尽くして、書簡を送り続けた。

その一方で、荒廃したダーロンの王都の復興に力を貸し、戦の混乱の中、四散して行方知れずになっていたダーロンの民達を探し出し、国に戻れるように手助けもした。

エルマーン王宮内で、手厚く保護されていたダーロン王国の王妃と子女達は、二年後にようやく国に戻ることが出来た。城も王都の町も、まだ修復途中ではあったが、王妃達の帰国は、民達に復興する力を与えた。

「共に建て直そう」

皇太子ヴォルフは、自ら城の再建現場に立ち、汗を流して家臣達と共に働いた。その姿に、人々は勇気づけられた。

生き残った僅かな重臣達は、ルイワン達の援助を受け、国政の立て直しに奮起した。

ルイワンは、皇太子ヴォルフを、ダーロン王国の新しき王となれるよう後見に立ち、五年後には立派な戴冠式を執り行った。

ダーロン王国の再興に、惜しみない協力をしたエルマーン王国の功績は、周辺の国々からの信頼を取り戻すきっかけとなった。

十五年の月日をかけて、再びエルマーン王国にはたくさんの隊商が訪れ、いくつもの国との外交も再開し、ようやくすべてが元に戻りつつあった。


ドタバタと元気に部屋の中を走りまわる二人の子供の姿があった。少し大きな男の子の後を、小さな男の子が笑いながら追いかけている。

大きな子が手に持っていた布で作られた毬を、走りながらポーンと投げて、壁に当たって跳ね返るのを、走って拾うと、またポーンと投げる。その後ろから、ヨチヨチと危うい足取りで「僕も！　僕も！」と、頬を上気させて、小さな子が追いかけていた。

「今、これは私が遊んでいるのだ！　そなたは向こうで遊べ」

「やだ、にいさまと一緒に遊ぶ！」

「私は一人で遊ぶんだ！」

「やだー、僕も一緒に遊ぶー！」

幼子が二人、じゃれ合うように遊んでいた。じゃれ合いは、やがて喧嘩に変わり、すぐに弟が大声で泣きはじめた。それを兄が眉間にしわを寄せて、困ったようにみつめている。

「どうしたのですか？」

龍聖が隣の部屋から現れて、泣いている幼い弟の下へと駆け寄った。側で口を尖らせて、眉間にしわを寄せている幼い兄の顔を覗き込む。

「私が遊んでいると、すぐにファーレンが邪魔をするのです」

人間で言えば、まだ五、六歳くらいの幼い子供に見える赤い髪の少年は、大人びた口ぶりで、少し頬を上気させながら、頬を膨らませて文句を言った。

「ファーレンは兄様が大好きなのですよ」

龍聖は微笑みながら宥めるように言って、泣きじゃくる弟ファーレンを抱き上げた。まだ三歳くらいの幼いファーレンは、グズグズとしゃくり上げながら、指をしゃぶって、母の胸に甘えるように顔を埋めた。

「でもたまには一人で遊びたいのです」

スウワンはなおも口を尖らせて、眉根を寄せながら文句を言うので、龍聖はクスリと笑って、その頭を優しく撫でた。

「分かりました。スウワン、貴方が一人で遊びたい時は、母に一言言いなさい。そしたら私がファーレンをよそに連れ出しますから」

龍聖は宥めるようにそう言ったが、スウワンはさらに顔をしかめて口を尖らせ、黙り込んでしまった。

「それは嫌なのだよな、スウワン」

ふいに横から声がした。龍聖は困ったような顔でそちらを向いた。

すぐ近くのソファに座り、寛いだ様子でニコニコと笑っているルイワンがいた。

「なぜ嫌なのですか？」

「ファーレンが母様を独占してしまうのは嫌なのだよ」

ルイワンがそう言って笑ったので、スウワンはぷうっと頬を膨らませる。

「ルイワン……そうやって笑って見ていないで、二人の喧嘩を止めてください」

龍聖が呆れたように言ったので、ルイワンは声を出して笑った。

「いいじゃないか、二人は仲がいいのだから、喧嘩もした方がいい。スウワンは言うほどファーレンを邪魔だと思っていないし、ファーレンだって、大好きな兄様に甘えてわざと泣いているだけだよ」

嬉しそうに話すルイワンに、龍聖は困ったように苦笑した。

「ルイワンはそうやっていつも二人が遊んでいるのを眺めているのですよね」

「ああ、私には兄弟がいないから羨ましいんだよ……そなたが二人の王子を産んでくれたこと、本当に感謝している」

そう言われて、龍聖は仕方がないという顔をして、小さく溜息をついて笑った。

「ファーレンは眠いようです……向こうで寝かせてきますね」

龍聖は腕の中で何度もあくびをするファーレンに気づき、抱いたまま立ち上がると、寝室の方へと消えていった。

それを見送りながら、スウワンがしょんぼりとしているので、ルイワンはクスリと笑うとスウワンを呼んだ。

「スウワン、こっちへおいで」

ルイワンが呼ぶと、スウワンは嬉しそうに笑って立ち上がり、ルイワンの元へ駆け寄った。ルイワンはスウワンを抱き上げると、膝の上に乗せて、頰に口づけた。

「スウワンは、思ったことを何でも正直に口にするんだね」

そう言われて、スウワンはまだよく分からないというような顔をして、ルイワンをみつめた。

「褒めているのだよ」

ルイワンが微笑んでそう言うと、スウワンは嬉しそうに笑った。

「でもね、すべてを正直に言うのは、良いことばかりとは限らないんだよ。その正直さが時に人を傷つけることもある。おまえはまだ幼い。これから大人になって、その正直さを上手に使えるようになりなさい。人を傷つけずに済むように……。そうすればきっと良い王様になれるよ」

そう言って頭を撫でると、スウワンは目を輝かせて、ルイワンの顔を仰ぎ見た。

「私は良い王様になれますか？」

「ああ、きっと……。スウワンはどんな王様になりたいのだい？」

「私は……父様のような王様になりたいです。父様のような立派な王様になりたいです」

スウワンが瞳を輝かせてそう言ったので、ルイワンは苦笑して頭をかいた。

「父様はちっとも立派ではないよ。いつも失敗ばかりだ」

ルイワンがそう答えたので、スウワンは不思議そうに首を傾げた。

「スウワン……私はこれから頑張って、立派な王様になれるように努力するけれど……もしも私が成し遂げることが出来なかったら、その時はそなたが引き継いで、この国を豊かな国にしておくれ……そしたらそなたは立派な王様になれるよ」

「はい、かならず父様の跡を継いで、この国を豊かな国にします」

元気にそう言った息子を、ルイワンは愛しそうに抱きしめた。

穏やかに流れる日々。平和な日常。子供達の笑い声。ゆっくりと時間をかけて、皆が立ち直っているように思えた。

だがルイワンの心の傷は、なかなか癒えることがなかった。

「ルイワン、ルイワン」

何度も名を呼ばれて、ハッとルイワンは目を開けた。びっしょりと汗をかいている。夢にうなされていたようだ。龍聖が心配そうな顔で、ルイワンの額の汗を拭っていた。

「また……あの夢を見ていたのですか？」

龍聖が尋ねると、ルイワンは苦笑してみせた。

「ああ……起こしてしまってすまない」

ルイワンは大きく息を吐いた。

あの夢とは、ベラグレナとの戦いの惨劇のことだった。あれから度々、ルイワンはその光景を夢に見てうなされた。時間が経ってもなかなか解決はしなかった。

龍聖は何度も慰めたが、ルイワンの心の傷を癒すには、もっともっと長い時が必要だと悟った。今はただ、少しでも心が休まるように、見守るしかなかった。

龍聖はそれ以上夢のことには触れず、そっとルイワンに寄り添うように、体を横たえた。その体をルイワンは抱きしめる。

「カイシンの所に二人目の子が出来たそうですね」

「ああ、シーズウの所もだ」

わざと唐突に話を始めた龍聖に、ルイワンはその心遣いに感謝しながら相槌を打った。

「二人目、三人目と、シーフォンの方々が、たくさんの子を産みたいと思ってくれるようになったのは、本当に嬉しいことですね」

龍聖が微笑みながら言うと、ルイワンはニッコリと微笑んで頷き返した。

「そなたのおかげだよ」

ルイワンはそう言って、龍聖の額に口づけた。

「そなたが二人の王子を産んでくれたおかげだ」

それは何度も何度もルイワンが繰り返し言う言葉だ。龍聖はそのたびに、少し困ったような顔をして微笑むしかなかった。

「リューセーが二人の王子を産んだのだから、自分達が一人しか作らないのはダメだと、皆が思ってくれるようになった」

「ですが……」

龍聖が困ったような顔のままで、何か言いかけたが、すぐに口を噤んでしまった。

「なんだ？　言ってごらん」

ルイワンが額に口づけながら話を促したので、龍聖は口を開いた。

「ですが……二人の王子を産んだのは、私一人で成したことではありませんから……一人では子は作れませぬ」

少し頬を上気させて龍聖が恥ずかしそうに言ったので、ルイワンは驚いたような顔になった後、クククッと笑いだした。

「確かに……確かにそうだな。私も多少は努力して協力したよ」

笑いながらそう言って、龍聖の唇を軽く吸った。龍聖は少しだけ安堵する。ルイワンが笑ってくれると、龍聖はほっとした気持ちになる。そんな日々の積み重ねが、いつかルイワンの心の傷を癒してくれると信じていた。

「スウワンは将来立派な王様になるそうだよ」

ルイワンが嬉しそうにそう言った。

「我が儘(わがまま)な王様になりそうで心配です」

龍聖が苦笑してそう言うと、ルイワンは楽しそうに笑う。

「でも……スウワンが立派な王様になるのは、まだこれから百年も二百年も経ってからのことです……きっとそれまでには、貴方はこの国をもっと立派な王国にしていますね」

「さあ……そうだといいけれど……」

自信なさげなルイワンの返事に、龍聖が視線を上げてルイワンをみつめたので、ルイワンもみつめ返すと、軽く口づけを交わした。

「ルイワン、私は良い母親になれるでしょうか？　男の私でも、子を産めば母親になれます。でも良い母親になれるかどうかは、分かりませんよね？」

「そなたはすでに良い母親だよ。二人の王子を立派に育てているじゃないか。時には優しく、時には厳しく、子供達に愛情を注いでいる」

「私一人ではありません。たくさんの方々に助けられて、なんとか子育てをしています。でもルイワンが、私は良い母親だと言ってくださるのならば、少しは自信が持てます」

龍聖はそう言って笑ってみせたので、ルイワンは龍聖の頬に口づけた。

「王様も同じではありませんか？」

「ん？」

「一人では王様にはなれません。守るべき国民がいて、助けてくれる家臣がいて、初めて王様になれるのではないですか？　そして私はルイワンが立派な王様だと思っていますし、スウワンも貴方を立派な王様だと思っているのですから、私達二人分だけでも、少しは自信を持ってください」

龍聖の言葉に、ルイワンは一瞬驚いて、すぐに笑顔になった。

「そうだね。それはとても頼もしいね」

ルイワンは龍聖を抱きしめた。龍聖はルイワンの胸に頬を摺り寄せる。

「千年後もエルマーン王国は、ずっと栄え続けているでしょうね」

「千年後か……そうだね。そうだといいね」

「きっとそうですよ……私は時々そんなことを想像しながら眠ります」

龍聖がそう言って笑ったので、ルイワンは不思議そうな顔をした。

「スウワンが大人になって、立派な王様になって、そして子供が産まれ……この城で、ソファに座って幸せそうに笑いながら、子供達が遊ぶのを見守っているのです。貴方と同じように……。そしてスウワンの子が、大きくなって立派な王様になって、また同じようにソファに座って、幸せそうに笑いながら、子供達が遊ぶのを見守っているのです。……これから先も、代々の竜王とリューセーが、この城で家族と共に幸せな時を過ごす。千年後も、二千年後も……。目を瞑ると、そんな光景が浮かんでくるのです。そうしたら幸せな気持ちのまま眠れるのですよ」

ルイワンはしばらく考えてから、龍聖を抱きしめた。

「そうだな……それはとても素敵な思いつきだ。私もこれからそうすることにしよう」

ルイワンはそう言って目を閉じた。幸せな光景を思い浮かべて、笑みが漏れる。龍聖はそんなルイワンの胸に顔を埋めて、幸せそうに微笑んだ。


二代目竜王ルイワンの治世は、三百二十年の長きにわたり続いた。エルマーン王国は、国としての基盤を盤石なものとし、他国との国交を栄えさせ、エルマーン独自の文明の基礎を作り上げた。

後の世に「建国の父」と謳(うた)われたルイワン。その生涯は苦難に満ちていたが、最も心優しき王であったと語り継がれた。

双翼の王子

西の大陸の北西に広がる荒野に、険しい岩山に囲まれた王国が存在した。

竜族シーフォンが治める国エルマーン王国。

岩山の上に築かれた巨大な王城の一室では、まだ幼い王子スウワンが、母である龍聖（りゅうせい）より学問を教わっていた。

小さな手にペンを持ち、とても真剣な表情で、拙（つたな）いながらも紙に文字を書いていた。

「そうですね、ゆっくりで構いません。正しい文字を書けるようになることが大切です。何度も何度も繰り返し書いて身に付けるのですよ」

龍聖はスウワンに、エルマーンも含め西の大陸の公用語となっている言語の筆記を教えていた。

「一日一文字書けるようになればいいのです」

龍聖は集中して文字を書いているスウワンの様子を見守りながら、スウワンの向かいに座り、じっと大人しくスウワンをみつめている弟のファーレンへちらりと視線を送った。

ファーレンは少しそわそわとした様子で、スウワンの一挙手一投足まで見逃すまいというように、ただじっとみつめている。兄と遊びたくて仕方がないのだろうが、最近勉強を始めた兄の姿を見るのも好きなようだ。「なんだか難しいことをしているお兄様ってかっこいい」と思っているのだろう。

龍聖はそんなファーレンの様子に表情を綻ばせた。

「お母様……覚えました」

スウワンが頬（ほお）を上気させて、自信ありげに言ったので、龍聖は頷（うなず）いた。

「ではこれまで覚えた文字を続けて書いてごらんなさい。六文字あるはずですよ？」

「はい」

スウワンは力強く頷くと、一字一字ゆっくりと書きはじめた。字の大きさもバラバラで不揃いだが、きちんと書ききると、「どう？」と自信に満ちた顔で龍聖をみつめた。

龍聖はスウワンをみつめ返すと微笑んで頷く。

「よく書けていますよ。スウワン……文字とはどういうものかは教えましたよね？　この文字の組み合わせで言葉を作ることが出来ます。今書いた六文字はただ文字を並べただけではありません。これは六文字でひとつの言葉を作っているのですよ。スウワンは今自分で何を書いたと思いますか？」

龍聖が優しく丁寧に説明をすると、スウワンは自分の書いた文字を真剣な表情でみつめながら考え込んでいる。

ファーレンも不思議そうな顔で、少し身を乗り出して、スウワンを真似るように、書かれている文字をみつめながら考えていた。

「ス・ウ・ワ・ン……これでスウワンと読みます。貴方は自分の名前が書けるようになったのですよ。偉いですね」

龍聖の言葉に、スウワンは瞳をキラキラと輝かせると、何度も自分の書いた文字をみつめては、龍聖の顔を見上げてを繰り返し、とても嬉しそうに笑った。

「勉強は楽しいですか？」

「はい、楽しいです」

元気に答えたスウワンに、龍聖はとても嬉しそうに頷いた。

「僕も！　兄様、僕の名前も書いて！」

ファーレンが頬を上気させ、鼻の穴を膨らませながら、期待に満ちた顔でスウワンにせがんだ。スウワンは困ったような顔で、赤くなって龍聖を見る。龍聖はクスクスと笑った。

「ファーレン、お兄様は勉強を始めたばかりなのですよ。でもきっとすぐにファーレンと書けるようになりますから、もう少しお待ちなさい、ね、スウワン」

「う、うん、次はファーレンの名前を覚えてやってもいいぞ！　ちょっと待ってろ」

スウワンがファーレンに向かって言ったので、ファーレンはとても嬉しそうに笑った。

龍聖はそんな仲の良い二人の姿を嬉しそうにみつめていた。

スウワンは三十五歳、ファーレンは二十五歳になる。だが長命であるシーフォンの子供の成長は遅い。スウワンの見た目は六、七歳くらい、ファーレンは四、五歳くらいの幼子だ。話すことなどがしっかりしてきたスウワンに、そろそろ学問を教えはじめてもいいのではと、龍聖が判断して文字を教えたのだ。

スウワンは、文字を習うことにとても興味を示し、進んで真剣に取り組んでいる。

龍聖はそんなスウワンの様子に、安堵するとともに、世継ぎとしての頼もしさを感じていた。

「あ、お父様がお戻りになったよ！」

スウワンが突然嬉しそうに声を上げて、椅子から立ち上がったので、ファーレンも歓喜の声を上げて椅子から飛び降りた。

「スウワンには分かるのですね」

「うん、竜達がそう言って騒いでいるから」

スウワンはそう答えながら、テラスの方へと駆けていく。ファーレンもそれに続いた。龍聖もテラスへと向かう。

スウワンとファーレンはテラスに立ち、遠くの空を眺めた。

雲ひとつない青空が広がっている。赤い岩山の向こうに、キラキラと光るものが見えてきた。二人が嬉しそうに眺めているのを、龍聖は見守るように背後に立つと、同じ方向へ視線を向けた。

キラキラと光っていたものの姿が次第にはっきりとしてくる。金色の竜だった。

「お父様〜！」

二人は両手を大きく振りながら、めいっぱい声を上げている。するとしばらくして、オオオォォォッという竜の咆哮が空に響き渡った。

「ジンレイが、出迎えありがとうって言っているよ」

スウワンが嬉しそうにそう言いながら、後ろを振り返り龍聖に伝えた。

「貴方達の声が聞こえたのですね。では塔の上に迎えに行きましょう」

龍聖は二人にそう言うと、両手で二人と手を繋いで室内へと戻った。


塔の上で三人が待っていると、ゆっくりと金色の巨大な竜が舞い降りてきた。巻き起こる風に飛ばされないように、龍聖はしゃがみ込むと、二人の王子の体を抱きしめた。

巨大な竜は羽ばたきながら着地すると、広げていた翼を折りたたみ、体を床に伏せた。その背に乗っていた深紅の髪の男が、竜の長い首を伝って床へと降りた。

「迎えに来てくれたのかい？　ありがとう」

彼は満面の笑みで龍聖達の下へと歩いてきた。深紅の長い髪、金色の瞳、エルマーン王国の王ルイワンである。

「お父様！」

「お父様！」

二人は喜びの声を上げて、ルイワンの下へ駆けだした。ルイワンは立ち止まり、その場にしゃがむと両手を広げて、駆けてきた二人を受け止め、嬉しそうに笑いながら抱きしめた。

「二人ともいい子にしていたかい？」

「はい、私は自分の名前が書けるようになりました」

「え？　本当かい？　それは偉いね」

ルイワンが褒めると、スウワンは照れくさそうに頬を染めながら笑った。

「次は僕の名前を書いてもらうんです」

ファーレンが興奮気味に言うと、ルイワンはクスクスと笑って二人の頭をくしゃくしゃと撫でた。

「それは羨ましいな……ではその次に父様の名前を書いてもらおうかな？」

ルイワンの何気ない言葉に、スウワンが驚いたように飛び上がった。

「あ！　やっぱり次は父様の名前を書けるようになります！」

手を挙げて、良い思いつきだと言わんばかりに、小鼻を膨らませて、頬を上気させてスウワンが言ったので、今度はファーレンが驚いて飛び上がった。

「ええ!!　僕のが次って言ったのに！」

ファーレンが真っ赤な顔で抗議して、ばたばたと地団駄を踏んだ。

「父様の方が先だよ！」

「やだぁ～！　僕が先って言ったぁ！」

「そんなの知らないよ～！」

スウワンは顔をしかめて、ファーレンにベエーッと舌を出すと、ダッと駆けだした。

「やぁ～だぁ～！　兄様ぁ！」

ファーレンが泣きそうな顔で、その後を追いかける。スウワンはジンレイの足元まで駆けていくと、ぴょんと前足に飛びついてよじ登りはじめた。そこへファーレンが追いついて、登っていく兄を見上げながら、真っ赤な顔でまたばたばたと地団駄を踏んだ。

「兄様ぁ！」

ファーレンも登ろうとするが、足に抱きついてもがくだけで、まったく登ることが出来ない。とうとうファーレンは、わぁーんと泣き出してしまった。

「ただいま帰りました」

「お帰りなさいませ」

ルイワンは龍聖の頬に口づけて腰を抱き寄せながら、賑（にぎ）やかな子供達の様子を眺めて、楽しそうに笑う。そんなルイワンを横目に、龍聖は仕方ないというように苦笑した。

ジンレイが頭を地面すれすれまで降ろし、左の前足で騒ぐ子供達に、グルルルっと喉（のど）を鳴らした。

半分ほど登っていたスウワンが、ぷうっと頬を膨らます。

「別にいじめてないです」

スウワンは、ジンレイから「弟をいじめて楽しいか？」と言われたので、ムッとしたように返事を返した。

するとジンレイは、フンッと鼻息を勢いよくスウワンに吹きかけた。スウワンは「わあ！」と言って、下に落ちると、床に尻もちをついて転がった。

「に、にいしゃま……」

ファーレンはそれにとても驚いて、泣くのも忘れて、涙に濡れた目を大きく見開き、「いたたたた」と言いながら、お尻を擦っているスウワンと、目の前にあるジンレイの大きな頭を交互にみつめた。

「何をするんですか！」

スウワンはジンレイに向かって、口を尖らせながら文句を言った。するとジンレイは、少し目を細めて、グルルルッと喉を鳴らした。

『嘘つきは、私の背には乗せぬのだ』とジンレイが言ったので、スウワンは顔を真っ赤にして憤慨した。

「私は嘘つきではありません！」

するとジンレイが、またグルルルッと喉を鳴らしたので、途端にスウワンは口を噤み、膨れて黙り込んでしまった。

『弟の名前を書くと約束したのに、それを破ろうとしているではないか』と言われたのだ。

その様子を見守っていたルイワンが笑いながら龍聖に「ちょっと仲裁してくるよ」と言って、スウワン達の下へと向かった。

「スウワン、ジンレイに怒られたな」

「ジンレイ、怒ってるの!?」

ルイワンの言葉に、先に反応したのはファーレンだった。ジンレイの言葉が分からないファーレンは、兄とのやりとりを、ぽかんとした顔でみつめていたのだ。それをルイワンが「怒られた」と言ったので、飛び上がるほど驚いてしまったのだ。

「ジンレイ、怒ってるの？　僕のせい？」

ファーレンが再び涙目になって尋ねると、ジンレイがググッと小さく唸った。

「ジンレイはもう怒っていないそうだよ」

ルイワンが微笑みながらそう言って、ファーレンを抱き上げると、服の袖でファーレンの涙を拭ってやった。

「スウワン、それで何か言うことはあるかい？」

ルイワンが尋ねると、スウワンはむくれた様子で、しばらく俯いていたが、ようやく顔を上げると、じっとルイワンをみつめた。

「父様……さっき、次は父様の名前を書くって言ったけど、ファーレンの名前を書くことを先に約束していたので、その後でもいいですか？」

「ああ、構わないよ……ファーレンもそれで許してくれるかい？」

「ぼ、僕は別に……僕は別に怒ってないよ？」

ファーレンが、慌ててスウワンに言ったので、ルイワンはクスクスと笑った。

「じゃあ、三人で仲直りしておくれ、ジンレイ、スウワン、ファーレン」

ルイワンに促されて、スウワンとファーレンが「ごめんなさい」と言い、ジンレイがグッグッと喉を鳴らした。

「さあ、中に入ろう」

ルイワンはスウワンの頭を撫でると、手を繋いで龍聖の下へと歩いていった。

「へえ、本当だ。ちゃんとスウワンと書けているね。それにとても丁寧で上手だ。スウワン、驚いたよ。私よりもずっと早く字が書けるようになるなんて素晴らしいね」

ルイワンは部屋に戻るなり、スウワンが自慢げに、文字を書いた紙を見せるので、満面の笑みで褒め称(たた)えて、何度もスウワンの頭を撫でた。スウワンは頬を染めて照れたように笑っている。

「お兄様すごい！」

ファーレンも自分のことのように瞳を輝かせて喜んでいる。

「そうか、ファーレンは良い子だな」

「ファーレンは、スウワンがお勉強している間、大人しく見学しているのですよ」

ルイワンはファーレンの頭も撫でて褒めたので、ファーレンも照れたように笑った。

「さあ、お父様はお着替えをなさるから、貴方達はそちらで遊んでいなさい」

龍聖に言われて、二人は素直に頷くと、手を繋いで窓辺へと駆けていった。ルイワンと龍聖はそれを見送ると、寝室へと向かった。

龍聖は、ルイワンが脱いだ服を受け取り、着替えを渡す。

「字を学ぶのはまだ少し早いんじゃないかと思っていたけど、スウワンは偉いね」

「私もあれくらいの年に手習いを始めましたから……あの子達は年を取るのがゆっくりですから、今すぐ出来なくても、学問もゆっくり時間をかけて学べばいいのではないかと思ったのです。でもスウワンは好奇心が強くて、覚えるのも早いようで……。正直なところ、あの子の性格を考えると、すぐに飽きてしまうのではないかと思っていました。でもやはり竜王の世継ぎなのですね。とても聡い子です」

「そなたの教え方が上手いということもあると思うよ」

ルイワンは服を着終わると、龍聖の頬に口づけた。

「応援団がいるのもいいのかもね」

ルイワンがクスリと笑いながら言ったので、龍聖は少し首を傾げた。

「応援団？」

「ファーレンがあんなに、期待を込めてみつめているのでは、頑張らないといけなくなるんじゃないかな？」

ルイワンに言われて、龍聖は「ああ」と納得した顔をして、同じようにクスリと笑った。

「ファーレンは本当にスウワンのことが大好きなのです」

「仲の良い兄弟で、私は嬉しいよ」

ルイワンはそう言いながら、龍聖をそっと抱き寄せた。

「喧嘩もよくしますが」

龍聖はルイワンの胸に頬を寄せながら、幸せそうに微笑む。

「それも嬉しい」

「ルイワン……喧嘩が嬉しいなんて変ですよ？」

「喧嘩が出来る相手がいるということは、本当に羨ましいよ。仲のいい証拠だ。普通ならば一度でも喧嘩をしたら、仲直りをするのも難しい。二人が何度喧嘩しても、また仲良く出来ているというのは、良いことだと思うよ。そうやってスウワンもファーレンも、他の人との接し方を学べるだろう」

「そうですね……特にスウワンは、気性の激しいところがありますから、ファーレンのおかげで学んでいると思います」

「ファーレンの甘えん坊は、スウワンがつれなくすれば治るのかな？」

「余計に甘えて、それが原因で喧嘩になりますけどね」

二人はクスクスと笑い合って、口づけを交わした。

その時、ファーレンの大きな泣き声が聞こえてきた。それを聞いて二人は顔を見合わせて、「ほらね」とルイワンが呟き、クスリと笑った。

二人が寝室を出ると、床に仰向けになってじたばたと手足をバタつかせながら泣いているファーレンと、むくれた様子で窓辺に立って外を見ているスウワンの姿があった。

龍聖が二人の下に駆け寄ると、泣いているファーレンを抱き上げた。

「一体どうしたのですか？」

「ファーレンが煩かったから、煩いって言っただけです」

「スウワン……また大きな声で怒鳴ったのですか？」

龍聖が眉根を寄せて尋ねると、スウワンは頬を膨らませて抗議した。

「でも先に大声で駄々をこねはじめたのはファーレンの方です」

「喧嘩の原因は何だい？」

ルイワンも側に来て、スウワンに優しく尋ねた。

「そこの椅子から遠くに飛び合いっこをしてて、私がもっと高くからも飛べるって、テーブルの上から飛んでみせて……そしたらファーレンが、それは怖いって嫌がるから、これくらいで怖がっていたら、竜には乗れないよって、私がからかって言ったら、ファーレンが兄様だってまだ竜に乗れないでしょうって言って……悔しいから、乗れるよって言って、テラスに行くふりをしたんです」

龍聖がそれを聞いて、とても驚いて顔を真っ青にしたので、ルイワンが慌ててスウワンを咎(とが)めた。

「そんな危ない遊びをしてはダメだよ！　第一テラスには子供だけで出てはいけないと、いつも言っているだろう？」

「出てないよ！　出るふりしただけだよ！　窓を開けて、ちょっと竜を呼んだんだ。そしたらファーレンが興奮して、僕も竜を呼ぶって言って、テラスに出ようとするから、止めようとして……」

「それで喧嘩になったのかい？」

ルイワンが尋ねると、スウワンは眉間(みけん)にしわを寄せて、口を尖らせている。

「だってファーレンがしつこくて、ぎゃあぎゃあ煩いんだもん」

スウワンが小さな声で呟いた。

「でも大声で怒鳴るのはダメだ」

ルイワンはスウワンの顎(あご)に手を添えて、上を向かせると、じっと目をみつめて言った。

「大声に大声で応(こた)えたらダメだよ。スウワン、いつも言っているだろう？　カッとなって大きな声を出したり、癇癪(かんしゃく)を起こしたらダメだって……」

「ファーレンがぎゃあぎゃあ泣くのは良いの？　弟だから？」

不満そうにスウワンが言うので、ルイワンは困ったように苦笑して首を振った。

「スウワン、私がそなたに怒ってはダメだ、我慢しなさいと言っているのは、そなたが兄だからということではないんだよ。そなたは竜王になる者だ。竜王というのはとても特別な存在なんだ。誰よりも大きな力を持っている。小さなそなたであってもだ。だからすぐにカッとなったり、大きな声を出したりするのは、ダメだと覚えてもらうしかない。スウワン、いいね、私はそなた達が喧嘩をするのは、少しも叱らないけれど、そなたが短気を起こして大声を上げたりすることは、ダメだと言うよ」

ルイワンに叱られて、スウワンは頬を膨らませて不満そうにしている。

「だってファーレンが煩いのです。放っておくと、いつまでもわあわあと煩いのです。それを我慢しないといけないのですか？」

「煩いなら煩いと言っても良いよ……ただイライラして、カッとなってその強い気持ちのままで大声を出してはいけないと言っているんだ。分かるかい？　イライラしてカッとなったら、一回大きく深呼吸をしてごらん。少しだけ気持ちが落ち着いて、さっきよりも少し小さな声で、煩いって言えるはずだから……スウワン、これはとても大事なことだからね。分かったかい？」

ルイワンに諭されて、スウワンはまだ少し膨れつつも、小さく頷いてみせた。

「ほら、ファーレン、我が儘を言ってお兄様を困らせてしまったと思っているのでしょう？　お兄様に謝りましょう……ね？」

龍聖は抱いているファーレンを宥めるように言うと、ファーレンはまだ涙に濡れた顔で、指をしゃぶりながら、スウワンの方を振り返りじっとみつめた。

「に……兄様……ご、ごめんなさい……ごめんなさい」

しゃくり上げながらファーレンが謝る。スウワンは眉根を寄せてしばらく俯いていたが、やがて顔を上げファーレンを見ると首を振った。

「別に……もう怒ってないからいいよ」

スウワンはそう言って、ファーレンの頭を撫でた。ファーレンは満面の笑みを浮かべた。

「さあ、二人とも仲直りをしたところで、よく聞きなさい。椅子の上からは飛んでも良いけど、テーブルの上はダメだ！　テラスにも二人だけで出たらダメだ！　竜を呼ぶのもダメだ！　どれも危ないし、母様を心配させてしまうからね。分かったね？」

ルイワンに言われて、二人は「はい」と言って頷いた。

「さあ、遊び疲れたでしょう。二人で仲良くお昼寝しましょうね」

龍聖はファーレンを抱いたまま立ち上がると、スウワンの手を引いて寝室へと向かった。

ふいにスウワンが振り返って尋ねたので、ルイワンは苦笑した。

「ベッドから飛ぶのは？」

「ベッドからはいいよ……あ、でも天蓋によじ登るのはダメだ！」

「天蓋の布にぶら下がるのは？」

「いいよ」

「ダメです！」

それまで黙って聞いていた龍聖が、二人に向かって言ったので、ルイワンとスウワンは驚いたように顔を見合わせると、気まずそうに笑い合った。

「さあ、スウワン、お昼寝しなさい」

龍聖が呆れたように、スウワンの手を引いて、寝室の中へと入っていった。

「あのように叱るのは、スウワンにはまだ早いと思うかい？」

ルイワンはソファに座り、お茶を飲んで寛(くつろ)ぎながら、戻ってきた龍聖に向かって言った。

二人を寝室で寝かしつけてきた龍聖は、ルイワンに尋ねられて、答えに困ったように薄く微笑んでみせて、何も言わずにルイワンの隣に腰を下ろした。

「私は別に……」

「私がスウワンを叱っている間、そなたが少し不満そうな顔で、私を見ていたのは知っているよ」

ルイワンがクスリと笑いながら、からかうように言ったので、龍聖は少し赤くなって首を振った。

「そんな……とんでもありません……不満そうだなんて……ただ……」

「ただ、なんだい？」

ルイワンは微笑みながら、龍聖の髪を優しく撫でた。

「ルイワンは、喧嘩をしていいと言いながら、スウワンに大きな声を出してはダメだと言うので……子供の喧嘩というのは、癇癪を起こして泣いたり叫んだりするものです。特にスウワンは利かん気の強い子ですから……。もう少し大きくなれば、分かってくるとは思いますが……すみません……生意気なことを申しまして……」

「いや、リューセーの言う通りだよ……分かっている。今のスウワンに、カッとなっても一度堪(こら)えなさいというのは、とても難しいことだと思うよ。でもそれでも……スウワンには今はまだ理解出来なくても、ダメなことなのだと叱られたと、それだけでも感じてくれればいいと思っている。スウワンが乱暴な子で、ファーレンに手を上げるような喧嘩ならば、私も喧嘩はダメだと叱るよ。でもスウワンはとても優しくて聡い子だ。そなたに似て」

ルイワンはそう言いながら、龍聖の髪をひと房手に取り口づけた。

「気性が激しくて、すぐにカッとなってしまう怒りっぽいところがあるのに、一度も乱暴な振る舞いをしたことがない。どんなに怒っても、ファーレンが謝ればすぐに許す。だからこそ、兄弟喧嘩をすることで、自分で怒りを抑制出来るようになるのではないかと思うし、それで成長してくれればいいと思っている。スウワンの性格を考えれば、むやみに喧嘩することを禁止するよりも良いと思ったんだ」

「ファーレンが大声で泣くのは良くて、スウワンが大きな声を上げるのはダメだということに意味があるのですか？」

「そうだよ。正確には、スウワンが感情を爆発させて大きな声を上げるのがダメなんだ。竜王は感情を抑えられなければならない。そうしないと私のように過ちを犯してしまうことになる」

ルイワンは苦笑して視線を落とした。遠い昔の悲劇を思い出す。

かつてまだ人間の国との外交のやり方が分からなかった頃、予告もなくダーロン王国に赴き、突然現れた竜の群れを恐れたダーロンの兵士達に威嚇されて、ルイワンは思わずカッと怒りの感情をあらわにしてしまった。その感情に呼応したジンレイが咆哮を上げ、それに驚いたダーロンの兵士達が矢を射ってしまい、怒った若きシーフォンが、攻撃を仕掛けてしまったのだ。

人間を殺めてしまったと同時に、若きシーフォンも天罰を受けて無残な死を遂げた。

何度思い返しても、悔やんでも悔やみきれない。

すべては感情を抑えきれなかった自分の未熟さが起こした悲劇だと、そう後悔し続けている。

「本当はなぜ感情に任せてはならないのか……竜王の力とはどういうものなのか……私の過ちも合わせて教え聞かせる方が、ずっと分かりやすいのではないかと思うのだけど……それこそダーロンの悲劇の話など、あんな小さな子に聞かせられる話ではないからね」

自嘲気味に笑うルイワンに、龍聖は体を寄せてルイワンの手を握った。

「私もルイワンも、親としてまだまだ未熟で、どうやって褒めて、どうやって叱ればいいのか、いつも手探りです。子供達と一緒に、私達もゆっくり成長していけばいいのです」

「そうだね」

ルイワンは龍聖の手を握り返して、空いている手で龍聖の体を抱き寄せた。


数日経ったある日、朝食が終わったところで、ルイワンが息子二人をみつめながらニッコリと笑った。

「二人ともあれから喧嘩をしていないようだね？」

問われてスウワンとファーレンが顔を見合わせた。

「はい、喧嘩はしていません」

「してません！」

二人ははっきりと答えた。その答えにルイワンは満足した様子で頷いた。

「ならばいい子にしていたご褒美をあげよう」

「ご褒美!?」

二人はその言葉に色めき立った。

「ご褒美とは、何を頂けるのですか？」

「なに？　なんですかぁ？」

「まあ待ちなさい……あげると言っても、物をあげるのではない。良い所に連れていってあげよう。普段は滅多に入れる場所ではないが、今日だけ特別だ」

ルイワンが微笑みながらそう言うと、二人は期待に目を輝かせた。

「リューセー、君も一緒に行くかい？」

「どちらに行くのですか？」

「北の塔だよ」

「北の塔……」

龍聖は少し考え込んだ。城には三つの塔がある。中央の一番大きな塔は、竜王ジンレイの棲家(すみか)となっている。城の左右に位置する南の塔（左）は、確か他のシーフォン達が竜に乗り降りするための発着場だ。その反対側の北の塔（右）が何だったか思い出そうとしていた。

「そこは確か……」

龍聖が思い出したような顔で呟いたので、ルイワンはニッコリと笑ってみせた。

スウワンはルイワンに抱かれ、ファーレンは龍聖に抱かれ、家族四人で北の塔へと向かった。子供達は初めて行く場所に、興奮気味にずっと辺りをきょろきょろと忙しく見回していた。

螺旋(らせん)階段をゆっくりと上がり、最上階まで登りきると、広い大きな部屋に辿(たど)り着いた。その部屋の風景に、子供達が「わあ！」と歓喜の声を上げる。

広い部屋に、小さな竜が何匹もいたからだ。

「お父様！　ここは何のお部屋なのですか？」

「仔竜を育成する部屋だよ……つまり赤子の竜を集めてここで育てているんだ。まあ育てていると言っても、たまにジンシェを与えるくらいで、特に何をするわけでもないが……」

ルイワンはスウワンを下に降ろしながら説明をした。

「触っても良いですか？」

スウワンが頬を上気させながら興奮気味に尋ねたので、ルイワンは少しばかり考えた。

「スウワン、その前に少し私の話を聞きなさい。ファーレンもこちらにおいで」

ルイワンはその場にしゃがみ込むと、スウワンとファーレンの顔を交互にみつめた。

「いいかい？　ここにいる仔竜達は、我らが同朋だ。私の言っている意味は分かるかい？」

真面目(まじめ)な顔で話を始めたルイワンに、スウワンは少し緊張した面持(おもも)ちで聞きながら頷いた。

「竜は我々シーフォンの半身です」

「そうだ。窓辺に遊びに来る小鳥とは違う。この仔竜一頭一頭には、お前達のような人の体の半身がいるのだ。だから仔竜を触ってもいいけれど、失礼のないようにな。スウワンはファーレンを触る時に、腕を抓(つね)ったり、髪を引っ張ったりなんてしないだろう？　どんな風に触る？」

聞かれてスウワンは少しばかり考えた。

「手を握ったり……頭を撫でたりします」

スウワンの答えに、ルイワンは嬉しそうに頷いた。

「そうだよ。だから仔竜を触る時も、そんな気持ちで触りなさい。決して翼を引っ張ったり、尻尾を引っ張ったりしてはいけないよ？」

「はい、分かりました」

スウワンはしっかりと頷いた。

「そなたが大人になった時に、そなたと共に飛んでくれる竜達だ。大切にするのだぞ」

「はい」

「ファーレンはまだ小さいから、よく分かっていないかもしれない。もしも間違った触り方をしたら、そなたが優しく間違いを正してあげなさい」

「はい」

スウワンは頷くと、ファーレンを連れて、近くにいる仔竜の下へと駆けていった。

ルイワンはそれを見送りながら立ち上がると、龍聖の隣に立って、そっと腰を抱いた。

「どうだい？　初めて見るだろう？」

「はい……あれはなんですか？」

龍聖が、床に何ヵ所か置かれた物を指さして尋ねた。丸い台座の上に水晶のような大きな光る玉が置かれていた。

「あれは竜の玉だよ。そなたも我らの歴史で学んだかもしれぬが、本来我らは竜として生まれていた頃、親の玉から出る魔力を乳のように得て育っていたんだ。だが人の身になって、子は女が産むから、人の体の方は、母が乳を飲ませて育てる。だが竜の身の方は、乳を飲ませるわけにもいかず……おそらく半身であるから、人の身の方が摂取する栄養だけで育つのだろうけれど……何分小さき赤子であるし、負担を少しでも減らすために、まだ魔力を残している死んだ竜の玉を、こうして仔竜の側に置いてやっているんだ」

ルイワンの話を聞きながら、龍聖は納得したように何度も頷いた。

「でも仔竜を集めて育てる部屋を作るなんて、よくお考えになりましたね」

「北の城にいた頃は、それぞれの家族が自分達の部屋で、生まれた子供と共に仔竜を育てていたのだけれど、竜はある程度大きくなってしまうと部屋で育てるには手に余るし、かと言って外に出すのも危ういしで、皆が困っていた……。部屋に住まわせられなくなったら、広間に住まわせて、それよりもさらに大きくなったら、外に出してウョンが監視したりしてと、父上もかなり苦心されていらしたんだ。北の城は手狭だったからね」

懐かしむように語るルイワンをみつめながら、龍聖は何度も頷いて聞いている。

「火竜の仔などは、そのうち火を吐き出すんだ。いたずらに、ちょっと吐き出した火が、シーツに燃え移って、ぼや騒ぎになることもあった」

ルイワンの話を聞いて、龍聖は驚きながらもクスクスと笑った。

「ここは広く造ったけれど、今の仔竜の数では少し広すぎるようだね……だけどいつかここも手狭だと困ってしまうくらいに、たくさん生まれれば良いなと思うよ」

部屋を見渡すと様々な大きさの仔竜がいた。鶏ほどの小さなものから、仔牛ほどの大きさのものまで、それぞれが鳴いたり、小さな羽を羽ばたかせたり、自由に動きまわっている。二十頭にも満たないため、広々とした部屋が少し寂しく感じられた。

スウワンと共に、仔竜を撫でたりしていたファーレンだったが、ふいに誰かに名前を呼ばれた気がした。子供の声だと思ったが、辺りを見回しても、自分達以外に子供の姿はない。気のせいかと思い、再び目の前の仔竜を触ろうとした。すると後ろから服の裾をくいくいと引っ張られた。

振り返ると小さな仔竜が、ファーレンを見上げていた。

『ファーレン、ファーレン、僕だよ』

仔竜は小さな羽をパタパタと動かしながら、チィチィと鳴いているが、ファーレンには、それが何と言っているのか、心の声が聞こえるようで、不思議と分かった。

「お父様～！」

子供達が呼ぶ声に、ルイワン達が視線を向けると、ファーレンが胸に小さな仔竜を抱えてこちらを見ていた。子犬ほどの小さな仔竜ではあるが、ファーレンも小さいので、重そうに見える。

「この子は僕の竜ですか？」

ファーレンが期待に満ちた顔で尋ねたので、ルイワンは笑いながら頷いてみせた。

「そうだよ。それはファーレンの半身だ。よく分かったね」

「この子が僕の所に来て話しかけてきたんです」

「そうか」

ルイワンと龍聖は二人の下へと歩み寄った。

「そのうち名前を付けてやらねばならないな」

「はい」

ファーレンは嬉しそうに笑って頷いた。

「お父様、私の竜はどこにいるのですか？」

「スウワン、そなたの竜はジンレイが預かっていると以前に話しただろう？　ここにはいないよ」

「私も、私の竜に会いたいです！」

「それは出来ない」

ルイワンはその場にしゃがみ込むと、スウワンの顔を真っ直ぐにみつめながら、静かに語った。

「そなたの竜は竜王となる竜だ。特別な竜なのだ。そなたが王に即位する時まで会うことは出来ぬと、以前にも話したはずだ。まだそなたは幼いから、理解するのは難しいかもしれぬが、分かるまで何度でも話そう。こればかりは、どんなに駄々をこねても出来ぬことなのだよ」

スウワンは眉間にしわを寄せて、とても不満そうな表情をして、視線を床に落とした。

「スウワン、どんなに怒っても、拗ねても、これだけは出来ぬことだ。諦めなさい。その代わりそなたには、すべての竜と話が出来るという能力があるではないか。ファーレンにも、他のシーフォンにも出来ないことだ。私とそなた……竜王だけが持つ力だ。竜と仲良くなりたければ、いつでもたくさんの竜と話せるのだ。良いとは思わないか？」

ルイワンが宥めたが、スウワンの眉間のしわが取れることはなかった。ぶるぶると激しく首を振ると、顔を上げてルイワンを強い眼差しでみつめた。

「他の竜より、私は自分の竜に会いたいのです！」

「それは出来ぬ相談だ」

むきになって言うスウワンに、ルイワンは静かな口調で諫めるように言った。するとスウワンが、カアッと瞬時に耳まで赤くなり、小さく肩を震わせたので、ルイワンはスウワンの両手をギュッと握りしめた。

「スウワン！　父との約束は？」

ルイワンが強い口調で言ったので、スウワンは我に返り、慌てて大きく深呼吸をした。すると力が抜けて、怒りが少しばかり治まったようだ。

ルイワンはスウワンの頭を優しく撫でた。

「いい子だ。スウワン、そなたの気持ちは分かる。自分の半身に会いたいだろう。だがこればかりは本当に出来ないことなのだ。私もかつてそうだった。竜王として生まれたからには、これればかりは我慢するしかないのだ。分かっておくれ」

ルイワンに諭されて、スウワンは少し上気した顔で、しばらく膨れていたが、やがて小さく「はい」と言って頷いた。

「ありがとう、スウワン」

ルイワンは微笑むと、スウワンを抱き上げた。

「もう部屋に戻ろう」

「はい」

龍聖は頷くと、ファーレンが抱いている仔竜を下に降ろさせて、ファーレンを抱き上げた。

「私が悪いのだ。二人をあそこに連れていくのは少し早かったようだ。ファーレンが半身を見つければ、スウワンも自分の半身に会いたくなるのは当然だ。私もそうだった。私の場合は、父や母に駄々をこねることが出来なくて、ウォヨンに駄々をこねたら、ウォヨンから叱られてしまってね。泣きながら謝ったことを覚えているよ」

ルイワンが苦笑して頭をかきながら言うと、龍聖が少しばかり驚いたように目を見開いた。

「ウォヨンとは、ホンロンワン様の竜のことですよね？　そのウォヨンに叱られたのですか？」

「ああ、そうだよ。ウォヨンは父の半身なのだから、叱られて当然なのだが、なぜだか私は父よりもウォヨンの方が許してくれそうに思っていたんだ。スウワンよりも私の方が、よっぽど姑息だったかもしれない。だからこそスウワンの気持ちがよく分かるから、私も辛いよ。でもまだ小さなあの子に本当のことは言えないからね」

「本当のこと？　スウワンの半身は……スウワンが卵から孵った時に胸に抱いていた金の卵ですよね？　貴方がジンレイに預けたと言っていた」

「そうだよ。あの卵はまだ孵っていないんだ。スウワンが竜王を継承した時に、卵が孵る」

「ではそう言えばよろしいのではないですか？　卵が孵っていないのならば、さすがに諦めるでしょう？」

「だがその卵を見せてと言われたら、見せられないから困るんだ」

「見せられない？」

「卵はジンレイの腹の中にある」

その答えに、龍聖はとても驚いて声を上げそうになったので、慌てて手で口を押さえた。

「まあそういうことだから……スウワンはしばらく不機嫌だろうけど、放っておいていいよ。あの子は聡い子だから、そのうち分かってくれるだろう……では仕事をしてくるよ」

ルイワンは龍聖に軽く口づけると、部屋を出ていった。

龍聖はルイワンを見送ると、振り返って子供達を探した。二人は窓辺に座り、木彫りの人形で遊んでいるようだったので、少しばかり安堵した。

部屋の脇に置かれたチェストを開けると、中に畳んで仕舞っていた縫いかけの衣服を取り出し、中央のテーブルに裁縫道具と一緒に運ぶと、二人の様子を時々見守りながら、衣服を縫いはじめた。


ファーレンは、側でぼんやりと無言で座っているスウワンを、気遣うようにチラチラと見ながら、木彫りの馬や竜を並べて遊んでいた。

いつもならば、スウワンも一緒に遊んでくれるのだが、ファーレンがおもちゃを運んできても、まったく反応がない。母が作ってくれた大きな毬を蹴っても、知らぬふりをされる。

ただ無言で側に座っているだけだ。

先ほどみんなで行った仔竜のいた部屋から戻ってきてから、ずっとスウワンが不機嫌なのは分かっている。

ファーレンは、自分と喧嘩をした後ならば、兄の機嫌が悪くても遊んでくれていたのに、今回は父に叱られて機嫌が悪いようなので、どう接すれば良いのか分からずに、少し戸惑っていた。

それに兄が叱られた原因のひとつが、自分のせいでもあるのではないかという気持ちになっていた。

「兄様……遊んでください」

恐る恐る声をかけたが、スウワンは無反応だった。近づいて顔を覗き込むと、じろりと睨まれて、ぷいとそっぽを向かれてしまった。

「兄様……あの……また今度、竜の赤ちゃんを見に行きましょうね？」

「行かない」

ようやく答えてくれたと思ったら、突き放すように否定されたので、ファーレンはとても慌てた。

「ど、どうして？　兄様の竜がいないから？」

ファーレンの何気ない言葉は、図星だったようで、キッと怒りを込めてスウワンに睨まれて、ファーレンは真っ赤になって身を竦めた。

「僕のっ……僕の竜と遊んでいいから……」

「いいよ、お前の竜はいらない」

スウワンは怒りを堪えながらぷいっとまたそっぽを向いた。

「ねえ、僕の竜……兄様の好きにしていいから……だから……」

「いいっていいってるだろう！」

スウワンは、ファーレンから逃れるように立ち上がった。

「じゃあ、じゃあ、兄様の竜を探しに行こう！　ねえ兄様」

ファーレンも立ち上がって、スウワンの手を握ったが、スウワンはその手を振りほどいた。

「うるさいなぁ……一人で遊べばいいだろう」

スウワンはファーレンに背を向けて、独り言のように呟いた。イライラが治まらない。父の言葉を思い出して、何度も深呼吸をするが、どうにも治まらない。それはいつもの喧嘩の時とは、違う心情だった。

　自分の竜に会えない悔しさ、ファーレンの竜への妬ましさ、今、このひと時に感じる突発的な怒りなどの感情ではない。ずっとルイワンに叱られた時から、治まりきれていない沸々とした怒りだった。だからファーレンはこの怒りとは関係ないことも分かっているのに、その態度や言葉に、さらに怒りが増してしまう。どんなに深呼吸をしても治まらないのだ。

　ファーレンには、そんな兄の思いなどは、まったく分かるはずもなかった。いつもと違う態度に、不安になってしまう。その不安は「嫌われてしまう」という不安だった。

　分からないままに、必死に兄の機嫌を取ろうとしていた。

「ねえ、兄様……僕のこと怒ってる？　僕の竜のこと怒ってるの？」

　ぎゅっと手を握られて、ファーレンが半泣きでそう言った時、スウワンは怒りと共に言い知れぬ羞恥心まで湧き上がり、感情が一気に爆発してしまった。

「うるさぁいっっ!!」

　スウワンが叫ぶのと同時に、側の窓がビリビリと音を立てて震え、空気が唸りを上げたような気がした。

　ドサッと何かが床に落ちる音がして、思わず目を見開くと、目の前でファーレンが、後ろに弾き飛ばされるようにして転がり、そのまま床に倒れて動かなくなった。

　スウワンはとても驚いて、怒りも何もかも忘れてしまった。

「ファーレン!?」

　名を呼びながら肩を揺すったが、何も反応はなかった。目を閉じている。

「お母様！　ファーレンが！」

スウワンが慌てた様子で、母のいる方を振り返ると、テーブルの上に母が突っ伏している。

「お母様!?」

スウワンは飛び上がるほど驚いて立ち上がると、母の下に駆け寄った。すると母の近くの床に、侍女が一人倒れている。

スウワンはいったい何が起こったのか分からずに、恐怖で足が竦んでしまい、その場で震えはじめた。

「んっんんっ……」

龍聖は意識を取り戻して、額を押さえながら顔を上げた。一瞬何が起こったのか分からなかった。

子供達が何か揉めはじめたと思った次の瞬間、何かに殴られたような大きな衝撃を感じて気を失ってしまったのだ。

「スウワン……ファーレン……」

子供達のことを思い出して、まだ眩暈を感じながらも辺りを見回した。するとすぐ近くにスウワンが立っていた。真っ青な顔をして、両目に涙をいっぱいに溜めてこちらをみつめている。

「スウワン、大丈夫ですか？　体はなんともありませんか？」

龍聖は、ハッとして立ち上がると、スウワンに駆け寄り、その体を抱きしめた。

「お母様、お母様……大丈夫？　お母様倒れたの？」

「私は大丈夫ですよ？　スウワン、本当にどこも何ともありませんか？」

「ファーレンが……ファーレンが……」

「え？」

涙ながらに言われて、龍聖が先ほどまで子供達のいた窓辺へと視線を向けると、床に倒れているファーレンの姿が目に入った。

「ファーレン！」

龍聖はスウワンから離れると、ファーレンの下へと駆け寄った。ファーレンの体を抱き上げる。

「ファーレン！　ファーレン！」

頬を軽く叩いて何度も名前を呼ぶが、ファーレンはぴくりとも動かなかった。

「ファーレン！　目を覚まして！　ファーレン！」

龍聖は必死になってファーレンに呼びかけた。スウワンはその様子を震えながらみつめていた。

その時勢いよく扉が開いてルイワンが駆け込んできた。

「何があった!?」

「ルイワン！　ファーレンが……ファーレンが目を開けないのです！」

龍聖が泣きながら立ち上がり、ファーレンを抱いたままルイワンに縋るように叫んだ。ルイワンは龍聖の下へ駆け寄ると、ファーレンを受け取り、その小さな額に自分の額を押し当てて目を閉じた。

「大丈夫だ。気を失っているだけだ。すぐに目を覚ますだろう」

ルイワンは、ほっと息を吐きながら、ファーレンを龍聖へと返した。龍聖は安堵した様子でファーレンを抱きしめる。

ルイワンはくるりと振り返った。泣きながら震えて立っているスウワンがいた。ルイワンはゆっくりと歩いてスウワンの横を通り過ぎると、その先の床に倒れている侍女の様子を見た。

額と首元に手を当てた。その後軽く肩を揺さぶると、侍女の意識が戻った。

「大丈夫か？」

優しく声をかけると、侍女は何が起きたのか分からない様子でしばらくぼんやりしていたが、ルイワンに助け起こされて、恥ずかしそうに何度も謝った。

「控えの部屋に戻ってしばらく休んでいなさい」

ルイワンはそう言って侍女を下がらせた。

ルイワンはしばらくその場に膝（ひざ）をついて、項垂（うなだ）れながら大きく息を吐いた。そしてゆっくりと立ち上がると、スウワンの下へと歩み寄った。

スウワンの前に膝をついて座ると、険しい表情で真っ直ぐにスウワンをみつめた。両手でスウワンの肩を摑（つか）む。

「スウワン！　自分が何をしたのか分かっているのか？」

それはとても厳しい口調だった。今までルイワンから叱られたことはあったが、こんなに厳しい顔と声で叱られたことはない。

スウワンは涙に震えながら首を振った。

「いいや、分かっているはずだ！　スウワン！　見なさい！　お母様もファーレンも侍女も、お前が傷つけたのだぞ！」

ルイワンはスウワンの肩を摑んだまま、龍聖達の方へ顔を向けさせた。龍聖に抱かれたファーレンは、まだ気を失ったままだ。

「ルイワン……」

龍聖が止めようとしたが、ルイワンはそれを無視して、厳しい表情のままでスウワンをみつめている。

「スウワン、私は怒りのままに大きな声を出したりしてはいけないと、何度も言ったはずだ。カッとなっても我慢しなさいと……お前には特別な力があるからと言ったはずだ。スウワン、見なさい、これがその力だ。竜王の力だ」

ルイワンに言われて、スウワンは一度龍聖達を見てから、ぽろぽろと涙を零して、激しく首を振りはじめた。

「スウワン！」

パチンッと音を立てて、ルイワンがスウワンの頬を叩いた。それほど強くは叩いていないのだが、スウワンは初めて父に叩かれて、とても驚いて泣くのも忘れて、目を大きく見開いて父をみつめた。

ルイワンは少しも表情を変えなかった。まだ厳しい表情のままだ。

「痛いか？　でも母もファーレンも侍女も、もっと痛かったのだぞ？　気を失うほどに……。スウワン、よくお聞き、お前は特別なのだ。ファーレンとも違う。同じ兄弟であっても、お前は違うのだ。シーフォンと竜王は別の生き物だと思いなさい。小さな子供だろうと、お前は竜王なのだよ。カッとなっても、絶対にそのまま怒りをぶつけてはダメだ。どんなに相手の方が悪くてもだ。お前は、お前が望まなくても、とても強い力を持っている。ファーレンよりも、他のシーフォンよりも……大人よりもだ。もう二度と、こんなことをしてはならない。絶対に！　分かったね!?」

スウワンは大きく目を見開いたまま、ショックを受けたように固まっている。

「スウワン！　分かったね!?」

ルイワンがもう一度強く尋ねた。

「はい……もう二度と……しません……」

スウワンはしゃくり上げながら答えた。だが自分をみつめる父の視線の強さに、それでは許されていないのだと感じて、ぎゅっと両手の拳を握りしめた。

「絶対っ！　もう絶対にしません！」

スウワンが涙を堪えて、はっきりとそう言うと、ようやくルイワンの表情が緩んだ。

「スウワン、叩いてすまない」

ルイワンはそう言って、スウワンを抱きしめた。スウワンはルイワンの首に両手を回して抱きつくと、わあっ！　と声を上げて泣きはじめた。その背中をルイワンは優しく何度も撫でてやった。


「あんな小さな子供に、怒らず我慢しろと厳しく言いつけるなど惨いことだと思うよね。だが竜王の力は自身で制御するしかないのだ。かわいそうだが仕方ない。スウワンの性格的なものもあるかもしれないけれど……」

ルイワンはソファに座り、窓辺で一人、木彫りの竜を手に持って、気落ちしたようにみつめているスウワンを見守りながらそう言った。

龍聖は向かいに座り、その膝にファーレンを抱きながら聞いている。ファーレンの顔には血色が戻り、穏やかな寝息を立てている。今はただ眠っているだけの様子で、龍聖もようやく安心したようだ。

「私が甘やかしすぎているのでしょうか？　もう少し厳しくした方が良いのではないかと、最近は思っていたのですが……あ、別に叱るとかそういうことではなく……剣術を教えるなど……鍛錬すれば体も心も鍛えられますから……ただまだ少し早いかな？　と思って、先に学問を教えはじめたところだったのです」

龍聖の言葉を聞いて、ルイワンは微笑みながら少し考えた。何かを思い出しているようだ。

「そなたと比べてどうなのかは分からないけど……私の母はとても厳しかったように思うよ。もちろんとても優しくて、そなたが子供達と接している様子を見ていると、よく母を思い出すくらいだけど……私が子供の立場だからなのかな？　怒ると怖かったって思うし……剣術の稽古も容赦なかったな……毎日素振りを二百回させられていて、手に豆が出来てとても痛くて、棒を持てなくなったりしていたなぁ」

ルイワンはクスクスと笑った。

「その話は、ガンシャン様から聞いたことがあります」

龍聖も懐かしそうに微笑みながら頷いた。

「ルイワンも、小さな頃から我慢しなさいと言い聞かされていたのですか？」

「そうだね……父から同じようなことを言い聞かされたことはあるよ。ただ私の場合は、良いのか悪いのか、カッとなって怒ることなど、子供の頃は一度もなかったから、そんなに何度も言い聞かされたという覚えがないんだ」

ルイワンが苦笑しながら言ったので、龍聖もつられてクスクスと笑った。

「喧嘩をしたことがないのですか？」

「ああ、喧嘩をする相手がいなかったんだよ」

「カイシン達のように、割と貴方と年の近い子供達がいたのではないのですか？」

龍聖が不思議そうに尋ねると、ルイワンはまた苦笑してから、ひとつ溜息(ためいき)をついた。

「リューセー、スウワン達を他の子供達と遊ばせないのはなぜだと思う？」

急に質問されて、龍聖は首を傾げた。

「それは……二人が王子だからではないのですか？」

「そうなんだけど……リューセーは、その意味を身分的なこととして考えているんだよね？」

「そう……ですが……違うのですか？」

龍聖は思いもよらない言葉に、少し困惑してしまった。今まであまり深く考えたことがなかった。龍聖にとっては、高貴な立場の者の交友関係など分からない。自分の世界で、帝(みかど)や将軍の御子が、誰を相手に遊ぶのかなど知らない。

スウワン達の遊び相手にと、誰も訪ねてこないのならば、やはり二人が王子だからなのだろうと思うくらいだった。

「遊べないんだよ。他の子達とは」

「遊べない？」

「スウワン達の持つ力が強いから、同じ年頃のシーフォンの子達は、得体の知れない力に畏怖(いふ)を感じて、近づいただけで泣いてしまうだろう。別に本当に怖いとかではないんだ。小さな子供だから、分からないものに怯(おび)えるだろう？　スウワン達がもう少し大きくなって、自分で力を制御出来るようになれば、そういうことはなくなるのだけどね」

「ファーレンもですか？」

「そう、スウワンは竜王だから力は段違いなんだけど、ファーレンだって私の子だからね。他のシーフォンよりもずっと力は強いよ。だからこそ、ファーレンはスウワンと喧嘩が出来るんだ」

ルイワンが嬉しそうな顔で、眠っているファーレンをみつめながら言ったので、龍聖はようやく納得したという顔で頷いた。

いつもルイワンが、ふたりの子供達が仲よく遊んだり、喧嘩をしたりするのを、羨ましいと言っていた意味がようやく分かった。

「だけど今回のことは……スウワンにとっても、ファーレンにとっても、心の傷にならなければいいけれど……」

ルイワンはそう言って深い溜息をついた。

「スウワンは……いつかこうなるのではないかという懸念があったから、それを防げなかったのは、私にも落ち度はあるが……結果として、きっともうこれで本当に、カッと怒ることをしなくなると思うけれど……心配なのは、二人の関係かな……このことで、ファーレンが、スウワンを恐れるようにならなければいいけれどと思うよ」

ルイワンの言葉を受けて、龍聖も心配そうに眉根を寄せて、膝の上のファーレンをみつめた。

「んっ……んん～～ふわぁ」

するとファーレンが目を覚ました。大きなあくびをひとつして、両手で目を擦(こす)っている。

「ファーレン！　起きたのですか？　ファーレン？　どこか痛いところはありますか？」

龍聖が抱き起こして尋ねると、ファーレンは、きょとんとした顔で龍聖をみつめ返した。

「お母様どうしたの？」

他人事のように言うファーレンに、龍聖とルイワンは思わず気が抜けて笑いだした。

その声にスウワンがびくりと反応して慌てて振り返ったが、目を覚ましたファーレンの様子を遠巻きに眺めると、ほっと息を吐いて、また窓の外を眺めた。

ファーレンは、なぜ両親が笑いながら、自分の頭を何度も撫でたり抱きしめたりするのか分からなかった。だがすぐに何かを思い出した。

「あ！　兄様は？」

「スウワンは、あっちにいるよ」

ルイワンが窓辺を指すと、ファーレンはスウワンをみつけて嬉しそうな表情に変わった。

「スウワンの所に行くかい？」

ルイワンが尋ねると、ファーレンはコクリと頷く。龍聖が下に降ろすと、元気にスウワンの下へと駆けていった。

「心配は無用のようだね」

ルイワンはそう言って、龍聖と顔を見合わせて微笑んだ。

「兄様！」

ファーレンが元気に駆けてきたので、スウワンはとても驚いた。ファーレンは、スウワンの目の前に立つと、少し様子を窺うように顔を覗き込んだ。

「兄様……もう怒ってない？」

「怒ってないよ」

「良かった！」

ファーレンが満面の笑みで言うと、スウワンは困ったように顔を背けた。

「それより……怖くないの？」

「なにが？」

「私が怒って……ファーレンがバンッて倒れて痛かったでしょ？　私のこと……怖いでしょ？」

スウワンが俯いたまま言うと、ファーレンはよく分からないという顔で聞いていた。

「兄様が怒ったら怖いけど……でも怒ってないんでしょ？　じゃあ怖くないよ！」

ファーレンは明るい声でそう言って、えへへと笑った。スウワンは顔を上げてファーレンを見ると、困ったように眉根を寄せた。

「そうじゃなくて……さっきの怖くないの？」

「さっきの？」

ファーレンは首を傾げた。

「びっくりしたけど……よく分かんないし……兄様が怒っていないなら別に良いよ。それよりも僕と遊んでくれる？　それともやっぱり僕のこと嫌いになっちゃった？」

ファーレンが、少し悲しそうな顔をして言うと、スウワンは大きく首を振った。

「嫌いになんかならないよ！」

「良かったぁ！　兄様大好き！」

ファーレンがそう言ってスウワンに抱きついたので、スウワンはとても驚いたが、それと同時に涙が溢(あふ)れて止まらなくなった。

「ファーレン……ごめんね、ごめんね」

「兄様！　どうしたの？　どこか痛いの？」

スウワンの涙に驚いて、ファーレンが一生懸命慰めようとしていた。

「ファーレン、兄様もそなたのことが好きだってことだよ」

ルイワンが二人の下へやってきて、ファーレンに優しく言った。

「本当!?」

ファーレンは瞳を輝かせて、頬を上気させて、嬉しそうな声を上げた。ルイワンはふたりの頭をわしゃわしゃと撫でる。

「さあ、二人とも立って！　父が特別に二人をジンレイに乗せてあげよう」

ルイワンの言葉に、ファーレンが飛び上がって喜び、スウワンも涙を拭きながら笑顔に戻った。

「そなたも乗るかい？」

ルイワンが龍聖に尋ねると、龍聖は微笑みながら首を振った。

「私はテラスから眺めていますす。二人とも私に手を振ってくださいね」


「お母様〰〰〰！」

スウワンとファーレンは、空の上から大きな声で母を呼び、元気に両手を振った。テラスに立つ龍聖が、それに応えて手を振り返す。

ジンレイは三人を乗せて、ゆっくりとエルマーンの上空を何度も旋回してくれた。

「スウワン、ファーレン、よく見なさい。これがエルマーン王国だ。周囲を険しい岩山に囲まれているから、外からは簡単に中に入れない。中は緑豊かで、畑もあり、アルピン達が安心して暮らしている。あれが昔のお城だ……そしてこの岩山の外は、全部外の世界だよ。たくさんの人間達の住む国がある」

ルイワンは上空から、地上を指さしてひとつひとつ教えていった。子供達は瞳を輝かせながら、それらを眺めている。

「スウワンは、いずれ私の跡を継いで竜王となり、この国を治めるんだ。そしてファーレンは、兄を支えて助けていくのだよ。二人で力を合わせれば、この国はもっともっと豊かで立派な国になるだろう。喧嘩をしてもいいけれど、二人ともいつまでも仲良くするんだよ」

「喧嘩はしませ〜ん！」

ファーレンが大きな声を上げて答えた。

「本当かい？　もう絶対にしない？」

ルイワンが微笑みながら尋ねると、ファーレンはスウワンを見て、照れたように笑った。

「ちょっとするかもしれない」

ファーレンがそう言うと、スウワンが困ったように苦笑した。

するとジンレイが、長い首を曲げて後ろを振り返ると、グルルルッと喉を鳴らしたので、スウワンはビクリと体を震わせて、顔を真っ赤にした。

「喧嘩はするよ！　喧嘩はするけど、すぐ仲直りするし、もう絶対大声で怒鳴ったりしないから！　嘘じゃないよ！　本当だから！」

スウワンが一生懸命に、ジンレイに向かって言ったので、ルイワンはクスクスと笑い、ジンレイも目を細めてググッと喉を鳴らした。

ジンレイが『嘘つきは背に乗せないと言ったはずだが、ここから落としてやろうか？』とわざと脅したからだ。

答えたスウワンの頭を、ルイワンは優しく撫でた。

「ああ、喧嘩をしてもいいんだよ。かならず仲直りして、二人がいつまでも兄弟仲良くいてくれるならばそれでいいんだ。きっといつか、お互いがいてくれて良かったと思う時が来るから」

ルイワンはファーレンの頭も撫でてそう言った。

「僕はいつも兄様がいてくれて良かったって思っているよ！」

ファーレンが、少し鼻を膨らませながら、自慢げに言ったので、ルイワンは声に出して笑いながら頷いた。

「そうだね、でももっと……いつかもっと、本当に良かったと思う日が来るから……いつまでも仲良しでいるのだよ」

ルイワンに言われて、スウワンとファーレンは顔を見合わせた。

「そなたたちは、互いにないものを補っている。成長したら、それも変わるかもしれないけれど、きっと互いに補いながら成長するだろう。私はそれをとても楽しみにしているんだ」

ルイワンの言葉に、二人が首を傾げたので、ルイワンは笑った。

「ちょっと難しかったかな……父も私も一人だった。でもスウワン、そなたはファーレンと二人だ。問題が起きた時、同朋や民達を惑わせることなく、犠牲にすることもなく、二人ならばきっと、解決の道を探れることもあるだろう……。スウワン、ファーレン、二人で力を合わせて、良い国を造りなさい」

「はい！」

二人は元気よく返事をした。

するとジンレイが、オオオオォォォォッと高らかに咆哮を上げた。

「え？　もっと速く飛んでくれるの？」

ジンレイの咆哮を聞いて、スウワンが嬉しそうに言った。

「もっともっと！」

ファーレンが笑いながらぴょんぴょんと飛び上がって喜ぶ。するとジンレイが、ぶわりと大きく羽ばたいて、高度を上げると、少し急降下の素振りをしてみせた。

子供達は、きゃあきゃあと歓声を上げて喜んでいる。

「こら、ジンレイ！　調子に乗るな！」

ルイワンが笑いながら、ジンレイを咎めると、再びオオオオォォッと高らかに咆哮を上げた。

美しいエルマーンの空に、竜王の勇ましい咆哮と、子供達の笑い声が響き渡るのを、テラスから龍聖が嬉しそうにみつめていた。

同じように、城の中の人々も、城下町の人々も、皆が嬉しそうに空を見上げている。

それは平和の証（あかし）のように見えていた。

落照の勇

エルマーン王国は、今、建国以来最大の危機に遭遇していた。

迫りくるベラグレナの進軍に、竜王ルイワンが「国民総避難」を決断し、その準備で国内は騒然としていた。王城内を、たくさんの人々が慌ただしく走り回り、シーフォンだけではなく城で働くアルピン達も、緊迫した面持ちで、命じられた役目に追われていた。

そんな喧騒の中、一人の男が廊下を歩いていた。がっしりとした逞しい体躯は、年寄りとは思えぬほどで、その大きな体で颯爽と歩いている。

一つの扉の前で足を止めると、ノックをして返事を待った。

少しの間の後、扉が開き侍女が顔を出した。

「ウーダン殿はおられるかな？　ガンシャンが参ったと伝えてくれ」

侍女は一礼して、一度扉を閉めると、そう待つこともなくすぐに扉が開き、中へと通された。

「ガンシャン殿……いかがなされた？」

部屋の中央で、白髪の年老いたシーフォンが、深くしわの刻まれた顔を綻ばせて、来訪したガンシャンを出迎えた。二人は握手を交わすと、部屋の主のウーダンが、ガンシャンに椅子を勧めた。

二人が向かい合って座ると、侍女がお茶の用意をした。

「何も準備をなさっておられないのだな？」

ガンシャンが部屋の中を見回しながらそう言うと、ウーダンは笑いながら頷いた。

「わしらは特に、大事に持っていくものなどありませんからな……身ひとつで行くだけだよ。そういうおぬしも、ここで油を売っているということは、何もすることがないのだろう？」

ウーダンに言われて、ガンシャンも笑いながら、豊かな白い顎髭を擦った。

「息子達が慌てて荷造りなどを始めたんで、余計なものを持っていかずとも、身ひとつあればいいだろうと、わしが言ったら、邪魔扱いされてしまってな……まったく……」

「わしらは何もないところから始めたからな」

「そうだ。服も家具も、すべて人間達から拝借したものばかりだったが、別に不自由には感じなかったな」

二人は笑いながら、昔話に花を咲かせた。

そこへ侍女がやってきて、ウーダンに耳打ちをした。

「お通ししてくれ」

ウーダンが侍女にそう告げると、ガンシャンに視線を移してニヤリと笑った。

「ハイソンも来たぞ」

ウーダンがそう言ったので、ガンシャンが振り返ると、スラリとした長身の初老の男が現れた。彼もガンシャンを見て、少し驚いたような顔をしたが、ニヤリと笑みを浮かべた。

「お前も来ていたのか」

「お互い暇を持て余しているようだ」

三人は笑い合い、ハイソンはガンシャンの隣に腰を下ろした。

「今、昔話をしていたところだ」

「昔話？　どれくらい昔だ？　お前が暴れて、ホンロンワン様からお叱りを受けて、頬に傷を作った時の話か？」

ハイソンが笑いながら言うと、ガンシャンが大笑いをして首を振った。

「竜の時の話じゃねえよ！　まったくよくそんな昔の話を覚えているな！」

「ハイソンはそれを間近で見て、震え上がってしばらく大人しくしていたからのお」

ウーダンが笑いながら、付け加えるように言ったので、ハイソンは少し赤くなって大笑いした。

「そんなに震え上がってはおりませんよ……まあ、ホンロンワン様には逆らうまいとは思いましたけどね」

「お前達二人が、一番悪さをしていたからのお、ホンロンワン様も手を焼かれておいでだった」

ウーダンが懐かしむように目を細めて二人を見た。ガンシャンとハイソンは、顔を見合わせるとニヤリと笑い合う。

「神の雷を受けて、一度は死んだ我らが、こうしてまだのうのうと生きながらえておる」

ガンシャンが、皮肉めいた口調でポツリと言うと、ウーダンとハイソンは、無言で茶をすすった。

「実は……私がここに来たのは、別れを言いに来たんだ」

ハイソンは、お茶の入ったカップをテーブルに置きながら、二人に向かってそう言った。

「別れとは？」

ウーダンは、特に驚く様子もなく、静かに問いかけた。

「私はここに残ろうかと思っているんだ。皆と一緒に逃げるつもりはない」

「残ってどうする」

ガンシャンも、冷静な口調で尋ねた。

「皆が無事に逃げられるように、ここで囮になって、敵を引き付けようかと思っているんだ」

ハイソンの言葉を聞いて、二人はそれ以上何も言わずに、再び茶をすすった。ハイソンは、そんな二人を黙ってみつめている。

「お前も同じようなことを言いに来たのかと思っていたが、違うのかい？　ガンシャン」

ウーダンが、静かなガンシャンを煽るように尋ねると、ガンシャンはニヤリと笑って首を振った。

「わしは残りませんよ」

ガンシャンはとても穏やかな表情でそう答えたので、二人は意外そうな驚いた表情で、顔を見合わせた。

「ルイワン様が産まれた時のことを覚えているか？」

急にガンシャンがそんなことを言い出したので、二人はまた顔を見合わせてから、改めてガンシャンを見た。

「ああ、もちろんだ」

「覚えているとも、あんなに嬉しいと思ったことはなかった」

二人が嬉しそうな顔で答えたので、ガンシャンも満足そうに頷いた。

「わしらは竜として生きてきて、子供が生まれて嬉しいと思ったことはなかった。他人の子はもちろんだが、自分の子も……まあ自分の子に会うことはないから当然なんだが……だから子供が生まれなければ、我ら竜族は絶滅するという意味が、なかなか分からなかった。それをホンロンワン様が、苦心して我らに教えを広め……もう元の竜のままではいられないのだと……人間のように子孫繁栄しなければならないのだと教えてくださった。わしらはずっとお側で、ホンロンワン様のご苦労を見てきた。ご自身が身を削って、我らのために国を造り、城を造り、そしてようやく最後に、ご自身のためにリューセー様を迎えられ……だからルイワン様が産まれた時、どれほど嬉しかったか……」

ガンシャンの話を、二人は何度も頷きながら聞いていた。

「ルイワン様を見ているうちに、私も子が欲しくなったのだ」

「わしもだ」

ハイソンの言葉に、二人も同意した。

「だが正直なところ……わしは自分の息子よりもルイワン様が可愛い」

「私もだよ」

「わしもだ」

ガンシャンが笑いながら、秘密を打ち明けるように言うと、二人も笑いながら同意した。

「息子のように思っている」

ガンシャンがさらにそう言うと、二人も頷いた。

「ホンロンワン様が亡くなられた時、わしはホンロンワン様に代わって、ルイワン様のことを、父として見守ろうと思った。ホンロンワン様の代わりと言うのは、少々図々しいか」

ガンシャンがそう言って、豪快に笑うと、二人も頷いて笑う。

「どんなことをしてでも、ルイワン様をお守りしようと誓ったんだ。しかし今まで、わしの助けを借りずとも、ルイワン様は立派に王として務めてこられた」

「ああ、良き王におなりになった」

「すばらしい王だ」

三人は、自慢のように誇らしげな顔で頷き合っている。

「わしらは隠居したから、今の問題についても、息子達から聞く話だけしか分からん。だがこの度のルイワン様の決断は、本当に素晴らしいと思った。ホンロンワン様の意志を受け継いでいなさる。もうわしらの助けなど、必要ないだろう……新しい土地を探して、また立派な国を造ることだろう」

ガンシャンの話を、何度も頷きながら聞いていた二人だったが、最後まで聞き終わったところで、ハイソンが不思議そうに首を傾げた。

「ガンシャン、お前はここには残らぬと言ったじゃないか……だが今の言いようだと、ルイワン様についていかぬように聞こえるが……」

ガンシャンは、ハイソンの問いには答えず、しばらく部屋の中を見回した。

「この城は良き城だ。ルイワン様がわしらのために、一生懸命考えてお造りになった城だ。我々シーフォンと、アルピンと、皆で力を合わせて、二十年かけて造った城だ。わしは加工した石を何度も運んだ」

「私も材木を何度も運んだぞ」

「わしも運んだ」

ガンシャンと競うように、ハイソンとウーダンも自慢気に言った。それにガンシャンは微笑んで頷く。

「北の城は、ほとんどをホンロンワン様がお一人でお造りになった。わしらのために……。この城も、わしらのために、ルイワン様がお造りになった。だがルイワン様は、ホンロンワン様ほどの魔力をお持ちでないから、皆の力を貸してほしいとおっしゃった。だからわしらもルイワン様のために造ったようなものだ。どちらの城も、わしにとっては大切な城だ。この地は、大切な場所だ。出来ることならば……ルイワン様に苦渋の決断をさせたくなかった。この場所は、これから先もずっと、エルマーン王国であり続けて欲しい。スウワン様の御世になってもな」

ガンシャンの話を聞き終わって、二人は顔を見合わせて、深刻な表情でガンシャンを見た。

「お前、何をするつもりだ?」

ハイソンが尋ねると、ガンシャンはニッと口の端を上げた。

「わしはホンロンワン様が手を焼くほどの暴れん坊だからなぁ」

「ガンシャン!」

「止めるな……正直なところ、少しばかりまだ迷いがあったのだ。だからウーダン殿の顔を見に来た。昔話をするうちに心が決まった。さっき言ったとおりだ。わしはルイワン様やスウワン様のために、この地を残してやりたい……だから止めんでくれ」

「止めぬよ」

ハイソンが一言言った。ガンシャンは、驚いたようにハイソンを見た。

「私も共に行かせてくれ」

「ハイソン……」

「お前にだけかっこつけさせるものか」

「ハイソン……わしがやろうとしていることを、分かって言っているか?」

「当たり前だ。皆まで言わずとも分かるわ! そこまでもうろくはしておらん!」

ハイソンの言葉に、ガンシャンは少し困ったように頭を掻きながら苦笑した。

「やれやれ……」

二人の話を黙って聞いていたウーダンが、一言呟いて溜息を吐いた。

「わしの甲冑はどこに仕舞ったかのお……妻が先立ってから、どこに何があるのか、さっぱり分からなくて困ったもんじゃ」

「ウーダン殿」

ウーダンの言葉に、ガンシャンとハイソンが驚いたように目を丸くして、ウーダンをみつめると、彼は眉間にしわを寄せた。

「なんじゃその顔は！　まさかおぬしら、わしをただの話し相手と思っておったわけではあるまいな？」

「いや、しかし……」

「あまりご無理をなさらぬ方が……」

二人に同時に止められて、ウーダンは憤慨して立ち上がった。

「おぬしらと大して変わらんわい！　わしばかり年寄り扱いするな！」

「わ、わかりました！　申し訳ありませんでした！」

二人は慌ててウーダンを宥めた。

「本当によろしいのですね？」

ウーダンが落ち着いたところで、ガンシャンが二人に改めて尋ねた。

「竜に二言はなしじゃ」

「同じく」

三人は頷いて握手を交わした。

「あまり時間はないようだ。わしは明日には出立しようと思っているが……よろしいか？」

「明日の朝、ここに集まろう」

「承知」

三人は改めて、互いの意志を確認し合うと、その場を別れた。


ウーダンの部屋を出たガンシャンは、その足で竜に乗り降りするための塔の上に登ってきていた。空を見上げていると、ゆっくりと近づいてくる一頭の竜の姿が見えた。

竜は塔の上にズシリと音をたてて舞い降りた。他の竜よりも一回り近く大きなその竜は、首と尾が少し短いが、代わりに後ろ脚がとても大きかった。竜の中で最も力の強い地竜である。

「よお、相棒、ちょっとそこまで付き合ってくれ」

ガンシャンはそう言って、竜の背に乗ると、空へと飛び立った。

ガンシャンを乗せた竜は、風に乗ってゆっくりと旋回しながら、北の城の頂に舞い降りた。ガンシャンは竜の背から降りると、辺りの景色を見渡した。

日が沈みかけていた。空が茜色に染まっている。赤い岩山が夕日に染まって、さらに赤く燃えるように輝いていた。

「相棒、お前に相談もなく勝手に決めちまって申し訳ないと思ってる。わしが死ぬという事は、半身のお前も死ぬということだ。生き死にのかかった大事な話なのに、本当にすまんな」

ガンシャンは、竜の胸のあたりに手を添えて、撫でながらそう語りかけた。竜は少し頭を下げて、ガンシャンの顔をみつめると、ググッと喉を鳴らした。

「わしはホンロンワン様のように強い魔力を持ってないから、お前と話は出来ないが、気持ちは通じ合っているから分かるよな？　ふふ……今更だが、わしは他の者達のように、お前に名前を付けなかった。お前は名前が欲しかったか？」

するとと竜は目を細めて、グッと小さく鳴いた。

「いらぬか？　すまんな。お前はわしの半身なのだから、わしがガンシャンならば、お前もガンシャンだと思うんだよ。だが自分の名前を呼ぶのも気まずいから、いつもお前とか相棒とか呼んでいたんだ。……ガンシャン、明日は暴れてもらうよ」

ガンシャンはそう言って、竜の胸をポンポンと叩いた。

「敵は相当な数らしい。ウーダンとハイソンが一緒に行ってくれることになったが、それでもかなり手強いだろう……だから敵将を狙うぞ」

その言葉に応えるように、竜はグルルルッと大きく鳴いたので、ガンシャンは楽し気に笑った。

「おお、やる気満々だな。見ろ、あの夕日は、わしらだ。沈みゆく刹那に、めいいっぱいに大きく燃え上がってみせる。最後は華々しくいこう」

ガンシャンは、その後しばらくの間、感慨深げに景色をみつめていた。その目にすべてを焼きつけているかのようだった。

「美しいと思わないか？　エルマーンは美しい。本当に美しい」

ガンシャンは、何度も呟いた。

翌朝、甲冑に身を包んだガンシャンは、妻に最後の別れを告げた。

「私も一緒に戦いたいと言えないのですね」

妻のエンジェは残念そうに言った。

「すまん。お前も共に戦ってくれれば、確かに心強いのだが……連れてはいけぬ」

「今ほど、竜を持たぬ身を恨めしく思うことはありません」

眉根を寄せる妻をみつめながら、ガンシャンは微笑んでみせた。

「わしのような武骨者の伴侶になってくれて、本当に感謝している。お前と暮らした日々は、とても楽しいものだったよ……後の事を頼む」

ガンシャンは、そっと妻の体を抱き寄せて、そう告げると、笑顔で出立していった。


昨日約束していたウーダンの所へと向かった。

扉を叩くと、顔を出した侍女が、何も言わずにそのまま中へと入れてくれた。

ガンシャンは、中に入って、そこに居並ぶ者達の顔を見て、とても驚いた。

「なんで……お前達までいるんだ」

そこにはずらりと、甲冑姿の老シーフォン達が揃っていた。皆、ガンシャンと苦楽を共にした初代シーフォンの仲間達だ。顔を見回して、全員が揃っているのを確認した。

全員と言っても、それほど多い数ではない。初代シーフォンは、すでにほとんどがこの世を去ってしまった。男で残っているのは、今この部屋にいるガンシャンを入れて二十六人だけだった。

皆、ニコニコと笑顔で立っている。

「すまんな、それがあの後、夜の間に次々と、皆がわしの下を訪ねて来てな……このままここに残ろうと思うと、皆が皆、そんなことを言うものだから、どうせ残るつもりならばと、一緒に行こうと誘ったんじゃ」

ウーダンが、申し訳なさそうにそう言って、苦笑したので、ガンシャンは呆れたように溜息をついた。

「誘ったって……」

「おいおい、お前達だけ楽しい思いをさせないぞ」

「私も暴れさせてくれ」

「水臭いじゃないか」

皆が笑いながら、ガンシャンに向かって文句を言うので、ガンシャンは再び溜息をついた。

「散歩に行くんじゃないんだぜ？」

ガンシャンが困ったように頭を掻いた。

「そんなこと分かっとるわい」

皆がどっと笑ったので、ガンシャンはやれやれと思いながらも、覚悟を決めた。真剣な表情になり、改めて皆を見回すと、皆も真剣な顔になった。

「同志達よ、竜であった者達よ、わしらは結局、このような生き方しかできぬ。だが、かつてわしらが人間達を殲滅(せんめつ)した時とは違う。怒りのままに報復するわけではない。わしらの愛する子や孫に、牙を剝く者達と戦うのだ。もしかしたら、また神の雷が落ちるやもしれぬ。だがそれでも戦うというのならば、共に来てほしい」

ガンシャンの言葉に、皆が頷き、誰一人異議を唱える者はいなかった。

皆の顔を一人一人見つめると、ガンシャンも頷いた。

「それでは、先に言っておく。皆、それぞれが出来る限り精一杯死力を尽くして戦ってほしい。そして仲間の事は一切気にするな。誰かが倒れても構うな。ただ精一杯よくやったのだなと、誇りに思い見送るだけだ。今生の別れは、今しておこう」

「ならば酒だな」

ガンシャンの言葉を聞いて、ハイソンがニヤリと笑って言ったので、一同はどっと湧いた。

「よし、酒を用意しよう」

ウーダンが侍女を呼んで、酒の用意をさせた。

皆に杯が回され、酒が注がれる。

「乾杯だ」

「何に乾杯だ？」

「もちろん我らの勝利に」

「エルマーンの未来にだろう」

「おお、そうだそうだ」

皆が口々に言い合い、ようやくひとつにまとまった。

「では、エルマーンの未来に乾杯」

ウーダンが杯を掲げて言うと、皆もそれに続いた。互いに杯を掲げ合い、健闘を祈り合った。

「しかしみんながここに残るつもりだったとは……おかしな話だな」

誰かがそう言うと、皆は笑いながら顔を見合わせた。

「もう年だからな……この地を離れがたかったんだ」

「ここにはホンロンワン様もいらっしゃるからな」

「皆が逃げやすいように、囮になるつもりだったんだ」

口々に、残る言い訳を言い合った。

「だが、最初から戦いに行くつもりだったとは、さすがガンシャンだな」

「いい年して、あいかわらず血の気が多いな」

「ホンロンワン様に叱られるぞ」

皆が冷やかすように言うので、ガンシャンは苦笑した。

「まあ……リューセー様がおっしゃっていた『あの世』という所に、死んだ後行くことがあれば、わしは胸を張ってホンロンワン様に叱られに行こうと思うよ……そのためには、敵将の首を取らねばならないがね」

ガンシャンはそう言って、杯の酒を一気に飲み干した。

「私も胸を張って叱られに行こう」

「私も」

「わしも」

皆、子供のような笑顔でそう言いながら、酒を飲み干した。

その時、ドーンという大きな音が鳴り響いた。微かな揺れも感じる。

「今のはなんだ？」

その場が騒然とした。

「竜達が騒いでいるようだ……敵襲かもしれん」

「もう来たのか？　早くないか？」

「分からんが……とにかく我らの出番じゃ」

皆が一斉に、杯をテーブルの上に置いた。緊張した面持ちで、互いに顔を見合わせて頷いた。

「さて、ルイワン様にお別れを言いに行こうか」

「おお！」

ガンシャンを先頭に、二十六人の老将が、勇ましい姿で出立した。それをウーダンに仕える侍女達が、深々と頭を下げて見送った。

廊下を進むと、外で何度かドーンという大きな音が続けて聞こえた。慌ただしく駆けまわる若いシーフォン達とすれ違う。

前方の会議の間から飛び出してきた一人の青年を、ガンシャンが呼び止めた。

「ユースン！」

青年は足を止めて、驚いたようにガンシャンの姿を上から下までみつめた。

「父さん、その格好はなんですか!?」

「ユースン、それよりあの音はなんだ？　もう敵が攻めて来たのか？」

「あ、は、はい。あれは敵の先鋒のようです。足の速い騎馬隊が、大砲を積んだ戦車を引いて、先に攻撃をしに来たようです。本隊はもっと後から来るようですが……」

「ルイワン様は会議の間か？」

「はい」

「分かった」

ガンシャンは頷いて歩きだそうとしたが、今一度息子の顔をみつめた。

「ユースン、後のことは頼んだぞ」

「父さん？　何をする気ですか？」

眉根を寄せたユースンに、何も答えずにただ微笑んでみせると、再び歩きだした。父の後に続く、勇ましい姿の老将達を、ユースンは困惑した表情で、ただ見送るしかなかった。

ガンシャン達は会議の間の前に辿り着くと、一度大きく深呼吸をした。

ガンシャンは、振り返って皆の顔を見ると、決意を確認するかのように頷いてみせて、会議の間の扉に手をかけた。

勢いよく扉を開くと、中央にいるルイワンを目指して歩き出した。

「陛下！」

ガンシャンの呼びかけに、深紅の髪の若き王が振り返る。

『我が王』

ガンシャンは、口の端を上げた。

あとがき

こんにちは。飯田実樹です。「空に響くは竜の歌声　天穹に哭く黄金竜」を読んでいただきありがとうございます。

波乱万丈のルイワン編でしたが、いかがでしたか？

前巻の「黎明の空舞う紅の竜王」と併せて『エルマーン王国建国期』になります。

この「空に響くは竜の歌声」の世界を考えた時から、ずっと温めていた物語です。ＢＬというのに歴史物語みたいだし、少し重い話だし、ちょっとアンハッピーな内容もあるし、商業化は難しいかもしれないなと思っていました。

ハッピーエンド主義者の私としては、この「ちょっとアンハッピー」な内容を読者様がどう受け取るか不安で、あまりにＢＬとはかけ離れそうな内容なので、同人誌で出した時も、様子を窺いながら書いたため構想の全ては出していませんでした。

ですから今回、私が書きたいと思っていたことの全てを書くことが出来て、本当に満足しています。

サブタイトルの「天穹に哭く黄金竜」にも、本作のルイワンのすべてを表現させてもらいました。読みにくい難しい字ですが、意味を読み取って頂けると嬉しいです。

こんな好き放題させてもらえたのも、すべて理解を示して頂いた担当様、編集部の皆様、そして何よりも熱心に応援して下さった読者の皆様のおかげです。心からお礼を申し上げたいと思います。ありがとうございます。

この作品は、ルイワンと龍聖の物語ではありますが、初代シーフォン達の物語でもあります。かっこいいオヤジ達を思う存分書くことが出来て、これもまた本当に幸せでした。

そしてこの作品に最高の彩を添えてくださったひたき先生には、感謝どころか五体投地して祈りを捧げたいくらいです。初めてカバーイラストを拝見した時、感動のあまり悶絶してしまいました。ファンタジーファンならば、きっと誰もが喜ぶと思います。オヤジと竜……このイラストを自著のカバーに出来るなんて、作家冥利に尽きるというか、生きていて良かったと心から思いました。ありがとうございます。

いつも校正作業をしたり、こうしてあとがきを書いたりしている時は、「本当に本になるんだな」と思うと同時に、表紙がどんな風になるのだろうと期待に胸を膨らませています。ウチカワ様のデザインで、ひたき先生のイラストの印象もまた変わり、更に素敵な本に仕上げて頂けるのですから、献本が手元に届くまで、わくわくが止まりません。

今まで四冊も出していただきましたが、なんだか本作は特にそういう思いが強いです。

こんなことを書いていると、これで「空に響くは竜の歌声」は完結？　みたいに見えますけれど、いえいえこれで終わりではありません。まだまだ登場していない色々な竜王と龍聖の物語があります。次はどの竜王の話なのだろう？　いつ頃読めるのだろう？　皆様がそんな風に思ってくださると嬉しいなって思います。

どうぞこれからもエルマーン王国の連綿と続く物語にお付き合いください。

飯田実樹

竜の歌声
MIKI IIDA
飯田実樹
ILLUSTRATION
HITAKI
ひたき

『空に響くは竜の歌声　天穹に哭く黄金竜』をお買い上げいただきありがとうございます。
この本を読んでのご意見、ご感想など下記住所「編集部」宛までお寄せください。

アンケート受付中

リブレ公式サイト　http://libre-inc.co.jp

TOPページの「アンケート」からお入りください。

初出　空に響くは竜の歌声　天穹（てんきゅう）に哭（な）く黄金竜
＊上記の作品は2013年と2015年に同人誌に収録された
作品を加筆・大幅改稿したものです。

双翼の王子 ……… 書き下ろし
落照の勇 ……… 書き下ろし

空に響くは竜の歌声
天穹（てんきゅう）に哭（な）く黄金竜

著者名　飯田実樹

発行日　2017年11月17日　第1刷発行

発行者　太田歳子

発行所　株式会社リブレ
〒162-0825 東京都新宿区神楽坂6-46 ローベル神楽坂ビル
電話　03-3235-7405（営業）　03-3235-0317（編集）
FAX　03-3235-0342（営業）

印刷所　株式会社光邦
装丁・本文デザイン　ウチカワデザイン
企画編集　安井友紀子

Printed in Japan
ISBN 978-4-7997-3564-0